dtv

Die britische Journalistin Justine Hardy beschließt 1998, einen Handel mit den kostbaren – und damals in Europa noch schwer erhältlichen – Pashmina-Schals aufzuziehen, um ein Schulprojekt für indische Slumkinder zu unterstützen. Ihr Leben spielt fortan zwischen Färbern und Händlern in der verschmutzten Innenstadt von Delhi, Dörfern an der umkämpften Grenze von Kaschmir und Pakistan und Designervillen in London. Die Schals aus feinster Wolle von Bauch und Kehle der Himalaya-Ziegen, die im Hochland grasen, werden ihr in London förmlich aus der Hand gerissen. Doch wenngleich sie helfen kann, Bettelkindern aus Delhi eine Basisausbildung zu ermöglichen, muss sie erkennen, dass dies nur ein Tropfen auf den heißen Stein ist – für die Kinder in der Krisenregion Kaschmir, die keine Arbeit finden und zu den Waffen greifen, kann sie nichts tun.

Justine Hardy ist in England aufgewachsen, ihre Ausbildung zur Journalistin absolvierte sie in Australien. Sie arbeitet als Journalistin für amerikanische, englische und indische Zeitungen und lebt in London und Delhi.

Justine Hardy

Die Farben der Hoffnung

Eine Geschichte aus Kaschmir
und Notting Hill

Aus dem Englischen
von Svenja Geithner

Deutscher Taschenbuch Verlag

Für meine Mutter und meinen Vater in Liebe

Deutsche Erstausgabe
Januar 2002
Deutscher Taschenbuch Verlag GmbH & Co. KG, München
www.dtv.de
© der englischen Originalausgabe:
2000 Justine Hardy
Titel der englischen Originalausgabe:
Goat. A Story of Kashmir & Notting Hill
John Murray (Publishers) Ltd, London
ISBN 0-7195-6145-0
deutschsprachige Ausgabe:
© 2001 Deutscher Taschenbuch Verlag GmbH & Co. KG, München
Umschlagkonzept: Balk & Brumshagen
Umschlagfoto: Hausboote auf dem Dal-See (© Justine Hardy)
Satz: Fotosatz Reinhard Amann, Aichstetten
Gesetzt aus der Sabon 11/12,75´
Druck und Bindung: Druckerei C. H. Beck, Nördlingen
Gedruckt auf säurefreiem, chlorfrei gebleichtem Papier
Printed in Germany · ISBN 3-423-36255-3

INHALTSVERZEICHNIS

ABDULLAH, DER GESCHICHTENERZÄHLER

Der Geruch von zerstoßenem grünem Kardamom weckt in mir die Erinnerung an englischen Rasen und rauchendes Holzfeuer mit einer Prise Ingwer – ein Hauch von Exotik schwingt darin mit, aber das Ganze liegt Jahre zurück. In einem dunklen Laden in einer Seitengasse von Delhi wurden Zimt und Nelken mit dem Kardamom vermahlen. Ein Gemisch, das in mir das Bild längst vergangener Weihnachtstage wachrief. Doch jetzt war Juli, Hochsommer im stickigen Zentrum der indischen Hauptstadt, in der jedes Geräusch mit Ausnahme des Mahlens der Gewürze in der dumpfen Mittagshitze erstorben war.

»Mein Name ist Abdullah Awqaf. Ich komme aus Srinagar.«

Der Kaschmiri, der mich in seinen Laden neben dem Gewürzhändler gewinkt hatte, sah über seine scharf geschwungene Nase hinunter, mit Augen von der Farbe des Nagin-Sees im Mai.

»Doch jetzt bin ich Abdullah vom Jor Bagh Market in Neu-Delhi, und dies ist der Tag, an dem das Schicksal Sie in mein Geschäft geführt hat, inshallah, so Gott will.« Er ließ sich im Schneidersitz in der Mitte des Raumes nieder, legte seine Handflächen aneinander und begann seinen Verkaufssermon.

»Ist Ihnen kalt?«, fragte er.

»Im Moment nicht«, gab ich zurück. Sogar meine Handrücken waren von einem Schweißfilm überzogen.

»Aber es gibt doch Tage, an denen Sie sicher kalt ist?«, insistierte er und fuhr mit der Hand durch die schwüle Luft, wie um sie fortzuwischen.

»Im Winter.«

»Ah.« Der Laut kam tief aus der Kehle, der Gebetsruf des Händlers aus Kaschmir, der gleich zu seiner Litanei anheben würde. »Dann wird es Zeit, dass Sie sich einen Pashmina-Schal zulegen.«

Das war genau der Grund, weshalb ich zum Jor Bagh Market gekommen war.

»Pash-was?« Ich legte ein gespieltes Erstaunen in meine Stimme.

»Ah, ich muss Ihnen Geschichte erzählen.« Abdullah ließ die Hände in die Falten seines Feron, seines langen Übergewandes, sinken. »Waren Sie schon einmal in Kaschmir?«

»Nein«, log ich.

»Es ist so schön dort, unglaublich.« Er zuckte mit den Nasenflügeln – wie ein Tier, das die Witterung aufnimmt. »In meinem Tal gibt es einen Vogel. Er hat sämtliche Farben der Sonne und des Regens. Sein Name bedeutet in Ihrer Sprache so viel wie Paradiesvogel. Wissen Sie, was das Paradies ist?«

»Ich hoffe, ich werde eines Tages dort hinkommen.«

Er lächelte. »Inshallah, wir werden es alle sehen. Unser Paradiesvogel muss von dort stammen. Er ist so besonders, verstehen Sie?«

»Ja, natürlich.«

»Mein Großvater hat eine Methode entdeckt, diese Vögel zu fangen. Ich erzähle Ihnen keine Märchen. Diese Vögel flogen ihm in die Hände.«

Selbstverständlich erzählte er mir keine Märchen.

»Und das Gefieder – es war so schön, das können Sie sich gar nicht vorstellen, einfach unglaublich. Mein Großvater verwob diese Federn zu Schals aus Sonne und Regen. Wie nennen Sie das? Ja, richtig, Regenbogen, das war das Wort.« Seine Hände tauchten aus den Tiefen seines Feron auf und schwangen sich mit seiner Fantasie empor. »Pashmina.« Sein Blick verlor sich in der Ferne.

»Haben Sie welche da, die Sie mir zeigen können?«, fragte ich.

»Aber natürlich.« Er rief einen Gehilfen aus dem oberen Stockwerk herunter.

Die Geschichte von den Paradiesvögeln war von leisem Gebetsmurmeln begleitet gewesen, vom oberen Ende einer Leiter her, die zu einem Raum über dem Laden hinaufführte. Einer der Gehilfen erschien, mit einem weißen Kurta-Pyjama bekleidet, der typisch indisch-muslimischen Kleidung: weiße, weite Leinenhose mit über die Hose getragenenem, weißem Baumwollhemd; dazu trug er Nike-Turnschuhe. Er glitt die Leiter herab, unter dem Arm ein in Kattun eingeschlagenes Bündel. Abdullah, der Geschichtenerzähler, krempelte seine Ärmel hoch und löste die Verschnürung, die Lider ehrfürchtig gesenkt. Und heraus flogen seine »Vögel« – ein Schwarm aus Türkis, Fuchsie und Purpur. Er wirbelte die Schals durch die Luft, und ich streckte die Hand aus, um einen zu berühren. Es war, als streifte ein zarter Flaum mein Gesicht, etwas Weiches irgendwo zwischen Kindheit und Rosenblüten. Natürlich war das Ganze nicht aus Federn gemacht, sondern aus Ziegenhaar.

Ich war zum Jor Bagh Market gekommen, um einen Pashmina-Schal zu erstehen, denn mir war da so eine Idee gekommen. Für vier Schals ließ ich zwei Monatsmieten in Abdullahs Laden und dann schrieb ich an meinen alten Freund Robin in England, der vierzig Jahre im Wollhandel tätig gewesen war.

Abdullahs kleiner Laden im Bazar lag an einer Straßenecke neben einem Gewürzhändler, dessen Bart in dem Orangeton seiner Linsen gefärbt war. Ein Zeitschriftenverkäufer hatte seine Ware auf dem Bürgersteig zwischen den beiden Geschäften ausgebreitet, wobei die Poster mit den glutäugigen Bollywood-Stars* auf der Seite des Gewürzhändlers lagen, die Zeitschriften auf Abdullahs Teil des Trottoirs. Im Vorübergehen hatte ich eine ziemlich aktuelle Ausgabe der *Vogue* entdeckt, die zwischen einem Nachrichtenmagazin, das einen Politiker mit erhobenem Zeigefinger zeigte, und einem Exemplar des alternativen Gesundheitsmagazins *Here's Health* platziert war. Der Zeitungsmensch hatte mir die *Vogue* zu einem Wucherpreis verkauft, wenngleich er *Here's Health* als kostenlose Dreingabe angeboten hatte.

Das Covergirl der *Vogue* war eine hübsche Engländerin aus Lahore, die ihren neu geborenen Sohn auf der Hüfte trug. Er war in einen Pashmina-Schal gewickelt. Zu Zeiten, als sie noch nicht so verschwenderisch um die Schultern der Reichen und Schönen drapiert waren, wussten nicht viele Leute, was ein Pashmina-Schal war. Damals waren sie den indischen Frauen vorbehalten und einigen wenigen Reisenden, die regelmäßig auf den Subkontinent kamen und den Rosenblüten-Kuss der Bergziegen entdeckt hatten. Aber ich hatte eine Idee: Wenn auf dem Cover der *Vogue* ein Pashmina-Schal aufgetaucht war, würde es nicht mehr lange dauern, bis die weibliche Hautevolee in Notting Hill ebenfalls welche haben wollte, um sie beim Mittagessen mit ihren Freundinnen auszuführen – in allen Farben, die sich Abdullah, der Geschichtenerzähler, je hatte träumen lassen. Und wenn ich diejenige wäre, die ihnen die Schals ver-

* Bollywood (eine Wortschöpfung aus Bombay und Hollywood) ist das Zentrum der indischen Filmindustrie in Bombay. (Anm. d. Übers.)

kaufte, wüsste ich auch, was ich mit dem Gewinn machen würde.

Zwei Jahre zuvor, 1996, war ich nach Delhi gekommen, um für eine indische Zeitung zu arbeiten. Im Oktober des darauf folgenden Jahres wurde ich in die Slums geschickt, um einen Mann zu interviewen. Er hieß Gautam Vohra und hatte seine Karriere geopfert, um in den Slums Schulen einzurichten. Bei meiner Recherche fuhr ich mit ihm in die Gebiete, in denen er Schulen aufgebaut hatte. Während dieser Zeit beobachtete ich ihn und fragte mich, warum ein Mann auf dem Höhepunkt seiner Karriere als Herausgeber einer überregionalen Zeitung, der auch aus dem Fernsehen bekannt war, alles aufgegeben hatte, um unentgeltlich unter den Entrechteten und Enteigneten von Delhi zu leben.

Wenn die Hitze nicht so mörderisch war und der Herbst die Sonneneinstrahlung milderte, wenn die Kinder auf ihm herumturnten und sein Gesicht von einem strahlenden Lächeln erhellt wurde, stellte sich diese Frage gar nicht erst ein. Wenn er jedoch, im tiefsten Winter, mit seinem Jeep die Straßen der Slums hinauf- und hinunterholperte, vorbei an Ladenvierteln, in denen die Hausbesitzer zur Gewalt greifen, um von ihren Pächtern das Geld einzutreiben, vorbei an Kindern, die schwer herunterhängende Plastiksäcke voller Blechdosen und Lumpen schleppen, die sie auf den Müllhalden der Stadt zusammengeklaubt haben, vorbei an Straßen von bedrückendem Grau, dann war es schwer zu verstehen, wie er sein anderes Leben hatte aufgeben können.

Meine Recherche dauerte den Winter über an, da ich Material für eine Artikelserie über NGOs*, also Nichtregierungsorganisationen, sammelte. Meinen sechsten Slumbesuch mit Gautam machte ich an einem Dezembertag, an dem der Smog so dick war, dass wir bereits um zwei Uhr

* NGO = non-government organization (Anm. d. Übers.)

nachmittags mit Licht fahren mussten. Die Sonne schimmerte nur noch schmutzig-verschwommen durch die gelblichen Dunstschleier, die über der Stadt hingen.

Irgendwann während dieser Tour saß Gautam in einem Hauseingang und sah dem im Inneren stattfindenden Erwachsenenunterricht zu. Obwohl es bitter kalt war, machte er keine Anstalten, hineinzugehen. Der Unterricht wurde von Frauen für Frauen abgehalten. Er war für jene gedacht, die Hindi lesen und schreiben lernen wollten. Die meisten der Slumbewohner kommen aus anderen Bundesstaaten und strömen von überall her nach Delhi hinein auf der Suche nach einem Hoffnungsschimmer – um doch nur auf Millionen Schicksalsgenossen zu treffen. Sie sprechen unterschiedliche Sprachen, verehren unterschiedliche Götter. Hindi verleiht ihnen eine Stimme in der Hauptstadt, bietet ihnen eine Chance, gegen Armut und Ausbeutung zu kämpfen.

Die Frauen kauerten im Dämmerlicht des fensterlosen Raums. Ich hockte dazwischen und versuchte, den Krampf im Fuß zu ignorieren, der sich immer stärker bemerkbar machte, so dass nicht viel fehlte und ich auf meine Nachbarin im erbsengrünen Sari gefallen wäre. Die Frauen sangen. Das Singen war Bestandteil der Unterrichtsstunde und für Menschen, die mit Liedern vertrauter waren als mit dem gedruckten Wort, ein Weg, sich das Hindi-Alphabet einzuprägen. Ich versuchte ebenfalls zu singen. Sie zuckten zusammen, lächelten aber. Einige verbargen ihre Gesichter halb hinter dem Chiffon ihrer Saris, deren Enden sie sich übers Gesicht gezogen hatten, als Gautam an der Tür erschienen war – so wie sie es in ihren Heimatdörfern stets getan hatten, wenn ein nicht zur Familie gehörender Mann in der Nähe war. Die älteren Frauen und ich hatten das Gesicht nicht bedeckt, jene konnten es mit ihrem Alter rechtfertigen, ich mit anderen kulturellen Gepflogenheiten.

Gautam stand auf, denn er wollte weiter. Die Frauen gaben mir zum Abschied die Hand, und ich erwiderte ihren Händedruck. Die Berührung ist ihre Sprache, von Frau zu Frau.

Ich folgte Gautam in einen Hof, wo er sich unter einer Akazie mit einem Jungen in zerknitterter Uniform unterhielt. Seine kurzen blauen Hosen wurden von einem gestreiften elastischen Gürtel gehalten, dessen Schnalle eine gewundene Schlange darstellte. In seinem Alter hatte ich auch so einen Gürtel gehabt. Er war mir als Inbegriff von Erwachsensein und Modernität erschienen. Er zog daran und ließ ihn wieder zurückschnellen. Ich machte das damals genauso, obwohl es wehtat. Jeder, der so einen Gürtel hatte, ließ ihn schnalzen. Gautam strich dem Jungen durchs Haar, als der Gürtel gegen seinen schmalen Leib klatschte.

»Sie wissen ja, dass Sie jetzt zur Familie der DRAG gehören?« Gautam blickte den Jungen an, während er sprach.

DRAG stand für Development Research and Action Group, wie der ziemlich dröge Name von Gautams NGO lautet. Der Junge sah zu ihm auf, legte den Kopf zur Seite, den Fuß verkantet und nach innen gedreht. Er hatte nichts verstanden, da Gautam Englisch gesprochen hatte.

»Reden Sie mit mir?«, fragte ich Gautam. Er nickte.

»Ich denke, unser junger Freund kann noch nicht sehr gut Englisch.«

»Was verstehen Sie unter ›Zugehörigkeit zur Familie‹?«, fragte ich weiter und streckte dabei dem Jungen die Hand hin. Er duckte sich weg und rannte hinaus auf die Straße, wo er drei Freunden etwas zurief, die gerade mit großem Eifer Stöcke durch die verrosteten Speichen eines völlig kaputten Fahrrads geschoben hatten.

Gautam lachte.

»Möglicherweise brauchen einige von ihnen eine Weile, bis sie sich an Sie gewöhnt haben.«

»Ich verstehe immer noch nicht, warum ich ein Mitglied der Familie bin. Welcher Familie?«

»Sie waren jetzt in sämtlichen Elendsvierteln. Das ist mehr, als für eine Recherche nötig ist. Da steckt doch noch etwas anderes dahinter. Stimmt's?«

Er hatte es also gemerkt. Er legte mir die Hand ins Kreuz, um mich von einem Handwagen wegzudirigieren. Dieser wurde von einem Mann geschoben, der dort, wo einmal sein linkes Auge gewesen war, nur noch verrunzeltes Narbengewebe hatte. Das verbleibende Auge war starr auf seine Ware gerichtet – grellbunte Plastikwelpen, die mit dem Kopf nicken und mit dem Schwanz wackeln konnten. Das Ausweichmanöver verschaffte mir eine kurze Bedenkpause.

»Was Sie hier tun, ist außergewöhnlich. Ich versuche es zu verstehen.«

»Man tut nur, was man kann.« Er benutzte das Wörtchen »man« wie die Queen oder wie mein Großvater, seine Förmlichkeit sorgte dafür, dass die Distanz zwischen uns gewahrt blieb. Zur Bekräftigung nahm er seine Hand von meinem Rücken fort, als er einen Schritt zur Seite machte, um einem breit getretenen Kuhfladen auszuweichen.

»Sie scheinen Ihnen am Herzen zu liegen.« Er hatte seine Hände in den Taschen vergraben.

»Wie könnte einen das auch kalt lassen?«

»Millionen von Menschen lässt es kalt.« Er vergrub seine Hände noch tiefer in den Taschen.

»Aber was kann jemand wie ich schon groß tun? Ich kann mich ja nicht einmal richtig mit ihnen verständigen. Wir sprechen nur Hindi miteinander, und obwohl es alle nur schlecht beherrschen, kann ich es doch am schlechtesten.«

»Sie können uns helfen Geld aufzutreiben. Wir brauchen Geld.«

Natürlich brauchte er Geld. Als gäbe es irgendwo eine karitative oder nichtstaatliche Vereinigung, die kein Geld bräuchte. Gautams Engagement resultierte aus einer wachsenden Verärgerung über das indische Establishment. Er stammte selbst aus der Oberschicht, geriet jedoch in Rage angesichts der geradezu kriminellen Lethargie der herrschenden Kreise, die den Anspruch erhoben, der größten Demokratie der Welt vorzustehen, während dem überwiegenden Teil des Volkes das Grundrecht auf Bildung verwehrt war.

Ich konnte keinen nützlichen Beitrag leisten. Ich war nicht in der Lage, einfach einen Scheck auszustellen. Es wäre auch wenig Erfolg versprechend, wenn ich mich in London auf eine Apfelsinenkiste stellen und große Reden über das Recht des Menschen auf ein Minimum an öffentlicher Bildung schwingen würde, um im Namen einer indischen Organisation um Spenden zu bitten. Ich wollte meinem Helden nicht irgendeine zynisch anmutende Antwort geben, daher nahm ich mich zurück und schwieg. Er blieb ebenfalls stumm.

Der Nebel hielt sich hartnäckig. Keines der Kinder, die für gewöhnlich in kleinen Gruppen auf der Straße herumhingen, war zu sehen, nur ein räudiger Hund, dessen knochiges Rückgrat von wunden Stellen gesäumt war und der in einem Müllhaufen stöberte, auf der Suche nach etwas zu fressen. Doch da war nichts. In den Slums gibt es keine Essensreste.

Wir bogen um eine Ecke, wo Gautam seinen Jeep abgestellt hatte. Ein kleines Mädchen saß alleine auf der Treppe zu einem grauen Haus. Sie trug ein dünnes Kleid, dessen ausgefranster Saum um ihre Schienbeine hing, doch ihr Haar war zu zwei ordentlichen Zöpfen geflochten und straff mit gepunkteten Schleifen zusammengebunden. Sie war in einen leuchtend orangen Schal eingewickelt – ein kräftiger Farbtupfer inmitten der grauen Betonwüste ringsum.

Da kam mir die Idee. Mit dem Verkauf von Schals könnte ich doch das Geld auftreiben, das Gautam brauchte. Es wäre so einfach. Ich wusste, dass ich das konnte. Ein paar Wochen zuvor, während eines Kurztrips nach London, hatte ich bereits mein erstes Stück verkauft, ohne mich auch nur im Geringsten darum zu bemühen.

In Notting Hill war es ebenfalls kalt gewesen. Die Leute auf der Straße machten erstaunte Gesichter, da sie der erste Frost völlig unvorbereitet getroffen hatte. Sie hasteten durch die Straßen und schauten zwischendrin zum Himmel hinauf, einfach um sich zu vergewissern, dass es wirklich so kalt und trostlos war, wie es sich anfühlte. Die Schönen und doch so Lustlosen steuerten eines der beliebten Szene-Cafés an, um sich dort die langen Stunden bis zum Abend zu vertreiben, wo der vergnügliche Teil des Tages begann.

Mein Outfit war nicht gerade umwerfend. Der Hosenboden meines grauen Trainingsanzugs sah aus wie das schlaffe, faltige Hinterteil eines Elefanten. Meine Turnschuhe waren ein Andenken an ein Basketballturnier, bei dem wir schätzungsweise 1982 gegen eine andere Schule gespielt hatten. Das einzige aussöhnende Moment an meinem Aufzug war ein Pashmina-Schal – so feuerrot wie die Blüten eines Flammenbaumes. Ich hatte ihn vor Jahren von dem Besitzer eines Hausbootes in Kaschmir geschenkt bekommen, bei dem ich einige Zeit gewohnt hatte. Ich hatte ihn sofort gerne gehabt, ohne dass ich wirklich etwas über Pashmina-Schals gewusst hätte.

Als es in Notting Hill anfing zu regnen, kuschelte ich mich fest in meinen Schal und flüchtete mich in den Eingang eines Postamtes. Drinnen keifte eine Frau in einem weißen Pullover einen Mann hinter einer der Glasscheiben an und machte ihm klar, dass er absolut keine Ahnung von Service habe. Es schien ihn nicht allzu sehr zu beeindrucken, vielleicht war er einfach zu beschäftigt damit, die deutlich sich abzeichnenden Brüste zu bestaunen, die in dem engen Pullover so nett zur Geltung kamen. Die Trägerin beendete ihre Tirade und kam auf mich zu.

»Nicht zu fassen, wie unverschämt manche Leute sind«, sagte sie mit einem New Yorker Akzent.

Ich lächelte.

»Diesen Schal möchte ich haben. Wo haben Sie den her?«

»Aus Kaschmir.«

»Nein, wirklich.« Sie zog ein Ende des Schals zu sich her.

»So einen muss ich haben.«

Ich sah sie an.

»Oh, stoßen Sie sich nicht an meinen Manieren. Das ist so eine New Yorker Marotte. Ich werde Ihnen den Schal abkaufen, okay?«

Darauf wusste ich nichts zu erwidern.

»Nun, kommen Sie schon, wie viel wollen Sie dafür? Ich habe Bargeld dabei und bezahle sofort.«

»Zweihundert Pfund.«

Der Schal war vier Jahre alt – fünfzig Pfund für jedes Jahr, das kam mir angemessen vor.

»Großartig.«

Sie zerrte energischer an dem losen Ende des Schals. Er fiel herunter und lag flammend rot vor ihren Füßen. Sie hob ihn auf, schlang ihn sich um den Hals und packte mich bei der Hand, um mich die Straße hinunterzuziehen. Wir blieben mitten im Regen vor dem Schaufenster eines Antiquitätenladens stehen, hinter dem sich ein französischer Spiegel befand, einer von denen, die das Bild Tausender Kurtisanen zurückgeworfen haben. Die Amerikanerin wirbelte vor dem Spiegel herum.

Godson Digby, ein früher Fan der von mir importierten
Pashmina-Schals

»Wunderschön. Der gefällt mir.« Sie öffnete ihre Tasche. »Nun, wie sieht's aus mit einem Rabatt?«

»Kann ich bitte meinen Schal zurückhaben?«

Ich entsinne mich, dass ich meine Hand ausstreckte.

»Nun seien Sie doch nicht so«, säuselte sie.

»Wenn Sie ihn haben möchten – ich habe Ihnen den Preis genannt. Sonst hätte ich ihn bitte gerne zurück.«

Sie drückte mir vier Fünfzig-Pfund-Noten in die Hand und spazierte davon.

Sie hatte es fertig gebracht, dass ich mir wie ein Drogendealer vorkam; es war mein erster Verkauf, sozusagen ein Geschäftsabschluss. Ich würde mich nicht sonderlich anstrengen müssen, um Pashmina-Schals zu verkaufen. Und während ich mich mit der Idee trug, mithilfe der Schals Geld für die Schulen in den Slums aufzutreiben, legte die *Vogue* mit dem Baby aus Lahore den Grundstein: Nicht mehr lange, und die Modewelt würde Pashmina-Schals entdecken.

Mein Plan reifte heran, und ich beschloss, die Schals an einigen der Kinder zu fotografieren, denen ich bei meinen Touren mit Gautam begegnet war. Die Slums wären zu heftig als Kulisse, sie würden westliche *Vogue*-Leserinnen zu sehr brüskieren. Die Kinder waren schön – unkomplizierte Modelle, die direkt in die Kamera blicken würden. Es wäre sicherlich kein Affront, wenn ich einige von ihnen als Models für die Schals benützte, und zwar in einem Rahmen, der den Leuten eine Vorstellung von Indien vermitteln würde, ohne sie allzu hart mit dem sozialen Elend zu konfrontieren.

An einem Julinachmittag im Jahre 1998 nahm ich vier Jungen, ein kleines Mädchen und die vier Schals, die ich kurz zuvor bei Abdullah erstanden hatte, mit in die Garten-anlagen des vornehmen Delhi, in denen die Sayyid- und Lodi-Herrscher unter üppigen Kuppeln begraben liegen.

Ich hatte die Kinder in einem der Elendsviertel aufgetan. Diesmal war ich ohne Gautam gekommen, da ich nicht si-cher war, ob er meine Beweggründe verstehen würde. Dem Taxifahrer musste ich das Dreifache der üblichen Summe fürs Warten zahlen, während ich loszog, um Kinder zu fin-den. Wann immer ich zuvor in den Slums gewesen war, hatte ich den Eindruck gehabt, es wimmele nur so von Kindern. Jetzt waren die mit Schlaglöchern übersäten Wege wie leer gefegt. Die Sonne kam nicht gegen den Smog an. Ich konnte nur bis auf die Knochen abgemagerte, räudige Hunde sehen, die geduckt neben einer Nala, einem offenen Abwasserka-nal, saßen, wo der Unflat gärte. Ich hatte keine Lust, allzu weit zu laufen. Die Straßen schienen alle gleich.

Dann brach plötzlich die Sonne durch den Dunstschleier, und Kinder tauchten auf. Fünf Stück kamen neben einem mit Brettern verkleideten und mit einem Vorhängeschloss versperrten Geschäft hervor, das für Mittel gegen »Hämor-rhoiden und alle Arten von Pusteln« warb: vier Brüder und ihre kleine Schwester.

»Hättet ihr Lust, einen Nachmittag in den Lodi-Gärten zu verbringen?« Wenn ich dieselbe Frage fünf Kindern in London gestellt hätte, wäre ich verhaftet worden.

Die Jungen kickten Steine über den staubigen Boden. Das kleine Mädchen fragte mich nach dem Grund.

»Ich habe ein paar schöne Schals, die ich gerne fotografie-ren würde, und an euch würden sie . . .«

Ja, wie würden sie denn an ihnen aussehen? Kinder aus den Slums, gehüllt in teure Schals, inmitten der kitschig-schönen Kuppeln von Mogulen-Gräbern aus dem 15. und 16. Jahrhundert? Das war es nicht, was ich wollte. Ich wollte ihren Sinn für fröhliche Späße wecken und einfangen, ihre Gabe zu lachen und stundenlang mit Dingen zu spielen, die sie aus dem herumliegenden Müll von der Straße gebastelt hatten, Autos aus altem Draht, Kreisel aus Blechbüchsen. Ich hoffte, dass sie mit den Schals spielen würden.

»Ich denke, ihr würdet sie zum Leben erwecken.«

Sie hörten auf, die Steine umherzukicken und sahen mich an. Der mittlere Junge trat einen Schritt auf mich zu.

»Sie wollen Bilder von Bettlern. Wir sind keine Bettler. Unser Vater arbeitet in einer Fabrik. Er macht Plastiktüten.« Er sah mir direkt in die Augen, während er sprach.

Ich wandte den Blick ab.

»Ich weiß, dass ihr keine Bettler seid. Ich möchte auch keine Bettler fotografieren. Ich würde gerne Fotos von euch mit den Schals machen, einfach so, zum Spaß.«

»Aber warum?«, bohrte der älteste Junge nach.

»Weil . . . dort hinten wartet ein Taxi. Wir fahren mit dem Taxi zum Park, und ich werde euch mit dem Taxi wieder zurückbringen . . .«

»Also gut, wir kommen mit«, unterbrach mich das kleine Mädchen.

Die Aussicht auf eine Taxifahrt hatte den Ausschlag gegeben.

Die Jungen machten es sich auf dem Rücksitz bequem, und ihre kleine Schwester saß vorne auf meinem Schoß. Sie spielte mit den Sachen herum, die ich trug, vor allem mit einem Rosenkranz aus Rosenquarz, den ich ums Handgelenk geschlungen hatte.

»Was ist das?«, fragte sie, während wir die Straße entlangholperten, fort aus den Slums.

»Ich benutze es, um zu meditieren.« Und ich murmelte die erste Zeile eines Meditationsgebets, das mir ein Mann mit

einem dicken Bauch und einem heiteren Lächeln beige-
bracht hatte.

Sie warf ihren kleinen Kopf in den Nacken, lachte und gab
die Information an ihre Brüder auf dem Rücksitz weiter.
Dann saßen sie schweigend da, als wir uns dem neueren,
von den Engländern erbauten Teil Delhis näherten, linker
Hand die von dem englischen Architekten Lutyens entwor-
fenen pompösen und ausladenden Regierungsgebäude,
rechter Hand India Gate, das monumentale Kriegerdenk-
mal, auf dem die Namen der im Ersten Weltkrieg Gefallenen
eingemeißelt sind, ein weiteres Grabmal eines unbekannten
Soldaten, ein weiteres ewiges Licht für einen anonymen Jungen aus einem kleinen Dorf. Die Köpfe der vier Jungen wanderten von einem Bild zum nächsten, als lasse der Blick aus
dem Rückfenster eines Taxis ihre Stadt neu erstehen.

Als wir zu den Lodi-Gärten kamen, hatte die Hitze allmählich nachgelassen. Aber selbst jetzt war es noch zu heiß
für die gewöhnlichen Parkbesucher, die Spaziergänger und
Jogger, die die klimatisierten Bauten von Delhi gewohnt waren. Die spärlichen Rasenflächen und Grabmäler der Lodi
schienen uns ganz allein zu gehören. Die Kinder folgten mir
zu dem Grab von Muhammed Shah, dem größten und zen-
tralen Monument, dessen schwarzschattige Arkaden vom
Flügelschlag der Tauben und Fledermäuse umfächelt wurden.

Eine steile Treppe führte zu einem Flachdach empor. Die
Jungen nahmen den Vorschlag hinaufzuklettern beglückt
an, aber das kleine Mädchen war weniger mutig. Sie beschloss, am Fuß der Treppe zu warten und auf den bunten
Haufen schmuddeliger T-Shirts aufzupassen, die ihre Brüder auf mein gutes Zureden soeben ausgezogen hatten. Der
mittlere von ihnen hatte eines in Violett getragen, das wunderbar gewesen wäre, wenn nicht auf dem Rücken die An-

kündigung von Michael Jacksons jüngster Welttournee ge-
prangt hätte und vorne drauf ein Grauen erregendes Bild
des bleichen Stars im Kleinformat, der den Betrachter mit
seinen Korkenzieherlocken anglotzte. Auf sein Shirt war er
stolz wie ein Schneekönig, aber ich wusste, dass es die
Schals nicht gerade in ein vorteilhaftes Licht rücken würde.
Um ihn dazu zu bewegen, sein T-Shirt auszuziehen, musste
ich alle bitten, es zu tun. So nahm also die kleine Schwester
den Haufen und meine Handtasche in ihre Obhut, während
die Jungen verlegen waren, dass sie ihre eigene Kleidung
ausziehen und sich dafür in der stickigen Luft in warme
Pashmina-Schals hüllen mussten. Sie standen da auf dem
Flachdach wie gelähmt, die Schals um die Schultern drapiert.

Mittlerweile waren die ersten Nachmittagsspaziergänger
unterwegs, und zu unseren Füßen hatte sich ein Grüppchen
gebildet. Die kleine Schwester verscheuchte alle, die versuchten, an ihr vorbeizukommen und auf die Treppe zu
gelangen. Je größer die Menge wurde, desto befangener
wurden die Jungen. Sie standen nach wie vor starr wie die
Salzsäulen und verzogen keine Miene.

Ein fetter Mann in einem grellgrünen Jogginganzug
drängte sich trotz ihrer lautstarken Proteste an der kleinen
Schwester vorbei. Er war nicht der Typ Mensch, der sich von
einer zerzausten Sechsjährigen, die Michael Jackson vor seiner Nase herumschwenkt, beirren ließ. Während er sich
seinen Weg aufs Dach hinaufbahnte, schnaufte er schwer:
Seinen Jogginganzug trug er offensichtlich eher der Be-
quemlichkeit halber und nicht, um darin sportlich zu glän-
zen. Oben angekommen, hatte er keine Augen für den Garten, der sich da in der schwindenden Nachmittagssonne vor
ihm ausbreitete. Ja, er nahm nicht einmal die Menge unten
wahr. Er postierte sich einfach zwischen den Jungen, der

Kamera und mir und blieb dort oben stehen, in einer unbequemen Haltung, am Rande des Dachs.

Eine Brise kam von unten herauf und blies die Schals hoch. Die Jungen begannen zu spielen, hoben die Schals und schwangen sie um ihre Köpfe; Koralle, Lila, ein blasses Türkis und Altrosa wirbelten durch die Luft. Sie tanzten mit ihren Bannern und stießen dabei dann und wann gegen den dicken Mann in seiner sportlichen Verkleidung. Er wich keinen Millimeter vom Fleck.

Ich lächelte ihn an und schwenkte die Kamera, für den Fall, dass ihm entgangen war, dass ich die Jungen fotografieren wollte. Er nahm keine Notiz davon.

»Maf kijiye – verzeihen Sie«, sagte ich.

»Ich spreche Englisch«, entgegnete er entrüstet.

»Wunderbar, da bin ich ja froh. Würde es Ihnen etwas ausmachen, ein Stückchen zur Seite zu gehen? Ich versuche gerade, ein paar Fotos zu schießen.«

Er sah mich an – ungerührt und ohne sich von der Stelle zu bewegen.

Hinter ihm ließen die Jungen die Schals durch die Luft flattern, sprangen herum und äfften den dicken Mann nach, indem sie einander ihre mageren Bäuche entgegenstreckten und ihre eingefallenen Wangen aufblähten. Die Schals leuchteten, der Himmel war blau, die Jungen lachten, und das steinerne Dach war sonnenüberflutet.

»Könnten Sie bitte ein Stück zur Seite gehen? Das Licht ist gerade perfekt. Bitte«, flehte ich.

»Sie fotografieren mich.« Es war eine Feststellung und keine Bitte. Er lächelte und neigte den Kopf leicht schräg.

Ich fing an zu fotografieren, das Objektiv direkt auf unseren fetten Freund gerichtet, und drückte ein ums andere Mal auf den Auslöser. Sein Lächeln wurde immer breiter und strahlender. Er hatte sein Ziel erreicht.

»Sehr schön, vielen Dank, das werden hinreißende Bilder.« Ich lächelte ihm aufmunternd zu.

»Fotos mir schicken?«

»Ja, natürlich«, erwiderte ich.

»Sie schreiben meine Adresse auf. Sie haben Papier?«

»Ja, natürlich. Sagen Sie mir Ihre Adresse, und ich werde sie notieren, wenn ich mit den Aufnahmen hier fertig bin.«

»Nein, nein, jetzt aufschreiben.«

»Okay.« Ich hatte weder Papier noch Stift, und hinter ihm wehten die Schals in der goldenen Nachmittagssonne.

Er rief in die Menge hinunter. Ein Mann mit einem traurigen Hundeblick und kaputten Sandalen bahnte sich seinen Weg an der kleinen Schwester am Fuß der Treppe vorbei und kam zu uns hinauf aufs Dach, ein Stückchen Papier und einen Bleistiftstummel in der Hand. Unser Model für Jogginganzüge diktierte dem von ihm ernannten Schreiber Buchstabe für Buchstabe seine Adresse. Das Stück Papier wurde mir stolz überreicht, und der Schreiber mit dem traurigen Blick sah mich an, seine Hundeaugen voller Hoffnung. Meine Handtasche war bei der Kleinen unten. Ich rief nach ihr, aber sie weigerte sich, sich in Bewegung zu setzen. Erst als ihre Brüder ebenfalls riefen, raffte sie unter großem Aufhebens deren T-Shirts zusammen, hievte sie sich zusammen mit meiner Handtasche auf den Kopf und kam hinaufgeklettert.

Der Schreiber bekam ein paar Rupien, und das Stück Papier wurde sicher in meiner Handtasche verstaut. Endlich schien unser fetter Freund zufrieden. Leicht unschlüssig zog er sich Richtung Treppe zurück. Es war kein Film in der Kamera gewesen. Ich hatte gerade einen neuen einlegen wollen, als er seine Trotzaktion startete.

Die Jungen spielten noch immer, es wehte noch immer eine leichte Brise, und ich legte einen Film ein. Ich fotografierte so lange, bis die Jungen anfingen sich zu langweilen, die Schals fallen ließen und ein bisschen zu oft auf meine teuren Stücke drauftraten. Wir begaben uns zurück nach unten und fanden die kleine Schwester, die wieder wie eine Glucke auf dem Haufen T-Shirts hockte.

»Darf ich euch alle zum Eis einladen?«, fragte ich. Ein Eisverkäufer war aus dem Schatten aufgetaucht und wartete unter seinem schäbigen Schirm auf Kundschaft.

»Nein, danke«, sagte der Älteste.

Ich wollte ihnen gern etwas schenken, eine Anerkennung für ihre Hilfe. Geld wäre jedoch nicht angebracht gewesen.

»Wie wär's mit Bhel puri?« Das beliebte Reisgericht mit gehackten Zwiebeln, Koriander und Masala, der typisch indischen Gewürzmischung, schien wohl eine bessere Idee. Gerade war ein Imbissverkäufer hinter einem Beet mit Cannas aufgetaucht und hatte die Zutaten in kleinen Häufchen auf einem Brett vor sich ausgebreitet, das hoch oben auf einem wackligen Klapptischchen thronte. Sie blickten alle auf das Brett, nahmen aber mein Angebot immer noch nicht an.

»Ich würde euch gerne Bhel puri kaufen«, versuchte ich es noch einmal.

»Wir wollen keine Almosen«, sagte der älteste Bruder.

Die kleine Schwester fixierte hungrig den Bhel puri.

»Das ist kein Almosen. Ihr habt etwas für mich getan, habt mir geholfen, und ich würde euch als Dank dafür gerne eine Kleinigkeit spendieren.«

»Dann müssen Sie mit zu uns nach Hause kommen«, bemerkte der Älteste.

Ich verstand nicht, was Bhel puri mit ihrem Zuhause zu tun hatte.

»Wenn Sie uns das hier kaufen, möchten wir, dass Sie dafür zu uns nach Hause kommen«, erklärte er.

Es schien mir ein seltsamer Deal, aber es war immerhin ein Deal. Der älteste Bruder beschloss daraufhin im Namen seiner Geschwister, dass sie in der Tat gerne ein Eis hätten, er würde jedoch nicht die Sorte auswählen: Das müsste ich übernehmen. Ich bestellte also dreimal Schokolade und dreimal Vanille, was sich als weiterer Fehler entpuppte. Die drei älteren Jungen nahmen das Schokoladeneis, und der jüngste Bruder, die kleine Schwester und ich mussten uns mit der zweiten Wahl, nämlich dem Vanilleeis, bescheiden.

Unser Taxifahrer wies uns an, auf der Straße stehen zu bleiben und erst das Eis aufzuessen, bevor wir für die Rückfahrt wieder ins Auto durften. Als wir am Rande der Slums angelangt waren, wollte er, dass wir den Rest der Strecke, der aus einer Schlaglochpiste bestand, zu Fuß liefen. Die Jungen setzten ihm aber so lange zu, bis er schließlich einwilligte, uns vor die Tür zu fahren. Er wandte sich zu mir um und lächelte. Er wusste, welchen Eindruck es machen würde, wenn ein Taxi vor einem Haus in den Slums hielt. Doch als wir dort ankamen, war weit und breit niemand, der hätte beeindruckt sein können. Besonders die kleine Schwester wirkte enttäuscht und knallte die Wagentür mit der ganzen Kraft zu, die ihr mit ihren sechs Jahren zu Gebote stand.

Die Kinder wohnten direkt neben einer offenen Nala voll grauem Schlamm. Der Gestank benahm einem schier den Atem. Wir kamen in der Dämmerung an, und das Haus wirkte leer. Ein Berg rostiger Soft-Drink-Dosen lag neben der Tür. Der Älteste wies stolz darauf hin, dass das seine Beute sei. Für sechs Kilo Büchsen bekam er eine Rupie, gerade mal einen Penny. Am Wochenende, so erklärte er mir, wenn die Leute in all den Parks Picknick machten, schaffte er es in ungefähr drei bis vier Stunden, sechs Kilo zusammenzusammeln.

Das Haus war weniger ein Haus als vielmehr ein überdachter Raum. Ein Berg Decken lag in einer Ecke neben einem Stapel aus neun zusammengerollten Schlafmatten. Ich kannte also erst gut die Hälfte der Familie.

»Vater, Pitājī, wird bald aus der Fabrik heimkommen. Setzen Sie sich«, befahl der älteste Junge.

Wir setzten uns, die fünf nahmen auf dem Boden Platz, ich auf einer der Matten, die sie herausgezogen hatten. Zwei weitere Kinder tauchten auf, ein Mädchen und ein Junge, die jünger waren als die anderen. Sie setzten sich ebenfalls und beobachteten mich, während ich mich im Zimmer umsah.

Obwohl offensichtlich so viele Leute in dem Raum lebten, war er unangenehm feucht und karg, einfach nur vier Wände aus Ytongsteinen und ein Zementboden. Von einem Poster blickte ein fetter Ganesha herab, und der Elefantengott winkte vergnügt mit seinen vier feisten Armen. Das Poster war der einzige Farbtupfer im Raum. Wir warteten auf den Familienvater, Pitājī. Es wurde immer dämmriger. Als er eintraf, kam Leben in den Raum. Der älteste Bruder brachte eine Lampe herein, so dass der Vater den Besuch inspizieren konnte. Und das tat er auch, von Kopf bis Fuß, während seine sieben Kinder um ihn herumsaßen und ihn beobachteten.

Keine Ehefrau erschien, obwohl Pitājī nach Chai verlangte, dem stark gesüßten und mit reichlich Milch versetzten indischen Tee, und auch eine gedämpfte Antwort aus dem Dunkel draußen zu hören war. Keiner im Raum erwähnte sie, und ihre Anwesenheit erschloss sich nur aus der Bestellung des Tees.

Pitājī stammte aus Bihar und konnte mein dürftiges Hindi nicht verstehen. Der Zweitälteste betätigte sich als Dolmetscher. Pitājī wollte wissen, warum ich seine Kinder fotografiert hätte. Ich hob an, es ihm zu erklären, aber er schien gar nicht zuzuhören. Seine Aufmerksamkeit galt vielmehr einem dunklen Fleck an der Wand, den er gebannt fixierte, nicht weit von der zweiten linken Hand Ganeshas, in der dieser eine Lotusblume hielt. Meine Erklärung verhallte ungehört. Wir saßen schweigend da und warteten auf den Chai, der nicht kam. Nachdem wir noch eine Weile so stumm dagesessen hatten und nur das Miauen eines Kätzchens die Stille durchbrochen hatte, wandte Pitājī sich mir erneut zu.

»Der Sohn meines Vetters lebt in Reading, Süden von England. Kennen Sie ihn?«

»Wie heißt er denn?«

»Ram Yadav.«

»Ich glaube nicht, dass ich ihn kenne.«

Pitājī wirkte überrascht. »Aber England ist ein kleines Land. Sie müssen doch die meisten Leute kennen«, beharrte er.

»Sie haben völlig Recht, es ist klein, aber ich komme nicht oft nach Reading.« Ich hoffte, er würde sich damit zufrieden geben, aber seine Miene verriet immer noch Enttäuschung, die Anlass gab für ein erneutes ausgedehntes Schweigen.

Ich wurde erst erlöst, als der Tee kam, in kleinen Gläsern, die viel zu heiß waren, als dass man sie hätte halten können. Wir saßen da und jonglierten sie von einer Hand in die andere. Ich verschüttete den Großteil auf den Boden und meinen Schoß, und alle starrten mich mit weit aufgerissenen Augen an.

»Ist der Chai gut?«, fragte Pitājī, während ich den Tee auf meinen Oberschenkeln verrieb.

»Ja, sehr gut, vielen Dank.«

Er verzog keine Miene, und es herrschte wieder Schweigen.

»Kennen Sie irgendwelche Politiker?«, fragte er, nachdem er eine Weile nachgedacht hatte.

Ich zögerte, da ich nicht wusste, was ich antworten sollte.

»Kennen Sie Margaret Thatcher?«, hakte er nach.

Ich musste gestehen, dass ich sie nicht kannte.

»Das ist schade«, bemerkte er, und damit war das Gespräch beendet.

Es gab keine höfliche Art, aus ihrem Haus fortzukommen. Alles, was ich tun konnte, war, das Ausmaß der Beleidigung möglichst gering zu halten. Ich murmelte etwas von meiner Hauswirtin, die sich Sorgen machen würde, wenn ich nach Einbruch der Dunkelheit noch allein draußen unterwegs wäre. Das war eine akzeptable Ausrede.

»Sie werden uns schreiben, jetzt, wo Sie gute Freundin von uns sind«, ließ mir Pitājī über seinen Dolmetscher ausrichten.

»Ja, natürlich, und ich werde Ihnen Abzüge von den Fotos schicken, die ich von Ihren Söhnen in den Lodi-Gärten gemacht habe.«

Es dauerte eine ganze Weile, bis Pitājī einen Stift und ein Stück Papier gefunden hatte, und noch länger, bis er die Adresse aufgeschrieben hatte. Er war fast so langsam wie der Schreiber mit dem traurigen Blick in den Lodi-Gärten, und als er fertig war, konnte ich es nicht lesen. Er hatte es in Bihārī geschrieben. Ich wollte schon etwas sagen, hielt mich dann aber zurück.

»Sie werden bestimmt schreiben?«

Ich schwenkte das Stück Papier in der Luft, lächelte und überlegte angestrengt, ob ich jemand kannte, der Bihārī sprach.

»Ja, natürlich werde ich das.«

Ich ging, ohne dass ich die Mutter der Kinder zu Gesicht bekommen hätte. Die beiden ältesten Brüder begleiteten mich. Sobald wir außer Sichtweite waren, zog der größere einen Stift aus der Tasche und schrieb die Adresse, die sein

Vater notiert hatte, noch einmal neu. Er schrieb ordentlich, in deutlich lesbarem Englisch, und reichte mir den Zettel wortlos zurück.

Sie liefen mit mir bis ans Ende der Slums, wo die staubige Schlaglochpiste, die zu den Ytonghäusern führte, von einer Teerstraße abgelöst wurde. In der Ferne war eine einsame, neben der Straße abgestellte Rikscha zu sehen, und in der Dämmerung war schwer zu erkennen, ob sie verschrottet war oder einfach nur dort geparkt. Als wir näher kamen, konnten wir den Sirdar ausmachen, den Fahrer, und zwar einen Sikh, der auf dem Vordersitz eingenickt war. Sein Kopf war nach hinten gesackt und gab den Blick auf den Bart frei, der sorgfältig unter dem Kinn aufgerollt und seitlich unter den Turban gesteckt war.

Der ältere der beiden Jungen weckte den Fahrer mit einem unsanften Stoß, so dass er zur Seite kippte. Der Mann war nicht sehr erbaut, als er feststellte, dass der, der ihn da aus dem Schlaf gerissen hatte, ein mickriger kleiner Junge war. Nein, er hatte kein Interesse daran, irgendjemanden zum Connaught Place im Zentrum von Delhi zu bringen. Nein, die missliche Lage einer schutzlosen Frau, die an einem Samstagabend alleine in einem dunklen Stadtviertel unterwegs war, kümmerte ihn nicht im Geringsten. Nein, er wünschte keine Anweisungen von einem unverschämten kleinen Bengel entgegenzunehmen. Ja, wenn Madamjī gerne das Doppelte zahlte, dann würde er sie hinfahren, wo immer sie wollte.

Der ältere Junge war ärgerlich, dass ich mich am Ende seiner Verhandlungen eingeschaltet und den Fahrer einfach mit ein paar Rupien motiviert hatte. Als sein kleiner Bruder mir zum Abschied die Hand schüttelte, wandte er sich ab. Ich hatte ihn in seiner gerade erwachenden Männlichkeit verletzt. Er ging davon, ohne sich noch einmal umzudrehen.

Als die Rikscha sich in Bewegung setzte, stand sein jüngerer Bruder in der Mitte der Straße und winkte. Und er winkte, bis ich ihn langsam aus dem Blickfeld verlor.

Ich hole die Aufnahmen, die an jenem Nachmittag in den Lodi-Gärten entstanden sind, oft heraus, um sie anzusehen, da mit ihnen alles begann. Die Kontaktabzüge erzählen die Geschichte genau so, wie sie sich abgespielt hat. Die ersten Bilder zeigen die Jungen steif und befangen, wie sie auf ihre Füße hinunterstarren oder einander ansehen. Dann kommt der Stimmungsumschwung, nachdem der dicke Mann im Jogginganzug sie zum Lachen gebracht hatte und sie anfingen herumzualbern. Diese hatte ich vergrößern lassen, um sie meinem Freund Robin in sein grünes Pfarrhaus in Nottinghamshire zu schicken; Robin, der mehr als 40 Jahre im Wollhandel tätig gewesen war, der jedoch zu diesem Zeitpunkt von Pashmina-Schals ungefähr so viel verstand wie der dicke Mann im Jogginganzug von Modefotografie. Er saß in seinem hübschen Häuschen, nichts ahnend, dass Bilder an ihn unterwegs waren, und sann über einen beschaulichen Teilruhestand nach, den Spätnachmittag seines Lebens wie eine sanft gewellte Landschaft vor seinem inneren Auge ausgebreitet, die übersät war von leckerem Essen, schönen Kunstwerken, tief fliegendem Wild und allerlei epikureischen Freuden. Für einen Mann, der solchen Wonnen entgegenblickte, nahm er das Paket aus Indien mit weit größerem Enthusiasmus entgegen, als ich ihn in seiner Lage aufgebracht hätte. Einige Wochen nachdem ich die Fotos abgeschickt hatte, wollte ich ihn anrufen, um seine Haltung auszuloten.

In Delhi, wo ich gerade vor einer Telefonzelle stand, war es früher Abend. Zwei Kühe taten sich an einem Haufen faulender Äpfel am Stand des Gemüseverkäufers gütlich, ohne Notiz von dem Geschrei des Standbesitzers zu nehmen. Direkt vor der Telefonzelle lag ein Mann auf dem Boden, seine Augen waren geschlossen, und die erschreckend knochigen Glieder standen spitz heraus. Ein junger Deutscher mit Sonnenbrand und einem weißblonden Pferdeschwanz brüllte ins Telefon und schien mit seiner Mutter am anderen Ende der Leitung zu Hause über Gott und die Welt zu debattieren. Ein hoch gewachsener, dunkelhäutiger Südinder führte ein Ortsgespräch und verhandelte über den Preis von Plastikreißverschlüssen. Wir anderen warteten und hatten unseren Spaß an den sich überlappenden Gesprächen. Ich war nach dem Deutschen an der Reihe. In Nottinghamshire war gerade der Sonntagsgottesdienst vorüber.

»Hallo, Robin. Hast du mein Paket bekommen?«

»Hallo, was für eine nette Überraschung. Ja, das war ganz reizend. Wir haben gerade Gäste zum Mittagessen. Können wir uns später unterhalten?«

Ich blickte zurück auf die lange Schlange vor der Telefonzelle und in die Gesichter der Leute, die auf der Bank aufgereiht saßen und mich beobachteten.

»Offen gestanden: nein. Ich bin in einer Telefonzelle, und hinter mir ist eine lange Schlange.«

»Okay, warte mal kurz. Lass mich überlegen. Meine Gedanken waren noch ziemlich vom Mittagessen absorbiert.«

»Ich fragte, was du von den Fotos hältst, die ich dir geschickt habe.«

Ein großer Sikh steuerte zielstrebig auf die Telefonzelle zu.

»Ja, reizend, was möchtest du denn, dass ich damit anfange?«, fragte Robin.

»Was denkst du?«

»Was soll ich denn denken?«

»Pashmina-Schals werden das Nächste sein, worauf sich all deine vornehmen Freunde stürzen werden.«

»Wie, sprichst du von den Schals, die diese ulkigen Jungen tragen?«

»Ganz genau.«

»Nun, ich werde mal einige meiner weiblichen Bekannten fragen und hören, was sie davon halten. Wie schreibt sich das? Pash-was?«

Ich buchstabierte es ihm, während der große Sikh vor der Zelle wartete.

»Alles klar, mach's gut.« Robin knallte den Hörer auf, aber er verfehlte die Gabel. So konnte ich hören, wie er Anweisungen zum Fortgang des Mittagessens gab und zu hausgemachtem Himbeereis als Dessert, während der Sikh am Türgriff rüttelte und mir durch Handzeichen zu verstehen gab, dass ich mich beeilen solle.

Als ich zahlte, wurde mit einem Schlag alles dunkel. Wieder einmal war in Delhi der Strom ausgefallen. Die Läden innerhalb des kleinen Bazars wurden jedoch bald von flackerndem Kerzenschein erhellt, in dem die Silhouetten der Ladenbesitzer und ihrer Kunden tanzten. Ich stolperte über den Mann, der vor der Telefonzelle auf der Erde lag. Er gab keinen Laut von sich.

Eine ausführlichere Reaktion auf die Fotos kam am folgenden Tag per Fax. Robin hatte ein wenig über die Sache nachgedacht.

Sonntagnachmittag
Altes Pfarrhaus

Hast du im Sinn, dass wir eine Art Handel aufziehen? Wenn ja, wie würden wir unsere Ware verkaufen? Auf dem Versandweg? Per Direktverkauf?

Über Läden? Bist du dir über die folgenden Dinge
im Klaren?

Darauf erging er sich in der Aufzählung der wesentlichen
Punkte, die es bei einer Geschäftsgründung zu berück-
sichtigen galt: Struktur, Finanzierung, Mehrwertsteuer,
Körperschaftssteuer, Umsatzprognosen, Gewinn und Ver-
lust, wobei er jeden Punkt mit einem leichten Anflug von
Resignation kommentierte. Nur das Ende war ermutigend.

Prinzipiell und trotz der oben genannten Ein-
wände klingt die Idee ziemlich gut. Was bedeutet
das nun für mich – werde ich zu 25 Prozent Rent-
ner und zu 75 Prozent fliegender Schalhändler?

Liebe Grüße

Robin

Ich ging nach Hause und holte die vier Schals heraus. Sie
zeigten die Spuren des Nachmittags in den Lodi-Gärten,
und einer hatte einen kleinen Riss an der Kante. Ich drapierte
den Schal, der die Farbe verblühender Rosen hatte, über
eine Stuhllehne, saß da und betrachtete ihn im Kerzenschein. Er war zauberhaft. Ein Hauch vom Geruch des Jungen nach Gewürzen und Staub haftete ihm noch an.
    Ich setzte mich an meinen Schreibtisch, um Robin zu ant-
worten.

Lieber Robin,

du wirst ein sehr ungewöhnlicher Schalhändler
sein ...

Mrs Clintons Teppichhändler

Die ungeahnten Verwendungsmöglichkeiten der Schals wurden mir bei einem nicht gerade alltäglichen öffentlichen Schauspiel vor Augen geführt. Als ich an einem Sonntagnachmittag in Delhi durch eine staubige städtische Gartenanlage schlenderte, kam ich an einem jungen Paar vorbei, das unter einem Baum lag, und mir dämmerte vage, dass die beiden in etwas verwickelt waren, was nach den Maßstäben der Polizei in Delhi ebenso unmoralisch wie gesetzeswidrig war. Sie gingen ihrem nachmittäglichen Vergnügen unter den Falten eines Schals nach, und nur das rhythmische Wogen des Gewebes verriet ihre Beschäftigung.

Robin tat sich schwerer damit, das Wesen der Waren zu erfassen. Ein weiteres Fax traf aus dem alten Pfarrhaus ein.

> Was genau ist denn Pashmina? Keiner scheint es wirklich zu wissen. Sieht so aus, als mordeten sie ein paar arme alte Ziegen, um es zu gewinnen, und das ist verboten. Stimmt das? Falls dem so ist, könnten wir Probleme bekommen. Du musst mich über all das ins Bild setzen. Ich weiß nicht, was ich den Leuten erzählen soll.

Es werden keine Ziegen umgebracht, und Pashmina ist auch nicht illegal. Pashan oder Pashm ist ein persisches Wort und bedeutet so viel wie »außergewöhnlich feine Wolle«. Seit sich gegen Ende des 15. Jahrhunderts die Kunsthandwerker der Mogulen das erste Mal daran begaben, das Garn für ihre Herrscher zu spinnen, wird die feine Unterwolle der Ziegen aus dem Hochgebirge von Ladakh Pashm genannt.

Händler brachten die aus Pashm gewebten Schals an die europäischen Höfe. Als vorzügliches Mittel gegen die Eiseskälte ihrer Winterpaläste erfreuten sie sich bei den Zarinnen und ihren Töchtern, den Zarewnas, großer Beliebtheit. Die erste Gemahlin von Napoleon I., Kaiserin Josephine, bestand darauf, einen in jeder Nuance des Farbspektrums zu haben. Und als Mitte des 19. Jahrhunderts die adligen Damen eines weiteren Weltreiches auf den Geschmack kamen, sich während der heißen Jahreszeit in die Ausläufer des Himalaya zurückzuziehen, stachen ihnen die wehenden Kaschmirschals ins Auge, die die Radschas* dort trugen, um sich gegen die kühle Abendluft zu schützen.

Die Kaschmiris behielten das Geheimnis der Kaschmirwolle nicht etwa für sich, sondern kamen den Wünschen der europäischen Damenwelt nach und machten sich daran, noch feinere Stücke herzustellen als für sich selbst und für die Mitgift ihrer Töchter. Die Ziegenhirten trieben ihre Herden zum Grasen noch höher in die Berge, und die Unterwolle wuchs ihnen dort als Schutz gegen die Kälte noch feiner und dichter. Die edelste von allen, genannt Pashmina, stammt von einer Verwandten der Capra hircus, einer Ziege im Himalaya, die hoch oben zwischen den Felsen herumspringt und von karger Nahrung lebt. Dieses Engelshaar wächst speziell an zwei Stellen, der Kehle und dem Bauch. Ist das Haar besonders fein, hat es einen Durchmesser von zehn Mikrometer, also einem hundertstel Millimeter. Menschliches Haar ist mehr als sechsmal so dick.

Die Ziege wird also weder umgebracht noch verstümmelt, sondern gekämmt. Das ist zwar keine wirklich grausame Methode, es ist allerdings auch nicht besonders ange-

---

* Radscha = vom König verliehener Titel indischer Fürsten (Anm. d. Übers.)

Die Ziegen in Kaschmir sowie ein Schaf

nehm. Die verwendeten Kämme werden jedem, der schon einmal die Tortur des Läusekämmens über sich ergehen lassen musste, vertraut sein. Es kann also kein Vergnügen für die Ziegen sein, aber es ist vermutlich besser, eine Capra hircus zu sein, die mit einem fein gezackten Kamm Bekanntschaft macht, als ein Tschiru, das von einem Jäger ins Visier genommen wird.

Das Tschiru, auch unter dem Namen Tibetantilope bekannt, ist die Antilope »mit Sprungfeder«, die einst ein vertrauter Anblick im Hindukusch und auf der tibetanischen Hochebene war. In seiner Behendigkeit einer Gazelle gleich, springt es geschickt über Stock und Stein. Wenn es in sicherem Abstand auf einem hohen Felsvorsprung steht, schaut es mit seinen schwarz bewimperten, glänzend braunen Augen auf einen Fremden hinab wie eine verfolgte asiatische Schönheit. Das Pashm des Tschirus ist so fein, dass es nur fünf Mikrometer Durchmesser hat – es ist zweimal so fein wie das hochwertigste Pashmina. Das Tschiru ist ein sehr scheues Tier. Versuche, es in der Gefangenschaft zu züchten, sind bislang fehlgeschlagen, da es sich als unmöglich erwiesen hat, die Schroffheit und das Höhenklima seiner natürlichen Umgebung zu imitieren. Seines flauschigen Fells wegen wird es gejagt und erschossen. Ein Tschiru liefert ungefähr 230 Gramm Vlies zum Verspinnen. Die Wolle eines Tschirus wird zu Shahtoosh verwoben. Das bedeutet so viel wie »Kaiser der Schals« oder »königliches Tuch«, je nachdem, wie man das persische Wort übersetzt. Für einen Schal braucht man das Pashm von vier bis sechs Tschirus. Seit das erste Mal ein Tschiru seines Fells wegen getötet worden war, war Shahtoosh in Asien ein wichtiger Bestandteil der königlichen Mitgift, es war also immer schon wertvoll. Das Tschiru ist mittlerweile eine geschützte Tierart, und der Verkauf von Shahtoosh ist fast überall auf der Welt untersagt.

Infolgedessen ist der Schwarzmarktpreis für die Schals sprunghaft gestiegen. Die Töchter der neuen indischen Herrscher, der Industriemagnaten und Filmmogule, bringen immer noch einige Shahtoosh-Schals mit in die Ehe ein, und die Waffenschmuggler-Guerillas in Kaschmir führen vier Dinge gleichzeitig in ihrem Besitz – Heroin, Waffen, Sternrubine und Shahtoosh.

Dem Reiz des Verbotenen können auch die Reichen im Westen nicht widerstehen. Sie verziehen entsetzt das Gesicht, wenn sie auf dem Preisschildchen 2000 Dollar lesen, doch dann befühlen sie den Schal und blättern, gleich Junkies, ihr Bargeld auf den Deckel des Plastikkoffers hin, aus dem der nervöse Dealer kurz zuvor seine Ware gezogen hat. Sie bezahlen nicht nur für einen Schal, sondern zugleich für den Nervenkitzel, etwas Illegales zu besitzen, für einen kostbaren Hauch von Furcht.

Ebenso wie einige Leute Pashmina und Shahtoosh verwechseln, herrscht Verwirrung über den Begriff des Ringschals, die umgangssprachliche Bezeichnung für Shahtoosh.

Einige Wochen nach meinem ersten Besuch im Juli kehrte ich zu Abdullah, dem Geschichtenerzähler, zurück, um weitere Schals zu erstehen und sie Robin als Muster zu schicken. Der Zeitungsverkäufer auf dem Bürgersteig grinste breit, als er mich sah, und schwenkte wieder eine *Vogue* vor meiner Nase herum. Es war dieselbe Ausgabe, die ich bereits bei ihm erstanden hatte. Der Gewürzhändler beobachtete das Ganze von seinem erhöhten Platz auf einem Rupfensack aus, die Hand an seinem orangen Bart, der die gleiche Farbe hatte wie seine Linsen, und winkte mir zu.

»Nicht mehr kaufen. Er will zu viel Geld. Wenn Sie mehr Zeitungen wollen, Sie fragen mich. Ich mache guten Preis für Sie mit ihm.«

»Danke, das ist sehr freundlich.«

»Kommen Sie, brauchen Sie Gewürze?«

Der Zeitungsverkäufer murrte, als ich die Gewürzhandlung betrat mit all den Säcken voll Nelken, Zimtstangen, Kardamom, schwarzem Pfeffer und der ganzen bunten Palette von Linsen. Der Gewürzhändler sah, dass mein Blick an den orangefarbenen hängen blieb.

»Dhal, wollen Sie gerne Dhal?«, fragte er, griff eine Handvoll Linsen aus einem der Säcke heraus und ließ sie in leuchtenden Strömen durch seine Finger rieseln.

Ich lachte. Sie passten haargenau zu seinem Bart. Er verstand und strich sich stolz über seinen gefärbten Bart.

»Ich habe den Hadsch gemacht.«

Er war also nach Mekka gepilgert, die größte Tat für einen Muslim, und hatte sein Haar und seinen Bart gefärbt als Zeichen, dass er jetzt ein Hadschi sei, ein erfahrener Mekkapilger.

Ich kaufte gut 100 Gramm Kardamom, lächelte dann dem Zeitungsverkäufer bedauernd zu und ging um ihn herum in Abdullahs Laden hinein.

Meine erste Frage galt dem Shahtoosh. Abdullah griff danach, noch bevor ich meine Frage ganz ausgesprochen hatte.

»Ah, Ringschal. Sie möchten das Beste. Dieser hier ist traumhaft, unglaublich.«

Er zog aus einem Stapel Schals ein kleines mausbraunes Bündel heraus. Es hatte nicht den Glanz von Pashmina, das mit Seide verwoben ist, wie bei den vier Schals, die ich zuvor gekauft hatte. Vielmehr sah es stumpf aus. Doch dann drückte er mir das Bündel in die Hand, und ich strich darüber. Lachend warf er es in die Luft. Es segelte herunter wie von einer unsichtbaren Strömung getragen. Ich griff danach wie ein Kind, und es legte sich in kleinen Kräuselwellen um meine Arme. Wie einfach es sein musste, die reichen Junkies damit zu ködern.

»Sie wissen, dass die hier jetzt verboten sind, nicht wahr?«
Abdullah stützte den Kopf in die Hände.

»Wozu, sagen Sie, wozu bloß dieses ganze Theater? So ein Theater...« Er schüttelte den Kopf und hob die Hände zum Himmel.

»Weil es heißt, dass die Tibetantilopen wegen ihres Fells getötet werden.«

Er sah auf, und seine blauen Augen verengten sich zu Schlitzen.

»Aha, wer ist so großartig wie Allah, dass er entscheiden kann, was wichtiger ist, die Antilope oder die Menschen, mein Volk?«

Ich begriff nicht, was er meinte.

»Mein Volk, ganze Dörfer in Kaschmir. Meine Brüder, die Shahtoosh herstellen. Sie sind Weber, ihre Väter waren Weber und die Väter ihrer Väter. Nun haben sie nichts zu essen, kein Geld, um etwas zu kaufen, kein Brennmaterial, um sich zu wärmen. Letzten Winter wir hatten schreckliches Wetter, es starben so viele Leute. Warum, warum, hm?«

Ich saß schweigend da.

»Weil irgendjemand in seinem hübschen warmen Haus mit seinen vielen vielen Dienern und Autos beschließt, dass er Allah sein kann, und sagt, dass es kein 'toosh mehr geben wird. Pah, kein Leben mehr für meine Leute. Ich frage Sie: Ist das eine richtige Sache, Antilopen über Menschen zu stellen?«

Ich schlug die Augen nieder.

»Nun sehen Sie dies.« Sein Tonfall war jetzt verändert, er hatte sich wieder etwas beruhigt. »Schauen Sie.«

Noch eine braune »Feldmaus«. Der Schal glitt wie der erste durch meine Hände, ein feines Spinnennetz, zart wie ein Brautschleier.

»Jetzt Ihren Ring«, verlangte er.

Ich reichte ihm den schmalen Reif vom Ringfinger meiner rechten Hand. Aus dem Geschichtenerzähler wurde der Zirkuskünstler. Er erhob sich und räusperte sich vernehmlich. Dann zog er die erste »Feldmaus« durch den Ring. Ein Schal, gewebt aus Fäden mit einem Durchmesser von weniger als einem hundertstel Millimeter, gleitet spielend leicht durch einen kleinen Ring.

Der Kaschmiri gab weitere kehlige Laute von sich und zog die zweite braune »Maus« durch den Ring. Sie rutschte problemlos durch.

»Sehen Sie, da haben wir zwei Ringschals. Der erste, den ich zeige, ist aus Shahtoosh. Und der zweite, was meinen Sie?«

Er fuhr damit über meine Wange.

»Ebenfalls Shahtoosh?«, fragte ich.

»Fühlen Sie, fassen Sie ihn an.«

Er knüllte den Schal zusammen und legte ihn in meine Hände. Ich wusste nicht, auf was ich achten sollte. Ich befühlte das Stück prüfend. Die hauchzarten Fäden waren vielleicht etwas loser verwoben als die des ersten Schals. Er nahm ihn wieder zurück.

»Beides Ringschals. Sie haben mit eigenen Augen gesehen. Unglaublich, nicht?«

Er führte mir den Trick noch einmal vor.

»'toosh Nummer eins kostet ein Lak, das sind hunderttausend Rupien*, viel Geld. Nummer zwei, Spitzenqualität, hundert Prozent Pashmina, feinstes von Kaschmir, nur zehntausend Rupien – unglaublich, ein Zehntel von 'toosh. Sehen Sie, wie ich mir ein Bein ausreiße, um mit Ihnen ins Geschäft zu kommen, inshallah.«

»Inshallah.« Das schien die passendste Antwort. Aber das war vor dem Zwischenfall mit der Teekanne.

* 100 Rupien entsprechen in etwa 4,80 Mark (Anm. d. Übers.)

Indische Frauen haben so eine gewisse Art, Schals zu tragen. Sie haben es einfach im Blut, eine natürliche Anmut und Leichtigkeit, sich zu kleiden. Sie müssen es nicht erst lernen. Es ist ein fester Bestandteil ihrer Weiblichkeit. Westlichen Frauen ist diese Gabe abhanden gekommen. Abdullah war der Auffassung, dass man mir beibringen musste, wie man einen Schal trägt. Die zehn Jahre, in denen ich sie auf meinen Rundfahrten durch Indien getragen hatte, waren offensichtlich noch keine ausreichende Lehrzeit.

»Madam«, beharrte er, »Sie müssen noch so *sehr* viel lernen.«

Die Wangen noch glühend vor Begeisterung über den Zaubertrick mit den Ringschals, nahm er mir den rosenfarbenen Schal von den Schultern, wo er in der Hitze schlaff heruntergehangen hatte.

»Sehen Sie, geht so.«

Er schwang ihn um seinen Kopf. Ein Ende kam auf seine linke Schulter zu liegen, während der größere Teil des Schals noch lose über seinem rechten Arm schwebte. Mit einer raschen Bewegung schlang er sich den Schal um den Oberkörper, wo er sanfte Falten schlug und das Grau seines Feron auf der Stelle weniger hart erscheinen ließ. Dann bewunderte er sich selbst im Spiegel seines Ladens und drapierte dabei das lange Ende über seiner Brust neu, so dass es noch eleganter fiel.

»Nun machen Sie.«

Er zog einen weiteren Schal aus dem Stapel heraus. Dieser hatte die Farbe von Platanen, wenn der Wind durchfährt und die silbrigen Unterseiten der Blätter nach oben ins Sonnenlicht kehrt.

»Versuchen Sie noch einmal, meine Liebe. Sie werden auch Kaschmiri-Tee trinken.« Damit meinte er, dass es an der Zeit sei, sich zu setzen und über die Finanzen zu reden.

Er rief nach oben um Tee. Dort war alles still, dann hörte man das Tapsen von bloßen Füßen, die sich in Bewegung setzten.

Abdullah eröffnete die Verhandlungen mit einem Preis, der weit höher war als der, den ich für die ersten vier Schals gezahlt hatte. Er hatte meine Begeisterung gewittert, meinen Drang, etwas zu kaufen.

Einer der Jungen kam diskret mit einem Tablett die Treppe herunter und machte sich daran, den Tee einzuschenken. Abdullah zog in einem raschen Wechsel Schals aus Plastiktüten und ließ sie wieder darin verschwinden, nachdem er sie rasch über meine Finger hatte gleiten lassen: leuchtendes Pink, das Rot von purem Safran und flammendes Orange, die Farben der Rajasthani-Frauen, wenn sie im Abendlicht die ausgedörrten Straßen entlanggehen; Creme, Kamelhaar und Karamell, die Nuancen von schmelzendem Zucker, wenn er langsam karamellisiert; silbrige Flechten an einer Esche, das Grün von englischem Rasen, das satte Braun der Unterseite von Wiesenchampignons nach einem Regenguss. Er ließ mir nie genug Zeit, die Schals gründlich zu befühlen, den Seidenglanz der verschiedenen Stücke zu vergleichen oder die Fadenzahl oder die zarte Schraffierung von Kette und Schuss zu prüfen.

Der Gehilfe wirkte nervös und vergoss beim Einschenken ein paar Tropfen Tee auf einen der Schals. Abdullah stieß einen Schrei aus und holte zum Schlag aus. Der Junge flog samt Teekanne und Tasse durch die Luft und landete auf einem tiefroten Schal. Er wimmerte, die Tülle der Kanne war abgebrochen, die Tasse kullerte über den Boden, und der Tee hatte sich über den Schal ergossen und bildete eine klar umrissene Insel auf der Oberfläche.

Zwei Dinge standen mithin außer Zweifel: Mit Seide verwobenes Pashmina war resistent gegen heißes Wasser, und, was für die unmittelbare Zukunft wichtiger war, Abdullah hatte einen Hang zur Gewalttätigkeit, und es mangelte ihm Selbstbeherrschung. Ich war nicht sicher, ob ich wirklich mit ihm ins Geschäft kommen wollte. Allerdings wusste ich, dass der Junge, der den Tee verschüttet hatte, leiden würde, wenn ich jetzt nichts kaufte. Ich wählte zwei Schals aus dem Stapel, der von der Teedusche verschont geblieben war: Einer hatte die Farbe von der eingedickten Schicht auf frischer Sahne, der andere war von dem verwaschenen Mauve verblühender Hortensien.

Ich hatte keine weiteren Monatsmieten mehr auf der hohen Kante, die ich auf den Tisch hätte legen können, und reichte Abdullah stattdessen meine Kreditkarte. Doch es gab ein Problem mit der Prüfstelle der Zentralbank von Indien, die nach dem Willkürprinzip ausgewählte Transaktionen zu einem regelrechten Verhör ausarten ließ. Abdullah reichte den Telefonhörer an mich weiter.

»Geburtsdatum?«, bellte der Mann von der Prüfstelle. »Mädchenname der Mutter?«

Sie hatte mehrere, da meine Großmutter mehrmals verheiratet gewesen war. Ich konnte mich nicht entsinnen, welchen ich der Bank für die Sicherheitsprüfung 16 Jahre zuvor gegeben hatte.

»Mädchenname der Mutter?«, forderte er mich noch einmal auf.

Ich hatte schließlich den richtigen genannt, musste aber weitere zehn Minuten warten, bevor ich die Genehmigung erhielt. Die Wartemusik war eine digital verhackstückte Version von *You've got a friend* – in der Version von James Taylor, meinem Jugendidol, der im Internat die Wand über meinem Bett geziert hatte. Doch ich hatte keinen Freund.

»Sie werden natürlich wiederkommen, inshallah«, erklärte Abdullah.

»Inshallah«, erwiderte ich nicht sehr überzeugt.

Ein korpulenter Amerikaner, der mit der einen Hand nervös seinen Geldgürtel festhielt und sich mit der anderen den Schweiß von der klitschnassen Stirn wischte, betrat den Laden, während ich die zwei neuen Schals in meine Tasche stopfte.

»Einen wunderschönen guten Abend, der Herr.« Abdullah verneigte sich.

Der Mann besah sich die Stapel in den Regalen rundum.

»Also, ich suche nach einem Schal für meine Frau. Es geht ihr nicht so besonders gut im Moment.«

»Bitte setzen Sie sich doch, setzen Sie«, redete Abdullah auf ihn ein. »Welche Farbe mag Ihre Frau denn gerne?«

»Nun, sie ist etwas wählerisch«, entgegnete der Amerikaner, während er versuchte, sich auf den Teppich aus Srinagar zu setzen. Sein Bauch und sein Geldgürtel machten die Sache schwierig.

»Ich werde Ihnen etwas zeigen«, verkündete Abdullah.

Er rief den Jungen oben zu, sie sollten Kattunbündel herunterbringen, und reichte dem Amerikaner einige Schals von dem Stoß, den er mir angepriesen hatte.

»Sagen Sie mir einfach, welcher Sie anlacht.«

Ein neuer Kunde, und das Spiel ging von vorne los.

»Vielleicht ist es Zeit, dass Ihre Frau einen Pashmina-Schal bekommt.«

»Was ist denn das?«, fragte der Tourist, der bereits in der Falle saß.

»Ah, ich werde Ihnen eine Geschichte erzählen.«

Ja, so war es: ein neuer Kunde und wieder dasselbe Spiel.

Der Geschichtenerzähler nahm keine Notiz davon, als ich ging.

Ich hatte nur zwei weitere Schals, die ich Robin senden konnte. Um Geschäfte zu machen, würde er mehr benötigen. Er hatte mich inständig um Musterstücke gebeten, und ich hatte gerade meine erste aufkeimende Beziehung zu einem Lieferanten wegen verschütteten Tees abgebrochen. Ich wollte Pashmina-Schals kaufen, doch nun hatte ich keine Quelle mehr. Allerdings wusste ich, dass oben in Kaschmir die Weber in ihren Dörfern saßen und die Schiffchen ihrer Webstühle in den dämmrigen Räumen ihrer Holzhäuser hin- und herflitzen ließen. Sie weben meist bis spät abends, während das Licht, das zum Fenster hereinfällt, immer schwächer wird und schließlich von den Bergen her letzte Lichtflecken von der Farbe zerdrückter Preiselbeeren und verblichenen Lavendels auf den See um Srinagar fallen und das Spiegelbild der Weiden auf dem Wasser in Brand setzen – worauf so rasch das Dunkel hereinbricht, dass die Weber gezwungen sind, ihre Gesichter dicht über den Kettfaden am Webstuhl zu halten, um sicherzustellen, dass ihre Schiffchen in einer geraden Linie sausen. Sie können lediglich bei Tageslicht weben. Strom gibt es nur selten, und wenn, dann entsteht ein so ungleichmäßiges Licht, dass das schwierige Zusammenführen von Kett- und Schussfaden zu einem Hasardspiel wird. Während ich also ohne Bezugsquelle in Delhi saß, versuchten die Weber, mit ihrer Arbeit den Entbehrungen zu trotzen, die das Leben auf einem Pulverfass mit sich bringt, in einer Region, die einst von den Devisen der Touristen kräftig profitiert hatte. Während Indien und Pakistan ihren Konflikt um die Seen, Wiesen und Weiden des Kaschmir-Tals austrugen, war der Wunsch der Weber lediglich, dass sie etwas zu essen haben, dass ihre Kinder die Schule besuchen, dass sie die Fastenzeiten einhalten und ihre Feste feiern konnten, ohne dass der internationale Terrorismus seine Schatten in ihre Holzhütten warf.

Die Stadt, das Tal und der zu Kaschmir gehörige Teil des Himalaya bilden die kulturelle Grenze des Islam. Die Bewohner des Tals hatten einst geglaubt, dass die Herrscher die Inkarnation göttlicher Macht seien – die großen Tempel entlang dem Jhelum in der Umgebung von Srinagar wurden im achten und neunten Jahrhundert zu ihrem Gedenken erbaut. Sie hatten aber auch die Nagas verehrt. Diese Geschöpfe, die halb Mensch, halb Schlange waren, lebten einst in den Wassern, die den ganzen Grund des Tals bedeckten. Als der große See in Kaschmir dann nach und nach verlandete, munkelten die Leute, dass die Nagas in die höher gelegenen Bergseen und Flüsse hinaufgeglitten seien, wobei ihre Kräfte in der dünneren Luft der Gipfelregionen angeblich noch gewachsen waren.

Mit einer großen Schar von Anhängern des berühmten persischen Predigers und Herrschers Shah Hamdan gelangte im 14. Jahrhundert der Islam in das Tal. Und mit der neuen Religion kamen neue handwerkliche Fertigkeiten – Teppichknüpfen und Weben, Sticken und die Verarbeitung von Papiermaché.

Als der vierte Mogulkaiser, Jahangir, 1627 auf dem Sterbebett lag, war das Tal heiß begehrt. Für Generationen von Invasoren, die über die unwirtlichen Pässe der umliegenden Berge nach Indien kamen, war das Kaschmirtal ein Traum aus Wasser und Weiden, hellhäutigen Schönheiten und Apfelblüten. Gefragt, ob er noch einen Wunsch hätte, erwiderte Jahangir: »Nur Kaschmir«, und hauchte sein Leben aus.

Die britischen Invasoren waren dann ebenso wie ihre Vorgänger, die Mogulen, ganz versessen auf das fruchtbare Tal. Aber die Fürsten von Kaschmir ließen zu keiner Zeit zu, dass sie in ihrem Staat Land erwarben oder Gebäude errichteten. So kamen die Briten mit dem Einfallsreichtum jener, die von der Hitze in den Ebenen an den Rand des Wahnsinns getrieben werden, auf die Idee, englische Landhäuser in Miniaturgröße nachzubilden, die zwischen den Seerosen des Dal- und des Nagin-Sees schwammen. Sie haben die Idee von einem findigen Ladenbesitzer namens Pandit Narandais übernommen. Als sein Laden in der City angezündet wurde und niederbrannte, verlud er seine Ware kurzerhand auf ein Boot und führte sein Geschäft dort weiter; um sich gegen die nächtliche Kälte in den Bergen zu wappnen, errichtete er ein Zimmer auf dem Boot, und so begann der Handel auf Hausbooten.

Als der Subkontinent 1947 geteilt wurde, strebte Hari Singh, der Maharadscha von Kaschmir, für sein Land die Unabhängigkeit an. Sein fruchtbarer Talstaat lag genau auf dem Streifen, den der Muslimführer und erste Generalgouverneur Pakistans, Mohammed Ali Jinnah, für West-Pakistan einzunehmen plante und den Jawaharlal Nehru, der erste indische Premierminister, als Teil eines unabhängigen Indien beanspruchte. Der Maharadscha glaubte sich also in einer starken Position, aus der heraus er zwischen den beiden Seiten vermitteln könnte.

Wie sich herausstellte, war die Sache nicht ganz so einfach. Der Maharadscha von Kaschmir war ein Dogra, ein Hindu, dessen Vorfahren einen Vertrag mit den Briten unterzeichnet hatten, wonach ihre königliche Familie als herrschende Dynastie im Bundesstaat Jammu und Kaschmir anerkannt wurde, wenn sie im Gegenzug beträchtliche Summen in den Staatssäckel des Empire fließen ließ. Doch die meisten Untertanen des Maharadschas waren keine Hindus, sondern Muslims. Während das übrige Indien sich gegen die Briten zusammenschloss und »Verlasst Indien« auf die Fahnen schrieb, hatten die Muslims in Kaschmir ihre eigene Parole, nämlich »Verlasst Kaschmir«, die sich gegen ihren hinduistischen Herrscher richtete.

Hari Singh wurde auf die Probe gestellt, als im Oktober 1947 afghanische Rebellen aus Baltistan vom Norden her in das Tal einfielen, um Kaschmir für den neu gegründeten Staat Pakistan zu erobern. Als sie sich der kaschmirischen Hauptstadt Srinagar näherten, entschied der Maharadscha sich Indien anzuschließen und floh nach Jammu, der Winterhauptstadt seines Staates. Die indische Armee traf ein, um die Invasion abzuwehren, und so begann der erste indisch-pakistanische Krieg. Der Konflikt dauerte bis Ende 1948, als die Vereinten Nationen die Einstellung der Kampfhandlungen erwirkten. Kaschmir blieb durch genau die Linie geteilt, an der der Kampf eingestellt worden war. 1965 startete Pakistan erneut einen Versuch, den Staat zu annektieren, doch ohne Erfolg. Seither schwärt Kaschmir wie eine offene Wunde. Die andauernden politischen Spannungen haben aus vielen einstmals gemäßigten Kaschmiris Extremisten gemacht. Militantes Verhalten hat in gleichem Maße zugenommen wie separatistische Forderungen, und die Zahl der Todesopfer ist immer weiter gestiegen.

Irgendwie musste ich einen anderen Pashmina-Lieferanten aus dem von Unruhen geplagten Kaschmir finden, aber ich wusste nicht, wo ich suchen sollte. Auf Abdullah war ich rein zufällig gestoßen. Ich ging vom Jor Bagh Market weg ohne ein bestimmtes Ziel im Kopf, ganz mit der Frage beschäftigt, wohin ich mich auf der Suche nach Schals wenden sollte. Das Hupen und Kreischen der Autos um mich herum nahm ich kaum wahr, während ich eine Straße nach der anderen überquerte. Was ich merkte, war, dass mir zu heiß war. Die Kleider klebten mir am Leib, und in meinen Wangen pochte das Blut. Der Schweiß rann mir die Arme hinunter und tropfte von meinen Fingern. Es war August, und die Temperaturen bewegten sich irgendwo um die 40 Grad Celsius. Als ich eine Rikscha heranwinkte, konnte ich sehen, wie der Fahrer über mich lachte. Ich stieg ein, und mir war so heiß, dass ich nicht einmal den Versuch machte, nett zu sein.

»Wohin?«, fragte der Fahrer.

Ich nannte ihm das nächstgelegene Fünfsternehotel, wo es kühle, hohe Decken gab, marmorne Korridore, Toiletten mit einem endlosen Vorrat an weichem Klopapier und dienstbaren Frauen, die einem Handtücher reichten, sowie einem kleinen Café, in dem es frischen, mit Limettensaft versetzten Sprudel gab, in eiskalten Gläsern, an denen das Kondenswasser herunterrann.

» *Wohin?* «, fragte der Fahrer ungläubig. Mein verschwitzter, zerknitterter Aufzug war für seine Begriffe wohl nicht mit einem Fünfsternehotel in Verbindung zu bringen.

Ich wiederholte den Namen des Hotels. Er zuckte die Achseln, setzte seine Rikscha in Bewegung und reihte sich in das Verkehrschaos auf der Straße ein. Am Fuß der prachtvollen Auffahrt, die in einem großen Bogen nach oben auf die Front des Hotels zulief, setzte er mich ab. Für diese Strecke kassierte er das Doppelte des normalen Fahrpreises. Es war wenig aussichtsreich, über ein paar Rupien zu debattieren, wo er mich doch vor einem Hotel herausließ, dessen Zimmerpreis für eine Nacht seinem Jahreseinkommen entsprach. Also zahlte ich.

Im Eingang blieb ich erst einmal stehen, um die Brise der Klimaanlage zu genießen, die den Schweiß auf meiner prickelnden Haut kühlte. Und dann kam die Antwort auf meine Frage mitten aus einer Gruppe japanischer Touristen heraus. Adrett gekleidet standen sie da im Foyer und plauderten, sie sahen alle gleich aus mit ihren Designer-Labels und den gekreuzten Gurten ihrer Nikon-Kameras. Zwischen ihnen schlängelte sich ein Kaschmiri durch, einen Stoß zusammengerollter Teppiche auf den Armen balancierend. Seine Nase war genauso geschnitten wie die von Abdullah, und sie ruhte auf dem obersten Teppich. Er schielte über ihn hinweg auf den Boden, seine Augen hatten dieselbe Farbe wie die eines Tschirus – ein weiches, verwaschenes Braun. Er bewegte sich lautlos vorwärts, wobei er über den Saum seines Feron stolperte, der von der Last heruntergezogen worden war. Er war jünger als Abdullah, ihm aber äußerlich ziemlich ähnlich. Ein liebenswerter Unterschied fiel mir allerdings sofort auf: Selbst als er über seinen Saum stolperte und darum rang, dass seine Teppiche nicht herunterfielen, verlor er kein Wort. Er zeigte keinerlei Ungeduld, keine Verärgerung. Ich meinte sogar, ihn lächeln zu sehen, als er bei einem seiner Stolpermanöver fast gestürzt wäre.

Er entfernte sich von der Schar Japaner und bahnte sich seinen Weg durch das Foyer des Grandhotels. An einer der kühlen Marmorsäulen blieb er stehen, lud seine Teppiche vorsichtig ab, rückte seinen Topi zurecht, das Scheitelkäppchen, das das dicke schwarze Haar auf seinem Hinterkopf bedeckte, und strich seinen Feron wieder glatt. Dann warf er einen prüfenden Blick auf die Menge ringsum im Foyer und wandte den Blick wieder seinem Teppichstoß auf dem Boden zu. Nachdem er abermals in aller Ruhe die Menschenansammlung gemustert hatte, lief er in aufrechter Haltung einen Korridor hinunter, der vom Foyer abzweigte. Dabei sah er sich permanent nach seinen unbewachten Teppichen um. Und stolperte jedes Mal über seinen Saum.

Im Nu kam er auch schon zurück, gefolgt von einem jüngeren Mann mit einem zarten Gesichtsflaum. Er selbst war vermutlich Ende dreißig, der jüngere Mann vielleicht zwanzig. Die Teppiche wurden dem Jüngeren auf die Arme gestapelt, und er wurde fortgescheucht, den Gang wieder hinunter. Doch es lag nichts Aggressives darin, wie der Ältere ihn zur Eile trieb. Er erteilte ihm Anweisungen, aber es geschah auf eine nette Art. Seine Augen blickten zu groß und zu offen, als dass in seinem gedämpften Ton Abfälligkeit hätte mitschwingen können. Ich folgte den beiden den Korridor hinunter.

Wir bogen in eine Einkaufspassage ein, vorbei an einem Dutzend Juwelierläden mit ihrem austauschbaren Sortiment, vorbei an der Mont-Blanc-Dependance, wo die Verkäufer todschicke schwarze Anzüge tragen, mit dem dazu passenden Lächeln auf den Lippen. Neben einer Schreibwarenhandlung, die von früh bis spät offen hatte und Bildbände über das Taj Mahal verkauft, verschwanden der Kaschmiri, die Teppiche und der Junge in einem Laden. Über dem Eingang verkündete ein Schild:

Staatliches Warenhaus
Inhaber Gebrüder **Wangnoo**
Hauptsitz **Srinagar**
Verkauf von allerfeinstem **Kaschmir**

In einem der Schaufenster lag ein Stapel Schals in der Ecke, möglicherweise, ja vermutlich Pashmina-Schals. Während ich dort so stand, kamen drei Ladenjungen von anderen Geschäften herübergeschlichen; sie waren dazu abgestellt, auf Kundenfang zu gehen, und redeten mit Engelszungen auf mich ein, einen Blick in ihre Läden zu werfen. Einer bot Papiermaché feil, der zweite Teppiche, »garantiert hundert Prozent Seide«, der dritte alle Arten von Schmuck. Aber aus dem Geschäft der Gebrüder Wangnoo kam niemand heraus.

Es war still im Laden, als ich eintrat. Der Raum wirkte

leer und erhielt nur teilweise Licht durch ein schmales Fenster auf halber Höhe einer Treppe, die nach oben aus dem Laden hinausführte. Aber als sich meine Augen an das Halbdunkel gewöhnt hatten, bemerkte ich, dass ich mich geirrt hatte. Da war noch jemand im Raum. Er saß in der Ecke, im Schneidersitz, schweigend, auf einem kleinen Teppich, dessen fransige Ränder fast vollständig unter dem Saum seines Feron verschwanden. Seine Augen waren geschlossen, und seine Lippen bewegten sich stumm.

Für gewöhnlich gehen die Leute weg, wenn sie jemanden beten sehen. Ich tat dies nicht. Stattdessen setzte ich mich in eine andere Ecke, in der Hoffnung, leise genug gewesen zu sein, um nicht bemerkt zu werden, und wartete, bis er fertig wäre.

Das Klingeln eines Telefons durchbrach die Stille, aber der Kaschmiri rührte sich nicht. Das Telefon läutete weiter. Der Junge, der die Teppiche in den Laden getragen hatte, tauchte von der Treppe her auf und nahm den Hörer ab. Es folgte eine laute, aufgeregte Unterhaltung in Kaschmiri.

Der betende Mann verharrte reglos, allein seine Lippen bewegten sich fortwährend. Das Telefongespräch war beendet. Der Junge knallte den Hörer auf die Gabel und ging wieder hinauf. Er hatte mich in meiner dunklen Ecke nicht gesehen. Wieder war es ganz still.

Der betende Mann öffnete die Augen.

»Salaam alekum – einen schönen guten Tag.« Er setzte sich auf dem kleinen Teppich zurecht. »Großartig, dass Sie bei mir saßen, als ich gebetet habe. Wir werden gute Geschäfte machen.«

Ich lächelte.

»Erzählen Sie mir jetzt, was ich für Sie tun kann.«

»Nun, also, ich hoffe, dass Sie etwas für mich tun können.« Ich hörte nicht auf zu lächeln.

»Da habe ich keinen Zweifel. Ich bin Ashraf Wangnoo. Wir sind vier Wangnoo-Brüder aus Kaschmir. Und betreiben alle zusammen das Geschäft. Ich bin Bruder Nummer drei.«

»Freut mich, Sie kennen zu lernen. Ich heiße Justine und habe einen Bruder und eine Schwester, aber wir machen keine gemeinsamen Geschäfte.«

Ashraf lachte. »Nun weiß ich alles, nur nicht, was Sie wollen.«

»Ich bin auf der Suche nach Pashmina-Schals.«

»Ah, alle Leute suchen Pashmina-Schals. Ich erhalte Anrufe aus den Vereinigten Staaten von Amerika, aus England, von überall her, es ist immer dasselbe: Haben Sie Pashmina-Schals? Wir haben Geschäftsverbindung mit Mrs Hillary Clinton, wissen Sie.«

Er zeigte auf einen gerahmten Brief über seinem Kopf. Er stammte aus dem Büro von Hillary Rodham Clinton im Weißen Haus. Darin wurde den Gebrüdern Wangnoo für ihren vorzüglichen Dienst am Kunden gedankt. Die Teppiche waren heil angekommen, genau wie Mr Wangnoo es versprochen hatte. Sie sahen bezaubernd aus und waren eine große Bereicherung für die Räume des Weißen Hauses, wo sie ausgelegt worden waren. Mrs Clinton selbst hatte mit einem schwungvollen Schnörkel unterzeichnet.

»Wie wunderbar, hat denn die Präsidentengattin auch einen Pashmina-Schal bei Ihnen erstanden?«, fragte ich.

»Nein, man hat mir zwar erzählt, dass sie eine sehr kluge Frau ist, aber ich denke, mit ihrer Garderobe ist sie nicht klug. Es wundert mich, dass sie nicht besser beraten wird.«

»Ich bin sicher, dass sie gute Berater hat, aber vielleicht waren diese einfach nicht mit bei Ihnen im Laden.«

»So wird es wohl sein. Ich werde Ihnen Pashmina-Schals

zeigen. Kommen Sie, Sie müssen auch ein paar schöne Teppiche anschauen.«

Er konnte der Versuchung nicht widerstehen. Es lag einfach in seiner Natur. Er war ein frommer Moslem, aber auch ein Kaschmiri mit einem entsprechenden Erbe und einem Warenlager in Delhi, das von Teppichen überquoll. Der Verkauf von Pashmina-Schals lief da nur so nebenher. Ashraf würde gleich das volle Programm abspulen.

Doch er erzählte mir nicht etwa irgendwelche fantastischen Geschichten über Paradiesvögel, sondern kam direkt auf den Punkt und bedeckte den Boden mit Pashmina-Schals in allen Schattierungen zwischen Elfenbein und Magenta. Ich saß mittendrin, umgeben von der Kunst der Weber aus seinem Tal.

»Ich hoffe, Sie finden die Frage nicht unverschämt, aber Ihr Name klingt nicht wie der eines Kaschmiri«, bemerkte ich, während ich einige der reinen Pashmina-Schals ohne Seidenanteil befühlte, die zart wie die Flügel eines Schmetterlings waren, und auch die sinnlicheren Pashmina-Schals, denen Seide beigemischt war, jene Sorte, die ich den Jungen in den Lodi-Gärten umgeschlungen und die ich an dem Baby aus Lahore auf dem Titelbild der *Vogue* gesehen hatte.

»Sie haben so Recht. Es ist ein chinesischer Name.« Ashraf hörte nicht auf, weitere Schals herauszuziehen.

»Wie interessant. Wie kommen Sie denn zu diesem Namen?«

»Er kommt aus China«, wiederholte er nur. »Ich werde Ihnen etwas zeigen.«

Er sprang auf und verschwand die Treppe hinauf, um mit einem kleinen Teppich zurückzukehren, der etwa einen Quadratmeter groß war.

»Wissen Sie, dass 'toosh der Kaiser der Schals ist? Nun, dies hier ist König der Teppiche. Schaun Sie mal hier.« Er hielt ihn mir ehrfürchtig hin, als handle es sich um eine Reliquie. »Sehen Sie nur die gute Arbeit. Es ist der Baum des Wissens, schauen Sie, jeder Ast steht für einen Wissenszweig. Sehen Sie sich diese Knoten an, unglaublich.« Er wendete den kleinen Teppich. »Die meisten hochwertigen Teppiche haben um die 90 Knoten pro Quadratzentimeter. Dieser hier etwa 780, können Sie sich das vorstellen? Ich werde es Ihnen zeigen.« Er reichte mir eine Lupe und drehte den Teppich um.

Ich beugte mich mit der Lupe ganz dicht darüber und sah, dass am unteren Rand des Glases ein Inch, also etwa zweieinhalb Zentimeter, eingezeichnet war.

»Zählen Sie sie, zählen Sie die Knoten – hier, benutzen Sie die spitze Nadel hier.« Er reichte mir eine lange Nadel.

Es dauerte eine Weile, die Breite des eingezeichneten Bereichs abzuzählen. Ich musste mehrmals wieder von vorne anfangen, wenn die Nadel zu nahe ans Glas gekommen war und mir die Sicht verschwamm.

Ashraf wartete.

Auf den zweieinhalb Zentimetern Breite gab es 70 Knoten, und ich konnte mir gut vorstellen, dass es 70 Reihen pro zweieinhalb Zentimeter Länge waren. Sogar ich konnte erkennen, dass runde 780 Knoten pro Quadratzentimeter durchaus im Bereich des Möglichen lagen.

»Nicht zu fassen.«

Ashraf lächelte. »Es ist teurer, als viele reine, feinste Pashmina-Schals zu kaufen.«

»Ich bleibe vorläufig bei den Schals.« Ich gab ihm den kleinen Teppich zurück, die Lupe hatte ich mir ins Auge geklemmt, die Nadel hielt ich nach wie vor in der Hand.

Ashraf nahm aber sowohl die Lupe als auch die Nadel wieder an sich und fragte: »Wie viele Pashmina-Schals wollen Sie denn kaufen?«

Ich hatte keine bestimmte Zahl im Kopf.

»Ich kaufe im Auftrag eines Geschäftspartners ein, Robin Boudard. Er hat gerade erst angefangen, mit Pashmina-Schals zu handeln.« Ich setzte Robin als männlichen Vertreter der Firma ein.

»Also werden Sie viele Schals kaufen?« Ashraf senkte die Stimme. »Wir werden Großabnehmerpreis für Sie machen, über den Sie sehr glücklich sein werden, sehr guter Preis, Sie haben mein Wort. Dann werden Sie in mein Zuhause nach Kaschmir kommen. Wir haben ein Haus in Srinagar. Waren Sie schon einmal in Kaschmir?«

Ich erzählte ihm, dass ich schon einige Male dort gewesen war, allerdings nicht mehr seit den frühen neunziger Jahren, als die Touristen es mit der Angst zu tun bekamen und der Konflikt zwischen Indien und Pakistan allmählich eskalierte.

»Das ist ein großes Verbrechen, was da in meinem Tal geschehen ist. So viele Menschen sind ums Leben gekommen. Einige Leute sprechen von 60000 Todesopfern seit 1989. Das ist beinahe viermal so viel wie in allen drei Kriegen zwischen Indien und Pakistan zusammen. Viel zu viele für so eine schöne Gegend. Aber, was kann man machen?« Ashraf hielt seinen Nacken umklammert, seine Finger gruben sich tief ins Fleisch. »Finden Sie mein Tal nicht wunderschön?« Er deutete auf das Bild eines Hauses an der Wand neben dem Telefon. Es wurde von dem fahlen Licht, das durch das Fenster über der Treppe hereinfiel, erhellt und zeigte das typische Haus eines erfolgreichen Kaschmiri-Händlers in Srinagar: dreistöckig, mit einem steil abfallenden Dach und hell verputzten Mauern, modern und scharfkantig im Vergleich zu den sanfter konturierten traditionellen Holzhäusern der Mogulen, die aus mehreren, von umlaufenden Galerien gesäumten Stockwerken bestanden. Vor dem Haus befanden sich üppige Blumenbeete und eine Weide.

»Dies ist mein Haus, wo Sie wohnen werden, wenn Sie nach Kaschmir kommen. Wir leben in der Nähe des Nagin-Sees. Sie werden feststellen, dass er mehr als schön ist.« Die Hand in seinem Nacken entspannte sich.

Der Nagin-See ist der kleinere der beiden Seen, die mit der Stadt Srinagar verschmelzen. In den Jahren, als der Tourismus in Kaschmir boomte, war er auch der ruhigere der beiden, und das unbewegte Spiegelbild der Pappeln am Ufer wurde seltener von den Rudern der Shikaris, der dortigen Bootsfahrer, gestört als auf dem größeren Dal-See.

»Wo haben Sie gewohnt, als Sie in Srinagar waren?«, fragte Ashraf.

»Ausländische Journalisten, die aus Delhi kamen, wurden automatisch im Broadway-Hotel untergebracht. Ich nehme an, die Behörden dachten, sie hätten uns besser unter Kontrolle, wenn wir alle an einem Ort versammelt wären. Es bedeutete auch, dass wir alle auf einem Haufen waren, wenn sie uns etwas mitzuteilen hatten.

»Sind Sie nicht im Oberoi Palace abgestiegen?«, fragte er nach.

Das Oberoi ist der ehemalige Palast des Maharadschas von Kaschmir und nach Ashrafs Dafürhalten das einzig angemessene Hotel für Besucher. Es war allerdings kein Ort, an dem die Regierung in den neunziger Jahren Journalisten, die über die Situation in Kaschmir berichteten, gerne »stationiert« sah.

»Sie sind die ganze Zeit über in einem einzigen Hotel gewesen?« Ashraf lüftete seinen Topi und kratzte sich am Kopf.

»Nun, das nicht. Ich wechselte danach ins Hotel Pomposh. Es lag auf halbem Weg zwischen den beiden konkurrierenden Informationsstellen, an die wir uns um Erlaubnis wenden mussten, wenn wir unser Hotel verlassen wollten.«

Ich erzählte ihm nicht, dass es außerdem billiger war. Die Zeitung, für die ich 1991/1992 schrieb, konnte sich keine teuren Hotels leisten.

»Hotel Pomposh ist aber keine gute Adresse.«

»Da haben Sie Recht.«

Das hatte er wirklich. Es war ein feuchtes, stinkendes Loch, in dem sich die Kakerlaken wohler gefühlt hatten als die wenigen Gäste.

»Einige von uns zogen dann auf die Seen hinaus auf Hausboote, da es weitaus einfacher war, von dort aus in die Dörfer zu gelangen, ohne dass einem die Polizei oder das Militär folgte. Wir wurden als aufmüpfige Querulanten eingestuft.«

»Was soll das heißen? Beste Sache in Srinagar ist, auf einem Hausboot zu wohnen. Wo haben Sie gewohnt?«

»Meine Hauswirtin in Delhi hat mir Mr Butt empfohlen, auf dem Nagin-See. Sie hatte den Eindruck, dass er ein äußerst vertrauenswürdiger Mann sei.« Ich hielt inne, da ich die Bedeutung dessen, was ich da gerade gesagt hatte, erfasste.

Ashraf hob seine Hand, als ich ansetzte mich zu entschuldigen. »Madam, Ihre Vermieterin ist eine sehr weise Person. Sie kommt aus Kaschmir?«

»Nein, sie stammt aus Patiala.«

»Ah, das ist nicht so weit weg. Sie versteht meine Landsleute. Ich werde Ihnen mal eines über mein Tal sagen, was Sie glauben müssen: Wir Kaschmiris trauen keinem Menschen auf der Welt, aber vor allem trauen wir uns gegenseitig nicht über den Weg. Doch Butt ist ein guter Mann.«

»Kennen Sie ihn denn?«

»Aber natürlich, auf dem Nagin-See kennt jeder jeden.«

»Wenn ich das gewusst hätte, hätte ich ja bei Ihnen wohnen können.«

Die Hausboote und Pappeln vom Nagin-See

»Nun hat sich doch alles geregelt. Jetzt, wo Sie die Wang-noos kennen, Sie werden immer bei uns wohnen, wenn Sie nach Kaschmir kommen. Wie war der Name des Hausboo-tes, auf dem Sie gewohnt haben?«

Ich hatte auf zweien logiert, zuerst auf der *Princess Diana*, das war 1991, und dann, 1992, auf der *Princess Grace*. Mr Butt hatte eine ausgesprochene Schwäche für blonde Prinzessinnen mit dem Glamour eines Filmstars. Das dritte Boot war nach der jordanischen Königswitwe *Queen Noor* benannt.

»Und wie heißen Ihre Hausboote?«, fragte ich Ashraf.

»*Diva, Bellissima, Wuzmal* – also die Hübsche – und *Michael Jackson*«, verkündete er stolz. »*Michael Jackson* ist schon gut, aber meine Brüder und ich, wir werden den Namen vielleicht ändern. Er ist ein sehr berühmter Mann, aber wir mögen nicht seine Musik.

»Ich dachte, vielleicht *Hillary Rodham Clinton*, aber meine Brüder sagen, dass dies nicht gut ist, und wir sollten es nennen *Bill Clinton*.«

Was sollte ich darauf am besten erwidern? Denn ich musste unweigerlich an Monica Lewinsky und ihre Beziehung zu Bill Clinton denken.

»Vielleicht etwas, was ein bisschen weniger politisch ist«, schlug ich taktvoll vor. »Ihr Hausboot wird es zweifellos über die Dauer seiner Präsidentschaft hinaus geben.«

»Genau das sage ich meinen Brüdern auch immer. Vielleicht wird Mrs Hillary erste weibliche Präsidentin der Vereinigten Staaten. Wie klug wären wir dann, wenn wir Hausboot ihr zu Ehren auf ihren Namen getauft hätten.«

»Sie könnten es einfach nur *Hillary* nennen. Falls sie dann doch nicht Präsidentin wird, wäre es einfach nur ein Boot namens *Hillary*.«

»Das ist eine gute Idee. Ich werde meinen Brüdern von unserer Idee erzählen. Mit politischen Dingen müssen wir sein vorsichtig. Ich habe einen Freund, der ist fasziniert von allem, was zu tun hat mit Politik. Zuerst nennt er sein Boot *The Indira**. Dann ändert er Namen in *The Benazir**, und später heißt es *The Winnie**. Aber nun ist er es leid, Namen zu überstreichen und neue draufzumalen.« Ashraf seufzte.

»Klingt ganz so, als sei er mehr an starken Frauen als an Politik interessiert«, stellte ich fest.

Ashraf schwieg. Er wartete einen Moment, dann fuhr er, ohne auf meine Bemerkung einzugehen, fort.

»Finden Sie es nicht seltsam, dass Vereinigte Staaten als Vorreiter in allen Dingen gelten, als modernstes Land der

---

* *Indira Gandhi*, 1966–1977 indische Premierministerin, 1984 ermordet.

Benazir Bhutto, ehemalige Premierministerin Pakistans, 1990 und 1996 durch den jeweiligen Staatspräsidenten abgesetzt wegen Korruption.

Winnie Mandela, Gattin Nelson Mandelas (Anm. d. Übers.)

Welt, aber immer noch keine Präsidentin haben? Zuerst in Indien, dann in Pakistan und jetzt wer weiß wo noch überall, aber keine Frau Nummer eins in den Vereinigten Staaten. Ich finde das sehr interessant.«

»Die First Ladys scheinen sich damit zufrieden zu geben, Bücher über die Katzen und Küchen des Weißen Hauses zu schreiben«, erwiderte ich.

»Mag Mrs Hillary Katzen?«

»Ich bin mir nicht sicher, aber ich habe den Eindruck, dass sie sie nicht besonders schätzt. Ich denke, im Haushalt des Präsidenten bevorzugt man Hunde.« Mir war entfallen, ob es Hillary Clinton oder Cherie Blair war, die die stärkere Abneigung gegen Katzen hegte.

»Wenn sie keine Katzen mag, dann mag sie auch keine Kaschmiris«, erklärte er.

Der Zusammenhang war mir nicht klar.

»Katzen trauen niemandem, genau wie Kaschmiris.«

Ashrafs Ähnlichkeit mit Katzen beschränkte sich auf seinen ausladenden Schnurrbart. Sein Lächeln dagegen weckte eher die Assoziation an einen Hund.

»Nun, meine Liebe, wir sprechen über alle möglichen Dinge, nur nicht über Pashmina. Ich werde Ihnen alles zeigen, was Sie wissen müssen. Sie werden nach Kaschmir kommen und mein Haus und meine Landsleute kennen lernen, die Schals für Sie weben. Ich werde Ihnen guten Preis machen, den besten Preis. Trinken Sie einen Tee?«

So begannen die Geschäftsbeziehungen mit den Wangnoos.

Pashmina in allen Farben

Altes Pfarrhaus
12. September 1998

Meine modebewussten Freunde, die es wissen müssen, berichten, dass die elegantesten Frauen sich um Pashmina-Schals raufen. Sie scheinen Preise zu zahlen, die mir ziemlich absurd vorkommen. Legen die Leute wirklich 400 Pfund für einen lumpigen Schal auf den Tisch? Wir werden doch sicher nicht solche Unsummen verlangen? Schicke dir einige Zeitungsausschnitte über Pashmina-Schals. Habe den Eindruck, man sieht sie plötzlich an allen Ecken. Habe ein paar Leuten erzählt, dass ich sie demnächst vertreiben werde. Eine Flut von Bestellungen geht ein. Wann kommst du zurück, und wie viele bringst du mit?

Liebe Grüße

Robin

Delhi
Immer noch viel zu heiß, Monsun jetzt schon zwei
Monate überfällig.

Habe eine gute Quelle gefunden – vier Brüder, muslimische Kaschmiris mit einem fremdartigen chinesischen Namen. Sie sind Bekannte von Hillary Clinton. Ist das gut oder schlecht?

Schicke einige Schals und bringe weitere mit, wenn ich im November zurückkomme. Habe vor, ein paar Tage bei den Färbern zu verbringen, bevor ich heimreise. Hoffe, etwas Raffiniertes mit ausgefallenen Farben hinzukriegen.

Liebe Grüße

Justine

Die Färbereien in Delhi sind ein nicht wegzudenkender Teil der dortigen Modeszene, sie färben Saris und Shalwar Kameez* neu ein, die aus der bunten, mittelalterlichen Sufi-Siedlung Nizamuddin stammen, wo die Zeit stehen geblieben scheint, aber genauso auch aus dem gepflegteren modernen Wohnviertel Golf Links. Doch halten sich die Färbereien nicht unbedingt an Gesundheits- und Sicherheitsvorschriften, wie wir sie kennen. Es gibt dort keinen Paragraphen, der vorschreibt, dass ein Arbeitgeber alles dransetzen muss, um das Leben seiner Angestellten zu schützen. Wenn Mrs Bhala ihren Sari in einem giftigen chemischen Orange gefärbt haben möchte, greift ein schmächtiger Dreikäsehoch nach dem Kanister mit dem chemischen Zusatzstoff 776412, um ihren einer Laune entsprungenen Wunsch zu erfüllen. Er schraubt den Kanister auf und fasst mit den Händen direkt in die ätzende Mixtur. Der große Aufkleber mit dem Totenkopf auf dem Behälter hat keine warnende Wirkung. Er ist einfach nur Bestandteil der Färbersprache. Auf jedem Kanister prangt einer. Ohne ihn könnte man nicht ordentlich färben. Bloße Hände tauchen wieder und wieder in die Behältnisse

* Kombination aus einer Pluderhose (Shalwar) und einem langen Überkleid (Kameez) (Anm. d. Übers.)

mit den Chemikalien und in die Färbebottiche, greifen nach den Stücken, die schon zu lange darin gelegen haben, und ziehen Mrs Bhalas Sari heraus, bevor er eine Nuance zu unwirklich wird. Der Schweiß wird mit ebenjenen chemikaliendurchweichten Händen vom Gesicht gewischt. Die meisten der Jungen, die in den Färbereien arbeiten, haben Hautreizungen und Atemwegsinfektionen von unterschiedlichem Schweregrad.

Ashraf versicherte mir hoch und heilig, dass er und seine Brüder sämtliche Färber in Lajpat Nagar, dem Färberviertel der Stadt, durchprobiert hätten. Sie seien schließlich bei der Färberei Parveen hängen geblieben, mit Sicherheit den besten Färbern in ganz Delhi.

Robin und ich hatten beschlossen, in halb fertige Ware zu investieren, so dass wir uns beim Färben nach den aktuellen Tönen der Saison richten konnten. Ich hatte 50 naturbelassene Schals gekauft, allesamt in der Farbe eines Schafes, das im Regen auf einem Hügel steht.

Ich saß bei Ashraf im Halbdämmer seines Ladens. Wieder einmal war der Strom ausgefallen. Ashraf zeigte mir Farbmuster, aber der schmutzige, graue Nachmittagssmog schluckte das Licht, das durch das schmale Fenster hereinfiel. Es war unmöglich, die winzigen Farbfelder zu prüfen und sich den Ton auf einem 1 Meter 80 langen Schal auszumalen. Ich konnte mir vorstellen, dass das matte Rosa auf dem Schnipsel vor mir sich in eine überdimensionale Fläche in der Farbe verdorbener Lachsmousse verwandeln würde. In dem schummrigen Licht waren die Rosa- kaum von den Rottönen zu unterscheiden, und das Orange verschmolz mit dem Korall. Ashraf seufzte.

»Ich gehe jetzt zum Gebet. Es ist die Zeit. Sie bleiben hier. Mein Bruder Nummer eins, Manzoor, wird auch zum Gebet kommen. Er wird sich freuen, Sie kennen zu lernen. Er wird sich um alles Nötige kümmern, wenn ich in Kaschmir bin. Sie werden ihn mögen. Er ist sehr guter Mann.«

»Es wird mir ein Vergnügen sein, die Bekanntschaft Ihres Bruders zu machen. Wie lange wird das Gebet dauern?«

»Nicht so lange.« Er stand auf und zog seine Schuhe an.

»Gehen Sie zum Beten weg?«

»Ja, in die Moschee, um sagen Dank, dass mein Bruder Manzoor wieder sicher am Flughafen gelandet ist nach seinem Rückflug aus Kaschmir.«

»Wie weit ist die Moschee entfernt?«, fragte ich.

»Nur fünf Minuten, gleich am Ende von Straße.«

»Ashraf, kann ich mit Ihnen zur Färberei kommen, wenn Sie das nächste Mal dorthin fahren?«

»Wir werden all diese Dinge nach dem Gebet besprechen.« Er winkte und verschwand, wobei er lautstark etwas in den oberen Stock hinaufrief. Eine kleine Gruppe von Mitarbeitern kam im Gänsemarsch herunter und verließ den Laden in seinem Kielwasser. Dem Ruf des Mullahs hatte man Folge zu leisten.

Ich blieb alleine im Laden zurück; der Einzige, den man noch hörte, war der Kassierer, der mit den Tasten seiner Addiermaschine klapperte – ein hinduistischer Buchhalter, der einen ganz eigenen Rhythmus auf den Rechner trommelte.

Ashraf hatte sein Exemplar des Korans neben seinem Sitzplatz liegen lassen. In einer der Seiten steckte ein Merkzeichen. Ich streckte die Hand nach dem Buch aus, um es aufzuheben, hielt aber inne, noch bevor ich es berührt hatte. Ich wusste nicht, ob Ashraf das als ein Eindringen in seine Privatsphäre ansehen würde. Würde ich mir von jemand anderem seine Bibel oder seine Upanischaden nehmen? Doch, das würde ich wahrscheinlich. Ich hob das Buch vorsichtig hoch und schlug die markierte Seite auf. Ein kurzer Abschnitt war unterstrichen. Ich versuchte, das Arabisch in

mein Notizbuch zu übertragen. Ich schrieb aufs Gerate-
wohl, und die Kopie hatte nichts von dem Schwung des Ori-
ginals, aber vielleicht könnte mir ein Übersetzer sagen, was
Ashraf dazu bewogen hatte, diese Passage zu unterstrei-
chen.

Er hatte mir erklärt, wie gerne er läse, aber das einzige
Buch, das ich gesehen hatte, war der Koran. Was er als Liebe
zu Büchern bezeichnete, war seine große Liebe zu *einem*
Buch. Der Islam lenkte jedes seiner Worte: Jede Entscheidung, die er traf, sein ganzes Streben war auf Mekka ausge-
richtet.

Während ich in dem immer fahler werdenden Licht dasaß, fuhr Ashraf seine Angestellten zum Gebet; er brauste
die Straße hinunter, brüllte alle an, die ihm in die Quere kamen, egal ob Mann, Frau, Kind oder Kuh, schlingerte von
einer Spur zur anderen, die Hände lose ums Lenkrad, das
er herumwirbelte, als sei es ein Spielzeug, während sein
Feron sich am Schaltknüppel verheddere – eine Muslim-
Rakete, die außer Kontrolle geraten war und auf die Moschee
zuhielt. Sein Vertrauen, dass Allah ihn schon beschützen
würde, war unerschütterlich, eine unumstößliche Überzeugung, die er mitnehmen würde bis ins Grab.

Der Konflikt in Kaschmir hat bei vielen der Muslims im
Tal jegliche Kompromissbereitschaft erstickt und zu einer
extrem orthodoxen Haltung geführt, aus der heraus sie nun
viele der westlichen Werte ablehnen, welche seit den 1960er
Jahren Stützpfeiler ihrer Wirtschaft gewesen sind.

Indem sie sich auf eine Geschäftsbeziehung mit einer aus-
ländischen und weiblichen Ungläubigen einließen, hatten
die Wangnoo-Brüder gegen etliche der weniger strengen
Vorschriften ihrer Religion verstoßen. Doch das war verzeih-
lich, da die harten Devisen sie in die Lage versetzten, den Le-
bensstil zu wahren, der der Sache Allahs diente. So konnte

Manzoor, der älteste der vier Brüder, es sich leisten, seine Kinder nach Übersee auf die Schule zu schicken, auf eine spezielle islamische Schule außerhalb von Manchester. Dort verbringen die Schüler sieben Jahre ausschließlich mit dem Studium des Korans, bis seine Suren, seine Verse und Lehrsätze ihnen in Fleisch und Blut übergehen und ihr Atmen und Essen, ihre Gedanken und Träume bestimmen.

Yaseen, der Verkaufsleiter der Wangnoos, war es, der mir die ersten Lektionen in Sachen Islam erteilte. Er hatte schon immer mit den Brüdern zusammengearbeitet, doch was entscheidender war, er hatte immer *für* sie gearbeitet, genau wie sein Vater. Yaseen war Anfang vierzig, hatte also das gleiche Alter wie Manzoor. Er war mit dem Ältesten der Wangnoos zusammen aufgewachsen. Die tägliche Kleinarbeit im Geschäftsbetrieb der Brüder war ihm bis ins Detail vertraut, und er war von jeher eine unerlässliche Stütze für das Geschäft gewesen, eine Art rechte Hand, aber zugleich immer auch nur ein Anhängsel, eben ein Angestellter.

Die starren Grundsätze des Islam schienen bei Yaseen gelockerter, vielleicht weil er ein Angestellter war. Er war nicht weniger fromm als die Brüder, aber er hielt sich nicht an jede formale Vorschrift. Mit ihm war es einfacher, über die Bereiche seiner Religion zu sprechen, denen ich selbst nach ausführlichen Erklärungen ratlos gegenüberstand.

Yaseen war ein zierlicher Mann, sein Profil schien geradewegs der von einem Kunsthandwerker aus dem Kaschmir-Tal geschaffenen Miniatur eines Mogulen entsprungen: scharfkantige Wangenknochen, steil abfallendes Profil mit hoher, gewölbter Stirn und gebogener Nase, deren tropfenförmige Spitze in einem Schnurrbart verschwand. In Yaseens Bart und Haaren zeigten sich einzelne silberne Fäden. Er trug die Ergrauung mit Stolz, als Ausweis seiner Erfahrung.

Während ich darauf wartete, dass Ashraf, Yaseen und die anderen vom Gebet zurückkamen, versuchte ich, aus den arabischen Schriftzeichen, die ich aus Ashrafs Koran abgeschrieben hatte, einen Sinn herauszulesen. Yaseens Erscheinen setzte meinen vergeblichen Bemühungen ein jähes Ende.

»Guten Tag, Madam.« Sein Profil schob sich vor die Seite.

»Yaseen, ich bin so froh, dass Sie wieder zurück sind. Ich habe gerade versucht, etwas zu entziffern. Könnten Sie es mir bitte übersetzen?« Ich hielt ihm das Gekrakel in meinem Notizbuch unter die Nase.

Er warf einen flüchtigen Blick darauf, kommentierte die dürftige Kopie aber mit keinem Wort.

»Es gibt immer noch keinen Strom. Kein gutes Licht zum Lesen. Ich nehme es mit ans Fenster.«

Als er den Raum durchquerte, sah ich, dass ein weiterer Mann mit ihm gekommen war. Er wartete schweigend in der Tür und verfolgte die Unterhaltung. Yaseen drehte und wendete mein Notizbuch im Lichtschein, der durchs Fenster fiel.

»Tut mir leid, dass es so schlecht geschrieben ist. Ich bin der arabischen Schrift nicht mächtig.«

»Nein, Madam. Es liegt nicht an Ihrer Schrift, sondern daran, dass ich schlecht sehe. Ich kann nicht mehr so gut sehen.« Er starrte angestrengt auf das Blatt, seine Nase berührte es beinahe, dann schob er es von sich fort, als versuche er, den Blick neu einzustellen.

»Es ist aus dem Koran«, bemerkte er.

»Ja, ich habe es abgeschrieben.« Ich wusste, dass ich etwas gestand, was eigentlich nicht ganz zulässig war.

»Einige Leute glauben, dass es nicht richtig ist, kleine Ausschnitte aus dem Koran herauszulösen. Aber für die meisten von uns ist das alles ganz in Ordnung. Wir akzeptieren alles. Das ist unsere Religion.«

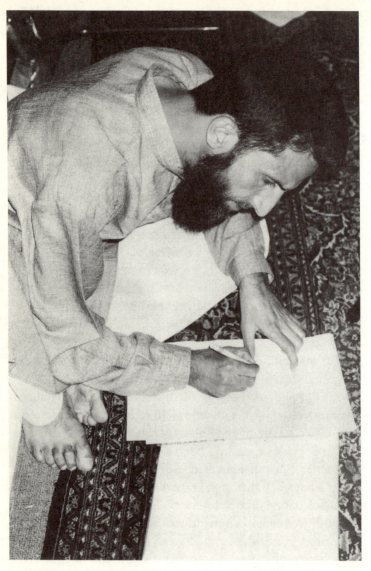

Yaseen mit dem feinen Profil, über seine Bücher gebeugt

Er kam wieder vom Fenster zurück, die Lippen aufeinander gepresst angesichts der etwas unangenehmen Aufgabe, aus meinen arabischen Schreibversuchen schlau zu werden. Er sah zu dem Mann hinüber, der immer noch reglos an der Tür stand. Der Fremde nickte.

»Sie haben aus der 25. Sure abgeschrieben – Die Diener des Gnadenreichen sind diejenigen, die in würdiger Weise auf Erden wandeln, und wenn die Unwissenden sie anreden, sprechen sie: ›Frieden‹.«

Yaseen reichte mir mein Notizbuch zurück.

Der Mann im Dunkel hatte Yaseen die Erlaubnis erteilt, aus dem heiligen Buch zu zitieren. Jetzt löste sich der Schatten aus dem Türrahmen.

»Salaam alekum. Ich bin Manzoor, Nummer eins der Wangnoo-Brüder. Mein dritter Bruder Ashraf hat schon viel von Ihnen erzählt.« Er hielt inne und wartete auf eine Antwort.

Ich wusste nicht, wie ich den ersten Wangnoo-Bruder anreden sollte. Er war das etwas ältere Ebenbild von Ashraf, ein wenig größer, ein wenig grauhaariger. Ich nannte Ashraf bei seinem Namen, da er mich darum gebeten hatte. Ob ich das auch bei Manzoor tun sollte, war ich mir nicht sicher. Ich verneigte mich leicht, die Hände unter dem Kinn aneinander gelegt, wie es in Indien üblich ist, wenn man jemanden förmlich begrüßt. »Sie lesen in unserem Buch?«, fragte er.

»Ich wünschte, ich könnte es, aber ich kann kein Arabisch lesen.«

»Yaseen wird Ihnen helfen. Bald werden Sie den Koran lesen. Das ist gut, sehr gut. Kommen Sie, setzen Sie sich«, befahl Manzoor.

Ich setzte mich genau auf den Platz, den er mir anwies.

Es war schließlich Manzoor und nicht Ashraf, der seinen

Segen zu meinem Vorhaben gab, unter Yaseens Führung dem Färber einen Besuch abzustatten.

Obwohl die extremen Temperaturen der heißen Jahreszeit allmählich zurückgingen, musste ich Yaseen bitten, das Autofenster herunterzukurbeln. Die Angst trieb mir den Schweiß aus den Poren. Während er sich ausließ über die Poesie des Korans, über den Rückgriff auf die Naturkräfte als Reim, Metrum und bestimmendes Element, wechselte er abenteuerlich von einer Fahrspur zur anderen, ohne die Autos links und rechts zu beachten. Eines seiner Manöver war so halsbrecherisch, dass die Fahrt für einen Moment wie in Zeitlupe weiterging. Überdeutlich konnte ich den Kajal um die Augen eines Kindes erkennen, das sich unbedacht in den Verkehr stürzte, während er blindlings über eine rote Ampel donnerte. Bei einer Frau, die gerade eine Rikscha heranwinkte und an der er knapp vorbeifuhr, waren die Details des Sarisaums für meinen Geschmack ebenfalls zu gut zu erkennen – besser als bei jeder Nahaufnahme.

»Es ist Lied des Lebens, schön, so schön«, fuhr Yaseen in seinem Vortrag fort. »Rundherum, immerzu, ein perfekter Kreis. Lesen Sie jetzt den Koran?«

Tat ich nicht, schon gar nicht im Original. Yaseen sah mich an, in Erwartung einer Antwort. Mir lag daran, dass er auf die Straße schaute.

»Ich besitze eine Übersetzung«, gestand ich.

Er wendete sich wieder der Straße zu und schwieg für einen Moment, während er mit den Fingern aufs Lenkrad trommelte.

»Was wissen Sie alles über den Islam?«, fragte er schließlich.

»Nicht sehr viel. Aber ich mag es, am Freitag zur Jama Masjid zu gehen und all die Leute vom Abendgebet herauskommen zu sehen.« Die Jama Masjid, die bedeutendste Moschee in Delhi und die größte in Indien, war die letzte architektonische Glanzleistung von Shah Jahan, dem fünften Mogulkaiser von Indien; sie wurde 1658 fertig gestellt, nur wenige Monate, bevor sein Sohn Aurangzeb ihn in dem achteckigen Turm im Fort von Agra einsperrte, wo er starb, mit Blick auf den anderen großartigen Versuch, ewigen Ruhm zu erlangen, das Taj Mahal, sein Geschenk an Mumtaz, die 17 Jahre lang seine Frau und die Mutter von 14 seiner Kinder war. Jama Masjid besitzt zwei große Minarette, beide sind über 30 Meter hoch, rosa-weiß gestreifte Zuckerstangen aus Sandstein und Marmor. Die Minarette saugen das Dämmerlicht auf und fangen bei Sonnenuntergang an zu glühen, prächtige Säulen aus zyklamfarbenem Naschwerk, die nach dem Abendgebet in Flammen stehen.

»Ah, ein großartiger Ort, alles darin ist heilig, alles, eins wie das andere, überall nur Poesie.« Yaseen überließ sich wieder seinen Gedanken, und das Auto schlingerte von einer Spur zur anderen. Er war mit dem Kopf ganz bei dem Muezzin, der vom Minarett der Jama Masjid zum Gebet rief. Und dann fuhren zwei vielleicht 18- oder 19-jährige Jungen vorbei, in einem nagelneuen BMW, die Fenster heruntergekurbelt, den Soundtrack des aktuellen Hindi-Kultfilms voll aufgedreht. Der Fahrer achtete so gut wie gar nicht auf den Verkehr.

Yaseen sah zu ihm hinüber. Sein Blick war kalt. »All diese laute Musik, die ich höre, all dieser ohrenbetäubende Lärm. Das ist nicht gut. Es verwirrt den Geist all dieser jungen Leute sehr viel.«

»Das gehört alles zum Jungsein«, murmelte ich zum Fenster gewandt.

Yaseen bekam es mit.

»Deswegen ist es noch nicht richtig. Meine Kinder in Kaschmir hören nicht diese Art Musik, sie sehen nicht so viel fern.«

Es war das erste Mal, dass Yaseen seine Familie erwähnte.

»Ich wusste gar nicht, dass Sie Kinder haben. Wie alt sind sie denn?«

»Genauso alt wie Ältere von Manzoor. Ich denke, vielleicht sind sie 15 und 13.«

»Und sie hören wirklich keine Musik?«

»Sie sind draußen an der frischen Luft und machen gesunde Sachen. Sie spielen Kerket.«

»Natürlich.« Ich hatte noch nie etwas von Kerket gehört. »Und sie sehen wirklich nie fern?«

Yaseen dachte nach.

»Doch, ich erinnere mich, sie haben manchmal schon ferngesehen. Manzoor hat einen Fernseher für die Nachrichten und für Kerket. Für großes Kerket-Finale sind meine Jungen zu Manzoor zum Fernsehen gegangen. Auch für die Fußballweltmeisterschaft. Aber dann, als die Franzosen gegen die Brasilianer gewannen, sagte Manzoor, ›Schluss damit, jetzt reicht's mit Blödsinn. Die Franzosen können niemals die Brasilianer geschlagen haben.‹ Also kein Fernsehen mehr.«

»Werden Kerket-Spiele im Fernsehen gezeigt?«

»Natürlich.«

»Ich glaube, ich habe noch nie eins gesehen. Werden sie auf einem der Sportkanäle über Satellit ausgestrahlt?«, fragte ich.

Yaseen sah mich erstaunt an. Der Wagen driftete erneut quer über die Straße, und der Fahrer eines Transporters, der ziemlich schnell fuhr, drückte voll auf die Hupe.

»Aber wir haben Topmann aus Ihrem Land, der im Fernsehen und in den Zeitungen darüber berichtet. Wie kann es sein, dass Sie noch nie gesehen haben? Mr Geoffrey Boycott aus Ihrem Yorkshire-Pie-Ort.«

»Pudding. Yorkshire Pudding, eine Beilage zum Rinderbraten. Kricket, jetzt hab ich's verstanden, Kricket.«

»Ja natürlich, Kerket.« Yaseen schüttelte den Kopf. »Wie ist möglich, dass Sie noch nie gesehen haben?«

»Ich schaue nicht sehr viel fern, aber ich habe schon einige Male einen Bericht gesehen.«

Yaseen wirkte erleichtert. »Das ist gut, großartiges Spiel.« Dann wandte er sich wieder der Straße zu.

»Wir machen kleinen Umweg, ich hoffe, Sie haben nichts dagegen. Ich muss auf Weg zu Färberei ein sehr wichtiges Stück im Auftrag von Manzoor abliefern.«

Wieder wechselte Yaseen in einem Höllentempo die Spur und bog von der Überführung ab in Richtung eines der exklusivsten Wohnviertel von Delhi, Golf Links, das einen Steinwurf von einem der Stützpunkte der besseren Kreise in der Stadt entfernt ist, dem Golf-Club mit seinen welligen Grünflächen und schattenumkränzten Bäumen.

»Sie müssen sich anschauen, was ich habe abzuliefern.« Yaseen beugte sich nach hinten zum Rücksitz, eine Hand weiter am Steuer, seine Augen überall anders als auf der Straße. Dann legte er mir eine zerknitterte Tüte auf den Schoß. »Schauen Sie, sehen Sie sich diese Arbeit genau an, es ist ein Pashmina-Schal mit feinster Stickerei. Manzoor hat ihn in Srinagar reparieren lassen. Nur ein Mann in der ganzen Stadt ist in der Lage, diese Art Arbeit zu machen. Dieses Stück ist über hundert Jahre alt.«

Ich nahm den Schal aus der Tüte heraus, als Yaseen schon an der Einfahrt zur Siedlung hielt. Er sprang mit wehendem Bart und Feron aus dem Wagen, um dem Pförtner sein Anliegen vorzutragen; doch der schien nicht begeistert, den rasenden Kaschmiri in das Wohnviertel einzulassen.

Der Schal fiel breit über meinen Schoß, in Lagen aus blassem Grau, die Stickerei war so zart, so verschlungen, dass ich sie zunächst kaum von dem Gewebe unterscheiden konnte. Das feine seidene Stickgarn war verblichen und hatte die Farbe von trocknenden Rosenblättern auf einem herbstlichen Rasen, Altgold, Ocker, ein tiefes, weiches Umbra, die Rosatöne des Septemberlichts. Es war mit das Schönste, was ich je gesehen hatte.

Yaseen kam zurück von der Auseinandersetzung mit dem Pförtner.

»Ich glaube, dieser Mann ist vielleicht ein bisschen wie verrückt. Er lässt mich nicht mit Auto in die Siedlung hinein. Ich laufe schnell zum Haus und gebe Schal ab.« Er nahm mir die Tüte aus der Hand und faltete den Schal wieder zusammen.

Er schien nicht gekränkt, dass ihm die Zufahrt verweigert worden war, sondern lächelte dem Pförtner sogar noch zu, als dieser das Tor widerwillig öffnete, gerade weit genug, dass er seitwärts gedreht mit seiner Tragetasche durchschlüpfen konnte – seine Geduld passte zu den zart verschlungenen und weichen Linien der Stickerei auf dem Schal, den er bei sich trug.

Die Färberei Parveen liegt im Herzen von Lajpat Nagar. Nachdem wir von der Hauptstraße ins Marktviertel eingebogen waren, wurden die Gassen immer schmaler und die Läden immer zahlreicher und gedrängter, einer über dem anderen, winzige aufeinander gestapelte Geschäfte, die sich gegenseitig schier erdrückten. Über einem Milchladen saß ein Mann, der Schreibmaschinen reparierte und sich den Raum mit einem Verkäufer von elektrischen Ventilatoren teilte. Eine Tür weiter, in einem Süßwarenladen, stand ein Bottich mit brodelndem Sirup direkt neben einer Pfanne mit spritzendem Öl. Und während der Samosa-Bäcker seine gefüllten Teigtaschen zusammenklappte, ließ gleich nebenan der Süßwarenhändler Teigkringel in den brodelnden Sirup fallen.

Auf dem großen flachen Dach über der Färberei Parveen waren Wäscheleinen gespannt, die voller Schals hingen. Zwei Männer liefen zwischen den flatternden Schals herum und zupften die, die sich verdreht oder verkrumpelt hatten, glatt; die trockenen nahmen sie ab und ersetzten sie durch neue, die sie von einem riesigen triefnassen Haufen am Rande des Dachs holten.

Yaseen parkte den Wagen gegenüber dem Laden im spitzen Winkel zur Straße. Drei Kinder, die an der Ecke standen, lachten und zeigten mit dem Finger auf uns.

»Kommen Sie, wir haben den Kofferraum voll.« Er klappte den Deckel auf und holte drei große Stapel ungefärbter Schals und eine kleine, zerknitterte Plastiktüte heraus. »Ich bin Honigmann, Sie werden sehen.« Er lachte, als er mir einen Stoß Pashmina-Schals auf die Arme lud. »Eine Sache, bitte Sie nennen Mr Surinder, den Besitzer, Lālājī.«

Ich nickte. Lālājī ist eine unterwürfige Form der Anrede für einen Ladenbesitzer, aber ein Schimpfwort, wenn man es in einem abfälligen Ton sagt. Es war kein Wort, das ich normalerweise benutzen würde, aber ich wollte Yaseen nicht provozieren.

Mr Surinder saß in einem verglasten Büro. Sein Schreibtisch war begraben unter Farbmustern, einige bestanden aus Blättern mit winzigen kolorierten Kästchen darauf, andere aus großen Stofflappen, die zu Büchern gebunden waren und an deren ausgefransten Rändern lose Fäden in allen Schattierungen heraushingen. Ich beobachtete den alten

Mann durch die Scheibe, während wir warteten, dass wir an die Reihe kämen. Wir standen nur ein oder zwei Meter von ihm entfernt, lediglich getrennt durch das Glas, doch er nahm keine Notiz von uns. Er sah aus wie ein riesiger Ochsenfrosch, sein Kopf verschwand unter einer roten Baumwollmütze, Hemd und Schal – ebenfalls rot – waren straff um seinen massigen Körper gewickelt. Ein dampfendes Glas Tee stand vor ihm. Magere Jungen, nur mit einem Lungi, einem Lendenschurz, bekleidet, rannten in seinem Büro ein und aus, beladen mit kleinen Töpfen voller Farbe, die sie den kochend heißen Bottichen entnommen hatten, damit der alte Mann sie prüfen konnte. Er tauchte ein Stück weißen Stoff in die einzelnen Gefäße und wühlte dann in seinen Mustern nach dem Farbton, dem sie entsprechen sollten. Einige Töpfchen mit Farbe tat er mit einer wegwerfenden Handbewegung ab. Anderen fügte er noch einen weiteren Farbstoff bei, den er aus seiner Dosensammlung hinter sich genommen hatte. Mit einem großen verbeulten Löffel rührte er in dem Probentopf herum, den er ausgewählt hatte, und tauchte dann ein weiteres Stückchen Stoff hinein. Seine Bewegungen waren flink und präzise, trotz seines überquellenden, faltigen Körpers. Schließlich hielt er inne, sah auf und bedeutete einem seiner Gehilfen mit einer Handbewegung, dass er uns hereinführen solle.

Yaseen trippelte um den Schreibtisch des Alten herum und hielt ihm die zerknitterte Plastiktüte hin, die er aus dem Kofferraum gezogen hatte.

»Lālājī, wie schön Sie zu sehen. Ich bin Honigmann für Sie.« Er reichte ihm ein Glas bernsteinfarbenen Honig, dessen Außenseite verschmiert war, weil der Deckel nicht richtig schloss und der Honig ausgelaufen war.

Lālājī wirkte nicht sehr beeindruckt. »Wie nett.« Er nahm Yaseen das Glas aus der Hand und reichte es an einen seiner Gehilfen weiter, um sich dann mit leicht angewiderter Miene die Hände an seinem Hemd abzuwischen.

Ich trat an den Schreibtisch.

»Lālājī, es freut mich, Sie kennen zu lernen. Ich habe bereits viele Ihrer Stücke gesehen und würde mich gerne einmal mit Ihnen unterhalten. Aber ich weiß, dass Sie ein viel beschäftigter Mann sind. Vielleicht gibt es ja eine Phase, wo Sie nicht ganz so viel zu tun haben.«

»Wir haben immer zu tun«, erwiderte er, während er sich weiter die Hände abwischte.

»Ich wäre Ihnen aufrichtig dankbar, wenn Sie ein paar freie Minuten finden könnten, da ich gerne etwas Geschäftliches mit Ihnen besprechen würde.«

»Vielleicht nach Neujahr.« Es war das erste Mal, dass er lächelte.

Wir hatten gerade die zweite Septemberwoche.

»Sind Sie Amerikanerin?«, fragte er.

»Nein, ich komme aus England.«

»Woher genau?«

»London.«

»Direkt aus London oder aus der Umgebung?«

»Eigentlich direkt aus London.«

»Ich war 1980 in England, in Birmingham. Mein Bruder hat dort eine bestens florierende Zahnarztpraxis.« Sein Lächeln war jetzt breit und fast zahnlos.

Ein weiterer mit einem Lungi bekleideter Junge kam mit einem Probentöpfchen herein. Der alte Mann nahm nicht einmal ein Stückchen Stoff zur Hand. Er ließ die Flüssigkeit vom Löffel rinnen und starrte auf die Farbe, bevor er abwinkte. Die Sonne kam heraus, und durch eine zersprungene Fensterscheibe waren vorbeifahrende Radler zu sehen. Hinter uns, auf der anderen Seite der gläsernen Trennwand, brodelte in großen kupfernen Kesseln die Farbe, die von

Jungen mit langen, dicken Stangen umgerührt wurde. Ihre nackten Oberkörper glänzten vom Dampf, der aus den Bottichen hochstieg. Mit dem Handrücken wischten sie sich den Schweiß von der Stirn, die Farbspuren trug, so dass sie aussahen wie so viele Sadhus, jene als Eremiten und Bettler in Askese lebenden Hindus. Sie zogen triefnasse Bündel aus den riesigen runden Töpfen und klatschten sie auf den Boden. Dann entnahmen sie jedem dieser Haufen ein Stück Stoff und glätteten es mit einem Bügeleisen, das ständig auf einem alten Ofen in der Ecke erhitzt wurde. Jedes kleine geplättete Stück wurde dem alten Mann in sein Büro gebracht, damit er es erneut in Augenschein nehmen konnte. Diese klitschnassen Haufen, die da auf einem von den chemischen Substanzen angegriffenen Zementboden ausdampften, waren dieselben Schals, die gespült, fertig gestellt, verkauft und verschifft würden, um dann um den Hals von blonden Luxusgeschöpfen mit Fransenschnitt geschlungen zu werden, wenn sie mittags hastig von der Aura-Massage zum Sushi-Essen mit ihren Freundinnen stöckelten. In der Färberei Parveen roch der Berg Schals nach nassem Hund.

»Ich wurde 1931 im heutigen Pakistan geboren. Waren Sie schon einmal in Pakistan?«, fragte der alte Mann.

»Nein, noch nicht. Ich weiß, es ist nicht möglich, aber würden Sie gerne noch einmal nach Pakistan fahren?«

Er lachte und fuchtelte mit den Händen.

»Ich kam 1947 hierher, gemeinsam mit so vielen anderen Hindus.«

Ich sah hinüber zu Yaseen. Er verzog keine Miene.

»Das war vielleicht eine Reise«, fuhr Mr Surinder fort. »Ich glaube, so etwas möchte ich nicht noch einmal machen. 1950 eröffnete ich beim Roten Fort die Färberei. Wir Hindus aus Lahore sind beste aller Färber in Indien. Wussten Sie das?« Er rief nach einem der Jungen. »Möchten Sie Tee?«

»Ja, bitte.« Ich wies auf Yaseen.

Mr Surinder ignorierte die Geste und orderte drei Tassen Chai. Er hatte Yaseen mit einbezogen, ohne groß zu fragen.

»Nun besitze ich drei Fabriken und diese Färberei hier. Wir sind guter Laden, weil wir jeden, der zu uns kommt, bedienen. Nicht wie Betriebe, die kleine Aufträge ablehnen, weil nicht genug Geld bringen. Wir kümmern uns auch um kleine Leute. Unser Verfahren ist von höchster Qualität, wir färben mit der Hand. Schauen Sie, all das hier ist Handarbeit.«

Rund um uns herum konnte man es sehen. Jedes Stück wurde mit der Hand gefärbt, genau wie damals, als die Färber in Lahore nach der Teilung des Landes die ersten ihrer berühmten Färbereien gegründet hatten; dünne zerschundene Arme tauchten wieder und wieder in die kochend heißen Bottiche, während der alte Mann über seine chemischen Substanzen wachte, den Löffel in der Hand und die rote Mütze auf dem Kopf.

»Ich habe vier Kinder. Meine Söhne arbeiten hier bei mir. Sehen Sie, ich bin Surinder, aber ich habe Laden meinem ältesten Sohn zuliebe Färberei Parveen getauft.«

Parveen, der Sohn von Surinder, war größer als er, aber genauso füllig. Er hatte einen kräftigen Händedruck und streckte mir, anders als sein Vater, bereitwillig die Hand hin.

»Mein zweiter Sohn ist in unseren Fabriken beschäftigt. Manchmal ist er hier, aber meistens ist er in den Fabriken. Es wäre sicher sehr interessant für Sie, meine Fabriken zu sehen. Ich glaube, das wäre eine gute Idee.« Er machte eine Pause, damit ich diese Informationen verarbeiten konnte. »Es gibt auch noch zwei Töchter. Ältere ist eine erstklassige Anästhesistin. Sie lebt in den Vereinigten Staaten. Ich habe sie 1993 besucht und bei ihr gewohnt. Da gab es alle mögli-

Die Trockenleinen für die Pashmina-Schals in Lajpat Nagar

chen Dinge in ihrem Haus – das hat mich ganz schwindelig gemacht. Sie hat für alles Maschinen. Eine Maschine, um aus Früchten Saft zu holen, eine, um aus Saft Früchte zu holen, und was weiß ich noch alles. Ich habe ganze Zeit falsche Knöpfe gedrückt. Sogar Hund hatte eine Maschine, damit er rein- und rauskonnte, um in den Garten zu laufen und sein Geschäft zu verrichten.« Der alte Mann presste die Fingerspitzen zusammen vor Verwirrung. »Hund hatte großes Problem mit Maschine, funktionierte nicht und so weiter. Hund regte sich auf, Tochter regte sich auf. Also bringt Tochter Hund zum Arzt, damit er ihn wieder beruhigt. Das ist eine gute Sache. Ich glaube, es ist schlecht für Tochter, wenn Hund nervös ist. Hund heißt Nandi. Wissen Sie, was das ist? Nandi ist Fortbewegungsmittel von Shiva, dem großen Gott Shiva, kennen Sie ihn?«

Nandi war ein Stier.

»Was für eine Hunderasse ist Nandi?«

»Ein Pudel«, antwortete der Alte nach einigem Nachdenken.

»Lālājī, meinen Sie, es ist möglich, diese Schals bis Ende nächster Woche zu färben?«, fragte ich in dem Bemühen, die Unterhaltung wieder auf geschäftliche Fragen zu lenken.

Der alte Mann tat, als würde er sich aufs Äußerste konzentrieren, und presste die Zeigefinger nun an die Schläfen.

»Ich frage meinen Sohn in dieser Sache.« Er machte Parveen, der gerade draußen bei den Farbbottichen über einen Haufen nasser Schals gebeugt stand, ein Zeichen. Parveen nickte, es war ein bestätigendes Nicken, eine ganz spezielle Bewegung, ein wenig akzentuierter als das gewöhnliche Neigen des Kopfes, das nicht unbedingt eine besondere Bedeutung hat. Yaseen seufzte. Ich lächelte und akzeptierte das Versprechen auf prompte Lieferung voller Vertrauen, worauf der Alte die würdevolle Pose eines großen Gönners einnahm.

»Nach dieser Bestellung haben wir keine Zeit. Sohn Parveen macht Urlaub in Goa. Wir werden Betrieb für eine Weile schließen. Sohn Parveen fährt in beste Fünfsterneanlage in Goa. Kennen Sie Goa?«

»Ich hoffe, vor Neujahr für ein paar Tage dorthin zu fahren.«

»In welchem Ort werden Sie wohnen?«, wollte er wissen.

»Oh, in einem ganz kleinen Nest, weit weg von all den belebten Stränden.« Ich senkte die Stimme. »Dort kommt kaum jemand hin.«

Der Alte lächelte, zufrieden, dass ich offenbar an einen ruhigen, exklusiven Ort abseits des Massentourismus fuhr. Ich hatte nicht die Absicht, ihm seine Illusionen zu rauben und zu erzählen, dass ich eine Ansammlung von Hütten ansteuern würde, die eher mit New Age als mit Cocktails in Verbindung standen.

Parveen gab mir mit einem Handzeichen zu verstehen, dass ich ihm in den Laden auf der Vorderseite des Gebäudes folgen solle, wo die übrige Klientel ihre Saris für ein Bad im chemischen Jungbrunnen brachte. Hinter einer langen grauen Resopalplatte hefteten zwei Jungen mit Nadel und Faden kleine Baumwolletiketten an jedes Kleidungsstück, das in den Laden kam. Jedes Schildchen wurde mit den Initialen des Besitzers versehen. Bevor die Teile nicht mit einem Etikett ausgezeichnet waren, wurden sie nicht bereitgelegt zum Färben.

Yaseen beugte sich zu mir herüber.

»Kann sein, dass kleine Spende für die Jungen, die die Namensschildchen befestigen, die Bearbeitung Ihrer Schals beschleunigen hilft.«

Ich wollte schon protestieren, unterließ es dann aber. Dies war einfach gängige Geschäftspraxis in Indien.

»Was wäre denn Ihrer Meinung nach angemessen?«, erkundigte ich mich.

»Ein paar Süßigkeiten wären gute Idee.«

Die beiden Jungen, deren Nadeln auf- und niedersausten, waren ziemlich mager. Ein paar Süßigkeiten würden ihnen vermutlich nicht schaden. Wir verließen den Laden und marschierten den ausgetretenen Pfad zum bengalischen Süßwarenmarkt am Ende der Straße hinab, wobei Yaseen drei Schritte vor mir ging.

Ich beschloss, eine Schachtel Barfi zu bestellen, das gängige Konfekt aus Milch, Frischkäse und Zucker, welches die Haupteinnahmequelle der indischen Mithai, der Süßwarenverkäufer, ist. Ich entschied mich für eine schlichte Schachtel mit einem guten Kilo und wollte gerade den Mann an der

Theke bitten, mir die Stücke einzufüllen, als Yaseen hüstelte.

»Meinen Sie, das ist in Ordnung?«, fragte ich ihn.

Er schielte auf die Schachtel.

»Es sind viele Arbeiter, vielleicht besser die doppelte Menge.« Er ging Richtung Tresen, gab mit einer Handbewegung zu verstehen, dass die Schachtel, die ich ausgesucht hatte, wieder zurückginge, und deutete auf eine größere. Seine Hand schwebte über verschiedenen Schalen mit Barfi, dann zeigte er dem Bediensteten rasch und entschlossen, welche wir wollten – ein paar grüne, ein paar rosafarbene, einige in einem hellen Schokobraun, die mit einer hauchdünnen Silberschicht überzogen waren. Von den Schalen, auf die Yaseen zeigte, war eine teurer als die andere. Er verlangte zwei-, drei- und dann viermal so viel, wie ich ursprünglich angepeilt hatte, und erteilte mir eine Lektion in Sachen geschäftliches Vorgehen. Künftige Verhandlungen mit den Ladenjungen in der Färberei Parveen würden nach der Qualität der Barfi ausfallen, die ich soeben kaufte. Yaseen ließ eine astronomische Rechnung auflaufen, die dem Monatslohn eines Etikettenanhefters entsprach. Er versicherte mir, dass mir das zustatten kommen würde. Und er achtete ganz besonders darauf, dass die Schachtel mit Unmengen von goldenem Band und gekräuselten Schleifen verschnürt wurde.

Ich zahlte, und Yaseen gab mir die Schachtel. Ich trug sie zurück zur Färberei und überreichte sie den Jungen mit den Etiketten. Sie legten sie ohne ein Wort des Dankes auf die Seite und fuhren mit ihrer Arbeit fort. Yaseen wirkte erfreut. Er flüsterte mir zu, dass wir viel bewirkt hätten und es jetzt an der Zeit sei zu gehen. Es gab zwar noch Farbmuster, die ich gerne begutachtet hätte, aber das musste warten.

Obwohl Yaseen fast nichts gesprochen hatte, hatte er den

Verlauf des ganzen Treffens bestimmt, angefangen damit, dass er entschieden hatte, die leichte Verachtung des alten Mannes und seines Sohnes zu ignorieren, bis zu dem Umstand, dass er das Drehen und Kräuseln des Goldbands in dem Mithai-Laden überwacht hatte. Meine Anwesenheit war nebensächlich gewesen. Die Schals würden Schildchen erhalten, das hatte er mir versichert. Und sie würden am folgenden Tag ins Farbbad kommen. Yaseen hatte sein Ziel erreicht.

Als wir in das Staatliche Warenhaus zurückkamen, zeigte sich Manzoor absolut überschwänglich.

»Mein Sohn, da ist mein Sohn.« Manzoor zog den Jungen am Ohr, tätschelte ihm kräftig die Wange und zog ihn dann zu sich heran.

»Sag der Dame hier guten Tag. Sie ist beste Kundin deines Vaters. Sag guten Tag, Ahsan.«

Der Sohn war das Ebenbild seines Vaters, nur kleiner und mit glatterer Haut. Er sah mich an, sagte aber kein Wort. Ich lächelte, doch es kam keine Reaktion.

»Ahsan, sag guten Tag«, bat sein Vater inständig.

Ahsan schwieg weiter.

»Guten Tag, Ahsan«, versuchte ich es.

Er sprach immer noch nichts.

»Ich dachte, Ihre Söhne wären in England auf dem College«, wandte ich mich an Manzoor.

»Ja natürlich, Sie haben völlig Recht, aber das sind Söhne Nummer eins und zwei. Dieser hier ist die Nummer drei. Er ist noch zu jung, um auf spezielle Schule zu gehen.« Manzoor legte seinem Sohn zärtlich die Hand auf die Schulter.

Er zeigte nicht die leiseste Verärgerung über die Weigerung des Jungen zu sprechen. Manzoor vergötterte seine Kinder. Sie waren seine makellosen Geschenke von Allah. Die Unterhaltung drehte sich weiter um seinen Sohn, seine Leidenschaft für Kricket, seine hervorragenden Leistungen in der Schule in Srinagar – was alles eine exzellente Voraussetzung bot für seinen Übertritt aufs College in Manchester, auf die orthodoxe islamische Schule. Manzoor stellte seinem Sohn mir zuliebe Fragen, zunächst auf Englisch, dann in Kaschmiri. Endlich antwortete das Kind, und Manzoor übersetzte, was es über seine schulischen Leistungen erzählte, seinen letzten Punktestand beim Kricket sowie seine Begeisterung für den Kapitän der pakistanischen Kricketmannschaft. Bei jeder Antwort beugte sich Manzoor zu seinem Sohn und strich ihm übers Haar. Es fiel kein Wort über Pashmina-Schals oder den Besuch in der Färberei.

Ich musste weg, hätte aber gerne gewusst, ob ich einen Liefertermin von Parveen genannt bekommen könnte. Manzoor wischte das Thema mit einer Handbewegung vom Tisch.

»Wenn ich mit meinem Sohn zusammen bin, müssen wir nicht über Geschäfte reden«, erklärte er.

Es wurde vereinbart, dass wir das Gespräch am folgenden Tag fortsetzen würden.

»Aber morgen ist Sonntag. Für manche Leute ist das ein Ruhetag«, wandte ich ein.

»Oh, Sie verstehen nicht. Ich bin der Sklave meiner Kinder.« Manzoor strahlte und neigte dann seinen Kopf mit einem etwas milderen Lächeln, voll Mitleid für eine unverheiratete Frau.

Ahsan war wiederum bei seinem Vater, als ich am Sonntag im Geschäft eintraf, und wir sprachen wieder nicht über Geschäftliches.

»Bald kommen meine Söhne aus England zurück. Dann fahren wir alle nach Kaschmir für die Dauer des Ramadans, schönste Zeit des Jahres für mein Volk.«

»Wann beginnt der Ramadan?«

Manzoor dachte kurz nach.

»Am Neumondtag im Dezember.«

»Das sind noch fast drei Monate!«

»Das stimmt, aber es gibt noch so viele Dinge vorzubereiten.«

»Wen lassen Sie in Delhi zurück, wenn Sie nach Kaschmir heimfahren?«

»Bruder Nummer drei, Ashraf, wird hier sein, und Bruder Nummer vier, Saboor, wird aus Srinagar nach Delhi kommen. Yaseen wird ebenfalls da sein und alles Nötige für Sie regeln. Kommen Sie nach Kaschmir. Es ist wunderschön, das ist beste Zeit, unglaublich.«

»Das würde ich gerne, aber ich fliege Ende November für ein paar Wochen zurück nach London. Bevor ich abreise, müssen all meine Sachen bei Parveen gefärbt sein. Glauben Sie, dass sie es rechtzeitig schaffen? Er hat mir versprochen, dass sie bis Ende der Woche fertig sind.«

Manzoor saß nachdenklich da, seine feingliedrigen langen Finger im spitzen Winkel aneinander gelegt. Er blies die Backen auf und stieß die Luft geräuschvoll wieder aus, während er überlegte.

»Denken bitte daran, dass Dussehra und Divali vor der Tür stehen, und das bedeutet, dass sämtliche vornehmen Damen der Stadt sämtliche Saris, die sie im Schrank hängen haben, zum Färben bringen. Parveen ist allerbester Färber und wird so viele Arbeit haben. Seien Sie sicher in dieser Sache, Sie werden Ihre Schals so bald wie möglich bekommen, selbst wenn ich persönlich zu Parveen gehen und mit ihm reden muss.« Er machte eine kurze Pause, um mir Zeit zu lassen, die Bedeutung seines Angebots zu erfassen. Manzoor, der älteste der Wangnoo-Brüder, würde persönlich mit dem Färber in Lajpat Nagar sprechen.

»Ja, mehr noch«, fuhr er fort, »wenn Parveen diese Stücke nicht rechtzeitig zurückschickt, überlege ich, ob ich überhaupt nach Kaschmir fahre, ich, Manzoor, werde mit Ihnen zur Färberei Parveen kommen.«

Anfang November waren die Schals noch immer nicht aus der Färberei Parveen zurück, und Manzoor hatte mittlerweile sein Flugticket nach Srinagar gekauft.

Diesmal war es Manzoor selbst, der uns nach Lajpat Nagar chauffierte. Er hatte sich entschlossen zu fahren, weil er gerade einen neuen Wagen gekauft hatte, denn die Ankunft seines jüngsten Bruders Saboor stand bevor. Manzoor wollte eine Testfahrt mit dem neuen Auto seines Bruders machen.

Ein blauer Suzuki Maruti, der derzeitige Favorit der indischen Mittelschicht, stand draußen vor dem Lager der Wangnoos im Sujan Singh Park geparkt. Für ein Lagerhaus in Delhi ist es ziemlich schick. Sujan Singh Park ist ein Artdéco-Gebäude aus den dreißiger Jahren, das gleich gegenüber dem Khan Market liegt, dem edelsten der Bazare, wo alle in Delhi lebenden Ausländer und Diplomaten ihre Einkäufe machen. Ihre Bediensteten verschwinden in den rückwärtigen Teil des Marktes, zu den Lebensmittelhändlern und Gemüseverkäufern, wo sie Fleischtomaten aus Spanien und Basilikum aus den Palastgärten in Rajasthan bekommen. Währenddessen parken ihre Arbeitgeber ihre Wagen mit Vierradantrieb auf der Vorderseite und gehen Versace-Jeans und CDs kaufen.

Gelegentlich gibt es Streit um eine Parklücke. Einmal hatte ich miterlebt, wie sich eine einheimische Matrone drohend vor einer einparkenden Diplomatengattin aufbaute. Irgendwann verlor die Dame aus Delhi die Beherrschung und ging auf die Diplomatengattin los, obwohl diese doch vermutlich aufgrund ihrer Stellung Immunität genoss, zerrte sie an den Haaren aus dem Auto und verpasste ihr vor den Augen einer entzückten Menschenmenge eine ordentliche Tracht Prügel. Die Geschichte füllte tagelang die Klatschspalten in den Zeitungen von Delhi.

Die Gebrüder Wangnoo kaufen nicht im Khan Market ein. Die Preise sind für ihre Begriffe eine Zumutung, und die Verkäufer verhalten sich gegenüber Kaschmiris unter Umständen arrogant, bisweilen weigern sie sich sogar, sie zu bedienen. In ihren Augen sind die Kaschmiris alle gleich, und sie können sich nicht vorstellen, dass auch nur einer von ihnen über ausreichende Mittel verfügt, um bei ihnen einzukaufen. Sie nehmen sich nicht die Zeit, um zu gucken, ob nicht ein Mont-Blanc-Füller in der Brusttasche steckt, eine Rolex ums Handgelenk geschlungen ist oder Gucci-Slipper unter dem Saum des Feron vorblitzen.

Als wir aus dem Lager herauskamen, stand Manzoor vor dem Gebäude und schwenkte die Schlüssel des neuen Maruti um den Finger.

»Schauen Sie sich das an. Sagen Sie bloß, der ist nicht schön. Kommen Sie, sehen Sie ihn sich von innen an. Es ist Bestes, was man in Indien bekommen kann.« Gravitätisch schloss er den Wagen auf.

Die getönten Scheiben verliehen dem Maruti etwas leicht Mysteriöses, doch dieser Eindruck verflog sofort, wenn man die Tür öffnete. Die Innenauskleidung bestand vollständig aus Kunststoff.

Manzoor fuhr mit der Hand über das wie eine Schaltanlage in einer Fabrik verkleidete Armaturenbrett. »Unglaublich«, murmelte er.

Wir standen da und warteten, bis wir seinem Gefühl nach genügend Zeit gehabt hatten, die Wunder des Fahrzeugs in uns aufzunehmen, dann schob Manzoor den Fahrersitz vor, um Yaseen und mich hinten einsteigen zu lassen. Als wir mit Vollgas zum Tor hinausbogen, schoss ich quer über den kunststoffbezogenen Rücksitz und landete unsanft an Yaseens Schulter. Er schob mich behutsam, aber rasch von sich, während sich Manzoor ins Verkehrsgetümmel rund um den Khan Market stürzte, ohne auch nur einen Blick in den Seitenspiegel zu werfen.

»Sehen Sie, wie der auf der Straße liegt, genau wie Formel-1-Wagen«, sagte Manzoor, als er die nächste abenteuerlich scharfe Kurve nahm. »Mein Ahsan, mein Junge, finden Sie nicht, dass er gut aussieht?« Er wandte sich beim Sprechen zu mir um, und sein Profil zeichnete sich scharf gegen den Kühlergrill eines entgegenkommenden Lastwagens ab.

Meine Antwort wurde übertönt von dem lang gezogenen, kreischenden Hupen des Transporters.

Während Manzoor den neuen Maruti zurück auf die richtige Spur lenkte, schlingerte auch der Lastwagen, um uns auszuweichen. »Seht ihr, Allah ist gut, er hat immer ein Auge auf uns«, verkündete er mit einem kurzen Blick nach hinten.

Yaseen saß schweigend da.

»Jetzt, wo Sie mit meinem Ahsan Bekanntschaft haben, werden Sie nach Kaschmir kommen, um Rest von Familie kennen zu lernen, wenn alle zum Ramadan versammelt sind.« Er hielt inne, um zu schalten. »Wenn Sie im Dezember kommen, wird alles voll mit Schnee sein, ganzes Tal ist dann weiß. Unglaublich, aber es gibt so vieles, was Sie gar nicht sehen werden wegen Schnee. Sie werden im Frühling und im

Sommer noch einmal kommen müssen. Das ist wahrhaftig schöne Zeit. Sie müssen kommen, wenn die Weiden gefällt werden.«

»Die Weiden?«, fragte ich.

»Weiden, ja natürlich, die Weiden. Haben Sie noch nie die Straße von Srinagar Richtung Süden nach Anantnag genommen?«

Ich konnte mich nicht entsinnen.

»Kleine, kleine Läden die ganze Straße entlang. Die können Sie doch nicht übersehen haben. Sie machen beste Kerket-Schläger. Sie fällen Weiden im Frühling, wenn die Schneeschmelze beginnt, noch bevor der Saft schießt. Das ist die beste Zeit zum Abholzen, wenn der Schnee vom Siachen-Gletscher den Fluss so blau wie unseren Himmel in Kaschmir strömen lässt.« Manzoor wechselte krachend den Gang. »So viele Probleme oben auf dem Gletscher, so viele Tote.«

Yaseen nickte bestätigend.

»Aber es ist noch ganz am Anfang des Frühlings, und Weiden haben noch ein klein wenig Saft vom Vorjahr, genug, um, tock, den Ball zu schlagen.« Manzoor ahmte das Geräusch von Leder nach, das von einem Weidenholzschläger abprallt. »Aber noch nicht frischen Saft, der macht zu weich.«

Der Siachen-Gletscher liegt hoch oben im Nordosten Kaschmirs, im Norden grenzt er an Pakistan, nordöstlich an das Gebiet, das Pakistan an die Chinesen abgetreten hat, und im Süden verläuft die Waffenstillstandslinie zwischen Indien und Pakistan. Während der Schneeschmelze werden die Flüsse in Kaschmir kristallblau, aber das Blut der Kriege, mit dem die Hänge des Gletschers getränkt sind, wäscht sie nicht fort.

»Wenn Sie nach Kaschmir kommen, werden Sie meinen

guten Freund Mr Hakim kennen lernen. Er ist ein viel berühmter und weltbekannter Hersteller von Kerket-Schlägern. Sein Vater machte Schläger für indische Mannschaften und Mannschaften von Johnny Sahib zu Zeiten, wo das Land noch nicht geteilt war. Sie können sich gar nicht vorstellen, wie viele Schläger aus diesem kleinen Laden kamen. Jeder kennt meinen Freund Mr Hakim. Große Sportler kommen aus ganzer Welt, um seine Schläger zu kaufen. Auch Mr Viv Richards wollte extra anreisen, um Schläger zu kaufen.«

»Wie viele hat er denn gekauft?«, fragte ich.

»Er kommt erst noch, das hat Mr Hakim mir erzählt, er kommt bald, ganz bald. Aber das Schlimmste ist, dass Hakim seine Schläger verstecken muss, weil militante Leute meinem Freund das Leben so schwer machen. Sie verprügeln ihn und verlangen von ihm, dass er ihnen kostenlos Schläger geben soll. Die Leuten kommen aus ganzer Welt, um Mr Hakims Schläger zu kaufen, aber böse Rebellen nehmen sie einfach weg.« Manzoor hob beide Hände vom Steuer und griff sich an den Kopf. Glücklicherweise standen wir gerade.

Als wir schließlich bei der Färberei ankamen, hatte sich Manzoor in fieberhafte Erregung über Mr Hakims Misere geredet. Die Männer auf dem Dach des Ladens, die die Schals aufhängten, lachten über seine lässige Art zu parken; er blockierte die halbe Straße. Manzoor ignorierte das Klingeln und Geschrei der vorbeifahrenden Radler, die einen riesigen Bogen machen mussten um den Maruti. Er überquerte mit großen Schritten die Straße und steuerte auf Mr Surinders Goldfischglas-Büro zu, Yaseen und mich im Schlepptau.

Als Manzoor das Büro betrat, änderte sich sein ganzes Benehmen, sogar seine Haltung. Er verneigte sich vor dem alten Mann, seine Stimme wurde leiser, und er hielt den Blick auf den Boden vor Mr Surinders Füßen gerichtet.

»Lālājī, meine ehrerbietigsten Grüße. Ich hoffe, Sie finden unseren besonderen Honig aus Kaschmir süß genug.« Manzoor sprach Hindi.

Der alte Mann trug heute eine Mütze, deren Petrolblau auf sein taubengraues Hemd und seinen graublauen Schal abgestimmt war. Er blickte forschend über seinen Schreibtisch. Auf seinem Gesicht lag ein Ausdruck leichter Verwunderung. Mit dem ältesten Wangnoo-Bruder hatte er nicht gerechnet.

»Was führt Sie denn in meinen bescheidenen Laden?«, fragte er.

»Ich komme in starker Hoffnung, dass Sie in der Lage sind, alle Schals dieser liebenswürdigen Dame hier zu färben, die eine der allerwichtigsten Kundinnen des Staatlichen Warenhauses ist. Sie muss Ende November pünktlich nach London zurück und nimmt Schals für englische Königin und ihre Familie mit.«

Mr Surinder, Yaseen und ich rissen erstaunt die Augen auf. Manzoor zuckte nicht mit der Wimper.

Die Schals wurden rechtzeitig geliefert.

Das knallige Pink von Notting Hill

Als die Schals für die englische Königin gefärbt waren, flog Manzoor nach Srinagar. Ich blieb alleine in dem milden Novemberlicht der Stadt zurück und packte die Schals zusammen, um sie nach London zu schicken beziehungsweise mitzunehmen.

Kurz bevor ich aus Delhi abreiste, fragte mich Gautam, wer denn wohl meiner Meinung nach Pashmina-Schals kaufen würde.

»Leute wie ich«, erwiderte ich.

»Wie meinen Sie das, Leute wie Sie? Sie laufen rum wie ein Hippie.«

»Das ist es ja gerade, was ich meine. Was für Sie nach Hippieklamotten aussieht, ist das, was die Leute in London im Augenblick tragen.«

»Und Sie glauben wirklich, dass sie Lust haben, Schals zu kaufen?« Er schien kein großes Vertrauen in meine verkäuferischen Fähigkeiten zu haben.

»Wir werden Geld für DRAG und die Schulen zusammenbringen, das verspreche ich Ihnen.«

Gautam gab mir stapelweise Informationsmaterial über DRAG, sorgsam zusammengestellte Broschüren, in denen die Entwicklung der Frauen und Kinder in den von ihm und seinen Mitarbeitern eingerichteten Unterrichtsgruppen dokumentiert war; es waren Geschichten von Hoffnung, winzigen Siegen, aber auch dem verzweifelten Gefühl, dass es vergeblich war, mit solch einer kleinen Organisation gegen diese Woge der Bedürftigkeit anzutreten.

Broschüren und Informationsblätter waren sorgsam zwischen die Lagen aus Pashmina-Schals geschoben, die ich nach London vorausschicken wollte. Enger würden die Kinder aus den Slums, für die DRAG gedacht war, nicht mit Pashmina-Schals in Berührung kommen. Und auch die Käufer der Schals würden nicht näher mit der Sache in Berührung kommen, auch wenn sie sie ziemlich direkt unterstützten. Die Schals wurden zusammen mit den Unterlagen für die Versendung nach England in Rupfensäcke eingenäht – der Zoll wurde bezahlt, die Passnummer angegeben, Adressen in Delhi und London, Mädchenname der Mutter, Beruf des Vaters, einmal unterschreiben bitte, zweimal, dreimal, und ab damit nach Heathrow.

Gautam und ich trafen uns noch einmal vor meiner Abreise. Es war bei einem Vortrag im India International Centre, dem Treffpunkt der politischen Führungsschicht, herausragender Vertreter der Geschäftswelt und jener Mitglieder von Indiens einstigen Königsfamilien, die es geschafft hatten, sich von der Baumwollverarbeitung und dergleichen abzuwenden und sich in Richtung Handel und Politik zu orientieren.

Im anonymen Halbdunkel des Zuhörerraums hatte ich meinen Platz neben einem distinguierten älteren Herrn. Es war ihm sichtlich unangenehm, so dicht neben mir zu sitzen. Er pflanzte seinen Spazierstock zwischen uns, um sein Territorium zu markieren, und blickte starr auf ihn. Dann zog er ein großes weißes Taschentuch aus der Tasche, breitete es über die Knie und strich mit langen, bedächtigen Handbewegungen sämtliche Falten glatt. Er legte es zusammen und begann erneut mit der Glättungsprozedur. Nachdem er es eine Zeit lang betrachtet hatte, wandte er sich zur Seite und sah mich an, dann schürzte er die Lippen und faltete das Tuch wieder auseinander. Jetzt breitete er es umständlich über die Armlehne zwischen unseren Sitzen. Als er sein Werk endlich vollendet hatte, lehnte er sich zurück und bewachte die Barriere, die er so zwischen uns errichtet hatte. Er war nicht zufrieden. Zum dritten Mal nahm er sein Taschentuch hoch, indem er es in der Mitte hochzupfte, bis er eine kleine zeltartige Erhebung auf der Armlehne geschaffen hatte. Schließlich machte er es sich in seinem Sitz gemütlich, wobei er sein Taschentuch im Auge behielt und gelegentlich in meine Richtung linste, um sicherzugehen, dass ich die Grenzlinie respektierte.

Ich erhob mich, vorsichtig, um sein Werk nicht zu zerstören, und wechselte auf die andere Seite des Ganges, um mich dort auf einen freien Stuhl zu setzen. Er blickte betrübt auf den Platz, den ich geräumt hatte, und seine Hand flatterte nervös über seinem kleinen weißen Baumzelt herum. Dann schnappte er es und faltete es zusammen, um es, ohne eine Miene zu verziehen, in seiner Tasche verschwinden zu lassen.

Gautam fand mich trotz der düsteren Beleuchtung und setzte sich neben mich. Er zeigte auf bekannte Persönlichkeiten im Publikum, einen Exminister, daneben die Exfrau des Exministers, die sich offensichtlich gütlich arrangiert hatten; einen Schriftsteller, der erst kürzlich nach Indien zurückgekehrt war, nachdem er nahezu sämtliche bedeutenden Literaturpreise auf dem Globus eingeheimst hatte; eine Bollywood-Schauspielerin, die in die Politik hinübergerutscht war. Letztere hatte einst die Konkubine eines Fürsten gespielt, die sich selbst zum führenden Kopf am Hof erhebt, nachdem sie ihn mit ihren körperlichen Reizen mehr oder weniger zum Sklaven degradiert hat. Der fantasievolle Einsatz ihrer körperlichen Reize wurde im Film natürlich nicht gezeigt, sondern lediglich angedeutet. Doch die Vermutung drängte sich auf, dass die Schauspielerin bei der Verfolgung ihres neuen Berufsziels Anleihen bei ihrer Rolle genommen hatte.

Ich zeigte zu dem Mann mit dem Taschentuch hinüber.

»Wer ist denn das da drüben?«

Gautam wirkte überrascht.

»Kennen Sie ihn?«, fragte er.

»In gewisser Weise.«

»Er war stellvertretender Premierminister.« Er erklärte mir, wann und in welcher politischen Ära er Minister gewesen war. Mein vormaliger Nachbar hatte einst die Zügel in der Hand gehabt, als sein Vorgesetzter bei den Wählern höchst unbeliebt war. Jetzt saß der ehemalige stellvertretende Premierminister mit Spazierstock und einem weißen Taschentuch im Halbdunkel.

Auf der Bühne erhob sich Ramu Gandhi, der Enkel Mahatma Gandhis, um die Redner vorzustellen. Um den Hals trug er ein Tuch aus gelbem Khadi, dem einfachen handgefertigten Gewebe, das sein Großvater immer wieder als Stoff der indischen Gesellschaft proklamiert hatte.

»Wünschen wir unserem Nachbarn Pakistan eine glückliche . . .«, er machte eine Pause, ». . . Zukunft.«

In jenem Jahr, 1998, jährte sich die von den Vereinten Nationen durchgesetzte Waffenruhe in Kaschmir zum 50. Mal. Niemand beurteilte die Aussichten auf einen Dialog zwischen den beiden Ländern in der unmittelbaren Zukunft sehr optimistisch. Im Mai jenes Jahres hatte Indien in Pokhran, in der Wüste von Rajasthan, drei atomare Sprengkörper gezündet, die dort unterirdisch vergraben worden waren. Tausend Tonnen schwere Felsen waren verdampft. Ein Wissenschaftler, der den Test mitverfolgt hatte, sagte: »Jetzt glaube ich die Geschichten von Krishna, der einen Berg versetzt hat.«

Pakistan hatte mit einem ähnlichen Versuch reagiert. Die »Weltpolizei« hatte sich daraufhin zwischen die Fronten geworfen. Und nun, sechs Monate später, stand Gandhis

Enkel auf dem Podium des India International Centre, um ein Urteil zu fällen.

Er blies die Backen auf, so dass sie in den Falten seines Khadis verschwanden, der seinen Hals bis zum Kinn bedeckte.

»Dieses Anlegen von Atomwaffenarsenalen ist eine weltweite Demonstration jugendlicher Kriminalität. Wir hier in Indien haben einen Koller bekommen.«

Im Publikum herrschte Totenstille. Er wartete, bis die Ruhe in Tumult umzukippen drohte, griff nach einem Glas Wasser und trank es unter unser aller Blicke fast aus.

»Von der Verkündung der Wahrheit kriegt man einen extrem trockenen Mund.« Er leerte das Glas. »Unsere Tests in der Wüste sind Wutanfälle, doch Wutanfälle sind ja nicht immer wirklich schlimm. Wir billigen sie unseren halbwüchsigen Kindern zu, weil sie Teil ihrer Entwicklung sind. Wir wissen, dass sie zu ihrem Reifeprozess gehören.

So hatte die große Weltpolizei 50 Jahre lang ihre Anfälle, ohne dass sie einer verurteilt hätte, und jetzt haben wir uns, ähnlich wie bei Aids, die atomare Seuche eingefangen.« Er machte erneut eine Pause. Noch immer regte sich keiner. »Jeder Nation, die Kernwaffen besitzt, klebt das Blut von Hiroshima an den Händen. Und jetzt macht uns der Westen weis, dass wir Gefahr laufen, Kaschmir als Auslöser einer nuklearen Katastrophe zu benutzen. Hat der Westen eigentlich überhaupt eine Ahnung von unserem Tal? Hat er das Recht, sich als König Salomon aufzuspielen?«

Aus dem Publikum ertönte ein Zwischenruf. Weitere Leute stimmten ein, bis ein ganzer Chor aus beipflichtendem Schnauben, Grunzen und Husten den Saal erfüllte. Als ich zu dem ehemaligen stellvertretenden Premierminister hinüberblickte, sah ich, wie er sich umständlich aus seinem Sitz erhob, wobei er sich die ganze Zeit auf seinen Spazierstock stützte. Er war ein großer, wenn auch inzwischen gebeugter Mann, und als er langsam den Zuhörerraum durchquerte, wurde das durchaus bemerkt, denn jeder seiner Schritte wurde von dem schweren Herabsausen seines Gehstocks unterstrichen, der zum Zeichen seines Missfallens einen langsamen Trommelwirbel schlug. Dann wandte sich das Publikum wieder zum Podium, um dem Redner Aufmerksamkeit zu schenken.

Als wir nach dem Ende der Diskussion in die Bar hinübergingen, lief Ramu Gandhi direkt vor uns. Gautam kannte ihn aus seiner Zeit als Herausgeber einer Zeitung. Er stellte uns einander vor. Mr Gandhi hatte einen kräftigen, nachhaltigen Händedruck. Während wir den Parcours der gebotenen Höflichkeiten absolvierten, hielt er meine Hand weiter gedrückt.

»Mrs Hardy hofft darauf, nach Kaschmir zu fahren, wenn sie nächsten Monat wieder nach Indien zurückkommt«, mischte sich Gautam nun ins Gespräch.

»Nun, wir wissen ja alle, dass ihr Briten eine Neigung zu verrückten Taten habt«, gab Mr Gandhi zurück. »Warum wollen Sie ausgerechnet jetzt nach Kaschmir?«

»Ich beziehe von einigen Webern in den Dörfern dort oben Pashmina-Schals«, erklärte ich.

»Ich bin sicher, dass Sie sie dort sehr günstig bekommen«, sagte Mr Gandhi mit ausdruckslosem Blick. »Ich glaube, Pashmina-Schals sind ziemlich prachtvoll, aber ich muss gestehen, dass ich Khadis bevorzuge.« Noch immer hielt er meine Hand gedrückt, und zum ersten Mal fühlte ich mich unwohl und sah auf die Finger hinunter, die meine eigenen umschlossen, anstatt in sein zerknittertes Gesicht. Er ließ meine Hand auf der Stelle los.

»Oh, die Dame findet das unangenehm. Ich denke, in Kaschmir wird Ihnen vieles noch weit unangenehmer sein«, bemerkte Mr Gandhi.

Ich errötete, und Gautam wirkte verlegen angesichts meines tölpelhaften Benehmens.

»Wir sind alle so habgierig, finden Sie nicht? Vielleicht müssen Sie nicht unbedingt einen Pashmina-Schal aus Kaschmir erstehen? Möglicherweise kommen irgendwann bessere Zeiten, wo Sie dort wieder hinfahren können.« Mr Gandhi ging ein kleines Stückchen vor uns.

»Sie hilft, meine NGO zu unterstützen, die Schulen in den Slums von Delhi«, schaltete sich Gautam rasch ein.

»Ah, sehr ehrenwert«, knurrte Mr Gandhi.

»Sie schreibt und produziert außerdem Dokumentarfilme«, fuhr Gautam fort und trat uneigennützig für meine Sache ein.

Mr Gandhi wandte sich zu mir um, als wir die Bar betraten.

»Miss Hardy, Sie packen eine Menge Dinge in Ihr Leben. Sie müssen die Kunst beherrschen, bewusst zu denken, während Sie schlafen, eine großartige Fähigkeit.« Er schüttelte mir die Hand, doch diesmal gab er sie umgehend wieder frei. Dann schlang er sich den Khadi noch einmal neu um den Hals und nickte Gautam zu. »Aber vielleicht spielen Sie ja ebenfalls mit dem Feuer.«

Es war eine abschließende Bemerkung. Er ging fort in seine Ecke der überfüllten Bar, zu einem leeren Stuhl, der stets für ihn frei gehalten wurde, und setzte sich, um allein etwas zu trinken. Mr Gandhi war der ortsansässige Philosoph.

In der Nacht Mitte November, bevor ich Delhi verließ, gingen in Kaschmir die heftigsten Schneefälle seit fünfzig Jahren nieder, das wurde zumindest behauptet. Die meisten Dörfer im Norden von Srinagar waren von der Außenwelt abgeschnitten, und im gesamten Tal brach die Stromversorgung zusammen. Es wurde der Notstand ausgerufen. Ein indischer Sprecher der Armee, ein hoch gewachsener Sikh im Rang eines Majors, der einen tarnfarbengrünen Turban trug, verkündete offiziell, dass die Bedingungen so miserabel seien, dass es nicht möglich sei, Hilfsgüter über den Dörfern abzuwerfen. Die Armee hätte alle Hände voll zu tun, einfach nur ihre Stellung an verschiedenen Punkten entlang der Waffenstillstandslinie zwischen Indien und Pakistan zu behaupten. Einige Kommentatoren schüttelten die Köpfe und sagten, dass der Sikh-Major zu viel Informationen preisgegeben habe, genau das, was Pakistan hören wollte. Die üblichen politischen Diskussionen brachen los, während den Leuten in den Bergdörfern Nahrung und Licht ausgingen.

London hatte einen schwülen Herbst erlebt, und die Stadt war von einem Grippevirus heimgesucht worden, der sich in der feuchten Wärme munter verbreitet hatte. Das Wetter schlug um, kurz nachdem ich angekommen war, und ließ die Farbe der letzten Rosen zu Sepia gefrieren.

Für gewöhnlich hatte sich nur ein dicker Stoß Rechnungen angesammelt, wenn ich heimkam, und vielleicht eine Handvoll Einladungen zu Hochzeiten oder anderen Festen, die bereits vorüber waren. Diesmal verhielt es sich anders. In den Wochen vor meiner Abreise aus Delhi hatte ich einige Postkarten an sorgfältig ausgesuchte Freunde geschickt, die beim Kauf ihrer Garderobe sorgsam auf die Abstimmung der einzelnen Stücke achteten. Ich hatte ihnen geschrieben, dass ich beladen mit Pashmina-Schals zurückkehren würde.

Die Folge war, dass der übliche Berg Rechnungen verschwindend klein war im Vergleich zu der Unmenge von Karten, kurzen Briefen und Faxen, in denen um eine Vorbesichtigung gebeten wurde. Den Anrufbeantworter hatte ein Freund einige Tage vor meiner Rückkehr wieder eingeschaltet, und es waren dreiundfünfzig Nachrichten aufgelaufen. Drei Leute hatten nichts draufgesprochen. Fünf Anrufe waren von meiner Familie. Der Rest bezog sich auf Anfragen wegen Pashmina-Schals, und als ich alle abgehört hatte, blickte ich verzweifelt auf mein Gepäck, das um mich herum auf dem Boden verstreut war. Die Schals, die ich vorausgeschickt hatte, waren noch nicht angekommen. Ich wurde einzig und allein wegen meiner Ware geschätzt. Ich drückte auf »Löschen«, ohne auch nur eine einzige Nachricht zu notieren.

Drei Tage später wurde um zehn Uhr abends aus dem Kofferraum eines 15 Jahre alten Lieferwagens mit verbeultem Kotflügel eine Lieferung von vier Rupfensäcken für mich ausgeladen. Die Wangnoos hatten einen Kurierdienst gefunden, der ihren Ansprüchen genügte. Er war billiger als die großen internationalen Unternehmen und gehörte einem Cousin der Frau eines Cousins.

Der Fahrer des Wagens war ganz offenkundig ebenfalls ein Cousin. Er studierte an der London School of Economics* und entschädigte seinen Onkel mit Lieferungen außerhalb der Geschäftszeiten dafür, dass dieser ihm im asiati-

* Die renommierte London School of Economics (LSE) bietet an achtzehn Fakultäten und fünf interdisziplinären Instituten ein vielfältiges Studienangebot auf dem Gebiet der Sozial-, Politik- und Wirtschaftswissenschaften sowie in Philosophie. (Anm. d. Übers.)

schen Viertel am Rande der Stadt unentgeltlich Kost und Logis zur Verfügung stellte. Wir verhandelten eine Weile über den Preis, und er gewährte mir einen kleinen Rabatt, weil ich bar bezahlte.

Mein Gepäck war immer noch mehr oder weniger unausgepackt in der ganzen Wohnung verteilt. Ich schnitt die Rupfensäcke auf und ließ die Schals fliegen. Um Mitternacht waren über sämtliche Stühle, Tische, Sofas und Koffer Schals drapiert. Der Bazar von Delhi war in den Londoner Westen eingezogen.

Da war aber auch ein vertrauter, weniger angenehmer Geruch. Den Schals hafteten Ausdünstungen der Färberei Parveen an. Ich blieb bis vier Uhr morgens auf und versuchte, den Geruch von Chemie herauszubügeln, dann schlief ich, umgeben von Bildern aus Lajpat Nagar, ein.

»Hallo.«

Es war Robin, der anrief, um mich aus meinen Träumen von Delhi zu wecken.

»Herzlich willkommen wieder daheim. Guten Flug gehabt?«

»Grauenvoll.«

»Du Arme. Hast du die Schals bekommen?«

»Ja.«

»Gut. Ich habe inzwischen eine sehr nett aussehende junge Frau kennen gelernt, die einen von diesen schicken Läden in Hungerford hat. Genau die Sorte Leute, die wir uns für das Verscheuern von Pashmina-Schals wünschen, was meinst du?«

»Tut mir leid, ich habe noch einen Jetlag, ich war acht Monate fort, ich habe noch nicht einmal mit irgendjemand von meiner Familie gesprochen. Kannst du mir bitte noch ein wenig Zeit lassen, mich zu sammeln?«

»Ist gut. Lass uns später weiterreden.«

»Nein, ich ruf bald zurück, und wir können einen ordentlichen Termin vereinbaren.«

»In Ordnung. Tschüs.« Er knallte den Hörer auf die Gabel – genau wie immer.

Am nächsten Morgen stand ein Artikel über Mr and Mrs Tom Cruise in einer der Klatschspalten und wie sehr der geschäftstüchtige Hollywoodstar und seine Partnerin London liebten. Mrs Cruise, oder besser Ms Kidman, gestand ihre Leidenschaft für Pashmina-Schals. »Ich habe schon fünfzig Stück, und es gibt immer noch neue Farben, die ich gerne hätte«, wurde sie zitiert.

Als ich gerade zur Wohnungstür hinauswollte, hörte ich das Telefon läuten. Ich ließ es klingeln. Dann, als ich die Holland Park Avenue hinunterging, hörte ich eine vertraute Stimme.

»He, Justine, kommen Sie mal her.« Es war eine New Yorkerin, der ich von Zeit zu Zeit in den umliegenden Geschäften über den Weg lief.

»Los, kommen Sie mal rüber.« Sie saß in einem großen Auto und hatte mitten auf der Straße angehalten. Hinter ihr bildete sich allmählich eine Schlange. »Sie haben Pashmina-Schals aufgetrieben. Ich weiß es doch, Sie haben Pashmina-Schals aufgetrieben.«

Hinter ihr begannen die Leute zu hupen, aber sie kümmerte sich nicht weiter darum.

»Ich muss jetzt unbedingt einen haben. Pink, ich brauche einen in richtig knalligem Pink. Sie haben ja meine Nummer. Rufen Sie mich an, Sie müssen mich unbedingt anrufen.« Sie streckte dem Fahrer hinter sich, der die Hupe gedrückt gehalten hatte, die Zunge heraus, dann brauste sie mit quietschenden Reifen davon.

Ich stand mit rotem Kopf auf dem Bürgersteig und sah den wütenden Autofahrer achselzuckend an. Trotzdem rief ich sie an, sobald ich zu Hause war. Sie war für mich zu Furcht erregend, zu sehr New Yorkerin, als dass ich es gewagt hätte, sie nicht anzurufen.

»Super, Sie haben also Knallrosa?«

»Ja, habe ich.«

»Ich nehme drei. Was haben Sie noch für Farben?«

»Die meisten.«

»Fantastisch! Okay, machen Sie es doch so. Kommen Sie hier vorbei mit einem ganzen Packen. Ich werde ein paar Freundinnen anrufen. Ich weiß, dass sie alle Pashmina-Schals haben möchten. Das wird lustig. Also, morgen oder Donnerstag, wann passt es Ihnen?«

»Donnerstagnachmittag.«

»Okay, das kommt mir auch gelegen. Drei Uhr, und bringen Sie einen ordentlichen Berg mit, wir wollen uns alle großzügig eindecken.«

Ihr Haus war groß. Hätte es auf dem Land gestanden, hätte es immer noch stattlich ausgesehen, aber mitten in Holland Park wirkte es mit seinem Flügeltor, seiner Doppelgarage und seiner zweiteiligen Haustür mit den beiden Messingknäufen einfach gigantisch. Buchsbäume standen zu beiden Seiten des Eingangs in gläsernen Kuben, streng in Form gestutzt in Abstimmung mit ihren würfelförmigen Behältnissen. Ein Paar steinerner Windhunde saß in heraldischer Pose vor den Bäumchen.

Jedes Mal, wenn ich einen weiteren Korb mit Pashmina-Schals aus dem Auto zerrte und die Stufen zur Eingangstür hinaufschleppte, schwenkte eine Überwachungskamera herum und blinkte mich an. Als ich auf den Klingelknopf drückte, kam ebenfalls eine Kamera zum Vorschein, und ihre Blende schnappte blitzend auf.

Eine gut angezogene Frau öffnete mir die Tür. Ich stellte mich vor. Sie sah von der obersten Stufe auf mich herunter. Ihre Hosen waren elegant geschnitten, und sie trug eine hochwertige rosafarbene Kaschmirjacke. Ich hatte Klamotten an, die dafür geeignet waren, Körbe mit Pashmina-Schals durch die Gegend zu schleppen. Mein Outfit machte nicht gerade Eindruck bei der Frau in der Kaschmirjacke. Sie sah mir zu, wie ich die Körbe einen nach dem anderen bis zu dem Raum durchtrug, in dem ich meine Ware ausbreiten sollte.

Das Wohnzimmer war so groß wie meine ganze Wohnung. Alles war riesig, dick gepolsterte Sofas, die überhäuft waren mit einer Unzahl von Kissen, und an den Wänden großformatige Bilder, die offensichtlich reine Kapitalanlagen waren. Der Großteil der Möbel sah aus, als käme er direkt von dem Schreiner, der in letzter Zeit zum Liebling der Londoner Innenarchitekten aufgestiegen war. Eine Ausnahme machte nur der niedrige orientalische Tisch vor dem Kamin. Darauf lagen vier Stapel mit Büchern, auf jeder Ecke einer, rechtwinklige Stöße aus gebundenen Katalogen von Kunstausstellungen aus aller Herren Länder.

Während ich mich staunend umsah, kam die Haushälterin mit einem schwarzen Lacktablett zurück. Darauf standen passende Schälchen mit japanischen Reis-Crackern und Kirschen – um diese Jahreszeit! –, kleine Platten mit Sushi und ein paar winzige Blaubeer-Muffins. Sie arrangierte sie sorgsam und symmetrisch zwischen den vier Bücherstapeln.

»Bitte, bedienen Sie sich einfach«, sagte sie in einem Ton, der das Gegenteil signalisierte.

Meine New Yorkerin kam herein, als ich gerade die Hälfte der Körbe ausgepackt hatte. Im Gegensatz zu ihrem Haus,

Meine Ware

ihren Buchsbäumchen und ihrer Haushälterin wirkte sie selbst eher lässig. Ja, eigentlich zählte sie zu den am schlampigsten gekleideten Frauen des Viertels. Das war eines der Merkmale, die einen mit ihr versöhnten.

Sie sprach in ein schnurloses Telefon. Nach einem leicht affektierten »Hi« bückte sie sich, um sich einige Häppchen Sushi und ein paar von den winzigen Blaubeer-Muffins aus den Lackschälchen zu fischen. Das Telefon zwischen Ohr und hochgezogene Schulter geklemmt sowie Sushi und Muffins in der einen Hand, fing sie an, in Windeseile Schals aus den Tüten zu ziehen. Sushi und Muffins verschwanden in ihrem Mund, und jetzt, wo sie beide Hände frei hatte, begann sie sich die Schals umzuwickeln. Jedes Mal, wenn sie sich einen umgeschlungen hatte, lief sie zum Spiegel über dem großen Kamin hinüber, um sich prüfend zu betrachten.

»Diese Farbe ist grauenvoll. Sie ist gar nicht vorteilhaft für mich. Sehen Sie nur, sie wirkt einfach tot an mir, macht mich so blass.«

Sie war blass. Der hübsche azurblaue Schal flog zur Seite.

»Ja, jetzt, der hier gefällt mir gut. Ach nein, doch nicht, das ist es auch nicht, es ist genau eine Nuance daneben, gerade nicht der Farbton, den ich brauche.«

Der himbeermusrote landete neben dem azurblauen auf dem Boden.

»Wissen Sie, wenn ich Knallrosa sage, dann meine ich wirklich ein kräftiges Pink. Das hier ist irgendwie so... brrr.« Sie schubste den jetzt noch stärker an zermatschte Himbeeren erinnernden Schal mit der Fußspitze beiseite.

Ich sammelte die aussortierten Stücke wieder ein und begann sie zusammenzulegen.

»Oh, lassen Sie das Zeug doch einfach liegen. Die anderen werden alle genau dasselbe machen wie ich.« Sie nahm mir die Schals aus der Hand und warf sie auf das nächststehende Sofa.

»Mein Gott, sehen sie nicht fantastisch aus! Ich werde ein paar kaufen müssen, die ich einfach nur hier im Raum verteilen kann. Wissen Sie, einfach nur kreuz und quer über die Möbel werfen.« Sie arrangierte den azurblauen und den himbeerroten locker über den Kissen.

»Nun, schaun Sie nur, sieht das nicht großartig aus?«

Zwei verknitterte Schals auf einem dick gepolsterten Sofa.

Eine halbe Stunde später lagen etwa 30 zerknitterte Schals wirr durcheinander auf eben jenem Sofa. Ich saß in einer Ecke, über einen Block mit Rechnungsformularen gebeugt, und versuchte, die Reste eines zerdrückten Blaubeer-Muffins aus den Fransen eines blass zitronengelben Schals zu zupfen, während ich eine Quittung für Belle aus Austin in Texas ausschrieb. Sie hatte drei Schals erworben.

»Der cremefarbene ist für mich, den brauchen Sie also nicht großartig einzupacken, mit Schleifchen und so. Der passt zu meinem Teint. Der rosa ist für meinen Bruder Henry und der fliederfarbene für seine bessere Hälfte, Charles. Er sieht einfach traumhaft aus in all diesem zartlila Zeug. Ich glaub, das macht mich wahnsinnig, wenn ich bloß einen hab. Ich werd noch einen ganzen Schwung kaufen müssen.«

Sie dehnte das »lila«, als seien es zwei Wörter, und die meisten anderen dehnte sie, als seien es vier. Ich war schon lange nicht mehr in den Genuss eines derart breiten Texanisch gekommen – es klang, als ob jemand durch eine quatschende Pfütze läuft.

»Meine Familie hat eine Ranch, wissen Sie, eine der berühmtesten in den Staaten. Wenn wir nachts im Freien sind, kann es scheußlich kalt sein. Wissen Sie, diese Pashmina-Schals werden meine Rettung sein.«

Eine weitere knallharte New Yorkerin, die gerade im Begriff war, eine steile Karriere in Business-Kreisen zu machen, hielt auf der anderen Seite des Raumes Hof. Ihre kleine Tochter bettelte um ihre Aufmerksamkeit, wurde jedoch von einem Au-pair-Mädchen in Schach gehalten, die, wie die New Yorkerin erklärte, aus Bosnien stammte. Während sie Unmengen japanischer Cracker in sich hineinschaufelte, wobei ihre schweren Diamantringe jedes Mal klirrend gegen das Lackschälchen stießen, ließ sich Ms Unternehmerin aus New York über ihre Erfahrungen bei der Jagd nach Häusern in Manhattan und Notting Hill aus.

»Sie haben ja alle keine Ahnung, was ich durchgemacht habe. Es ist wirklich widerlich, wie man von diesen jungen Immobilienfritzen behandelt wird. Großer Gott, ich meine, ich bin schließlich alt genug, um ihre Mutter zu sein. Und wer kommt daher, um mir so ein Zwei-Millionen-Dollar-Objekt zu zeigen? Irgend so ein pickliges Jüngelchen, das mir in nervtötender Jugendsprache und in allen Einzelheiten schildert, wie verkatert es ist. Dann lässt er sich dazu herab, seine Sonnenbrille abzunehmen, und meint Geld zu riechen, und wird ganz bescheiden und schuldbewusst. Also sage ich, ›hör zu, Süßer, steig ins Auto, schlaf deinen Kater aus, und vergiss nicht, dass ich weiß, dass du auf Provisionsbasis arbeitest. Man braucht kein Nobelpreisträger zu sein, um die Prozente auf zwei Millionen Dollar auszurechnen.‹ Daraufhin fraß er mir aus der Hand.«

Ms Unternehmerin aus New York und Belle aus Austin beäugten einander über das Lacktablett mit Blaubeer-Muffins hinweg. Belles frostiges Lächeln erinnerte an einen eisgekühlten Daiquiri, und Ms Unternehmerin zeigte im Gegenzug das Gebiss einer mit allen Wassern gewaschenen Verhandlungspartnerin, mit der nicht zu spaßen ist.

Eine hoch gewachsene, schöne Frau kam herein. Sie entschuldigte sich für die Verspätung und grüßte jeden im

Raum, einschließlich des bosnischen Au-pair-Mädchens. Den meisten Frauen war sie nicht sehr sympathisch. Sie war zu schlank, zu hübsch und zu höflich. Während sie die Schals bewunderte, stellte sie Fragen über Indien, Delhi und die Kinder in den Slums.

Ich wollte wissen, ob sie selbst Kinder hätte.

»Ich habe einen Sohn und eine vier Monate alte Tochter.«

Sie stammte aus Polen und hatte einen Amerikaner geheiratet, den sie während eines Modeljobs in New York kennen gelernt hatte.

»Ich kann's nicht fassen, dass Sie gerade ein Kind bekommen haben. Sie sind zu dürr. Was haben Sie gemacht, sich das Fett absaugen lassen?« Ms Unternehmerin aus New York lächelte, während sie sprach, doch es war kein warmherziges Lächeln. »Los, wir wollen Beweise. Wo ist das Baby?«

»Sie ist bei meinem Mann, genau wie mein Sohn«, erwiderte die Polin.

»Oh, großartig, eine perfekte Figur, ein perfektes Leben und einen Mann, der gerne Kinder hütet. Ich nehme an, Sie hatten niemals Pickel und haben ein abgeschlossenes Jurastudium.«

Ms Unternehmerin machte jetzt Scherze, aber die Polin lächelte nicht.

»Wir leben in Scheidung, und er hat die Kinder bei sich, weil er einen sehr klugen Anwalt hat.« Mit tonloser Stimme schilderte sie knapp ihre Situation.

Das bosnische Au-pair-Mädchen fing an zu weinen. Wir waren aufgrund der Art, wie ihre Arbeitgeberin in ihrer Gegenwart über sie sprach, davon ausgegangen, dass sie kaum Englisch konnte. Doch sie hatte zugehört, verstanden und alles in sich aufgenommen. Die Polin ging zu ihr hin und strich ihr übers Gesicht.

»Tut mir leid, ich wollte Sie nicht beunruhigen.«

»Nein, nein, Sie sind sehr schöne Frau, und es ist so traurig für Sie.« Das bosnische Mädchen drückte ihre kleine Schutzbefohlene an sich.

»Sie ist manchmal so wunderlich. Wochenlang spricht sie kein Wort, und dann weint sie plötzlich über alles und jeden. Ihr Bruder wurde in Sarajevo von den bösen Kerlen getötet«, flüsterte Ms Unternehmerin aus New York so laut, dass ich es noch auf der anderen Seite des Raumes hören konnte.

Alle verstummten. Ein Handy klingelte, und die Besitzerin nahm den Anruf sofort entgegen, einen erleichterten Unterton in der Stimme. Die Atmosphäre im Zimmer entspannte sich.

»Mein Gott, ich muss noch mehr Pashmina-Partys geben. Sie sind einfach so amüsant.« Meine Gastgeberin stopfte sich noch einen Blaubeer-Muffin in den Mund und schlang einen zweiten Schal über den, den sie bereits umgelegt hatte.

Eine hübsche Frau, die sich weit weniger in den Vordergrund gespielt hatte als die anderen, sah mich an und verdrehte die Augen. Sie hatte ruhig abgewartet, während ich für die weniger geduldigen Teilnehmerinnen des Treffens eingewickelt, verpackt und Rechnungen ausgeschrieben hatte. Und als unter mehr oder weniger großer Lärmentfaltung eine nach der anderen ging, blieb sie auf einem der dick gepolsterten Sofas sitzen und pickte die Krümel eines Blaubeer-Muffins herunter, den ihr kleiner Sohn über die dicken Kissen verteilt hatte.

Unsere Gastgeberin verließ das Zimmer mit dem letzten Schwung Pashmina-Käuferinnen. Die hübsche Frau und ich blieben allein inmitten von wirr übereinander geworfenen Schals und Seidenpapier zurück.

»Das ist ja noch schlimmer als bei uns zu Hause bei der

Überreichung der Brautgeschenke«, bemerkte sie. Ihr weicher, rollender Akzent klang wie die Gischt am Bondi Beach.

»Hat das Pashmina-Fieber Sydney noch nicht erfasst?«, fragte ich.

»Es fängt gerade an, um sich zu greifen, aber die Schals sind augenblicklich nur für die wirklich Reichen und Leute, die gar nicht arbeiten müssen, erschwinglich.«

Sie war praktisch nicht geschminkt, ihre Haut war glatt und ihre Augen so blau wie der Schal, den sie ausgewählt hatte.

»Könnte ich diesen hier haben, bitte?«

»Ja, selbstverständlich.«

Ich hatte sechzehn Schals verkauft. Ms Unternehmerin aus New York mit dem Zwei-Millionen-Objekt hatte nicht einen einzigen genommen, obwohl sie alle anprobiert hatte.

»Tja, ich habe erst vor ein paar Monaten einen ganzen Schwung bei Nicoles Typen gekauft«, hatte sie gesagt.

Natürlich, und sie war eine Freundin von Nicole. Die Geschichte sollte glauben, wer wollte.

Ende November – ich war gerade mal zwei Wochen in London – hatten Robin und ich einen Großteil unserer Bestände veräußert. Ich brauchte drei Stunden, um telefonisch zu Manzoor nach Srinagar durchzukommen.

»Salaam alekum, wie schön Sie zu hören. Das Geschäft läuft sehr gut bei Ihnen? Wir haben dafür gebetet. Es ist unser großer Wunsch.«

»Danke, ja, das Geschäft läuft gut. Ich würde gerne eine weitere Bestellung aufgeben, wenn das möglich ist, und je schneller Sie die Schals schicken können, desto besser.«

»Inshallah, das ist möglich. In zwei Tagen kommen meine Söhne von englischer Schule für die Zeit von Ramadan. Ich werde die ganze Zeit über in Kaschmir sein. Yaseen ist in Delhi. Er wird sich um alles kümmern, was Sie brauchen, während ich zu Hause bin. Alles wird perfekt sein, machen Sie sich bitte keine Sorgen.«

»Ich werde Yaseen eine Bestellung schicken, zusammen mit der Überweisungsbestätigung.«

»Das sind so sehr nette Neuigkeiten. Ich bin so glücklich, das zu hören. Alles sind gute Nachrichten, meine Kinder, Ramadan und diese Bestellung. Allah ist sehr groß.« Ich sah Manzoor förmlich lächeln bei diesen Worten.

»Ich würde die Schals gerne in Kaschmir färben lassen, wenn das geht. Ich glaube, Ihre Färber in Srinagar liefern viel feiner abgestimmte Farben als Parveen. Wie lange würde es dauern, die Schals in Kaschmir färben zu lassen?«, fragte ich. Die ersten Schals, die ich bei Abdullah, dem Geschichtenerzähler, gekauft hatte, waren in Kaschmir gefärbt worden, und ihre Farben waren unaufdringlich und schön gewesen.

»Die Färber in Kaschmir sind beste von ganz Indien. Da haben Sie Recht. Vielleicht beste von ganze Welt. Aber wir haben Probleme mit vielem Schnee. Es ist schwer zu färben bei so viel Schnee. Und es ist schwierig, Schals von Kaschmir nach Delhi zu bringen. Es ist alles nicht so gut zurzeit.« Manzoor ging nicht näher darauf ein, als ich ihn fragte, warum es denn nicht so gut aussähe.

Einige Tage später stieß ich auf eine kleine Meldung im Auslandsteil meiner Tageszeitung. Sie stand zwischen einer Geschichte über Bill Clinton und Buddy, seinen Hund, und einem kurzen Bericht über eine italienische Pornodarstellerin, die in einem Lokal auf Capri an einer Fischgräte erstickt war. Pakistanische Rebellen hatten angeblich einige der indischen Vorposten oberhalb von Kargil, nordöstlich von Srinagar, besetzt. Soldaten der indischen Armee hatten offenbar wegen der strengen Witterung ihre Stellung verlassen und Schutz gesucht in dem vergleichsweise freundlichen Kargil. Die Rebellen waren in Bezug auf das Wetter nicht so empfindlich gewesen. Sämtliche Flüge ins Tal und von dort heraus waren gestrichen, und sämtliche Straßen waren für den Verkehr, außer für Militärfahrzeuge, gesperrt. Das war der Grund dafür, dass der Zeitpunkt nicht gerade besonders günstig war, um in Srinagar färben zu lassen und die Schals nach Delhi zurückzuschaffen. Der Artikel stützte sich auf einen unbestätigten Bericht. Es war also keine amtliche Nachricht und daher auch keine offiziell bestätigte Situation.

»Was würden Sie sich für Kaschmir wünschen?«, hatte ich Yaseen während einer unserer Rallyes zur Färberei Parveen gefragt.

»Azadi«, hatte er geantwortet. Azadi, das bedeutete die Unabhängigkeit Kaschmirs von Pakistan und Indien, ein Traum, der allmählich ins Reich der Folklore abglitt.

»Und was würde Azadi für Sie bedeuten?«

»Das würde bedeuten, dass meine Söhne echte Söhne unseres Tals wären und dass es unser heiliger Ort wäre, an dem nicht irgendwelche Politiker ständig irgendwo absahnen, um großes Geld zu machen mit ihren schmutzigen Geschäften. Mein Tal für mein Volk, Kaschmir den Kaschmiris.« Bei den letzten Worten hatte er die Stirn aufs Lenkrad gelegt. Ich konnte nicht sehen, ob seine Miene ernst oder verzweifelt war.

»Kaschmir! Warum beziehen Sie Ihr ganzes Zeug von dort?«, hatte die laute New Yorker Gastgeberin der Pashmina-Party gefragt. »Da oben lebt doch nur ein Haufen Terroristen. Sie schnappen sich die Touristen und ermorden sie, zum Teufel! Wieso wollen Sie die unterstützen? Sind Sie zum Islam konvertiert oder was?«

»Nein, ich bin keine Muslimin. Ich kaufe einfach nur die Schals bei den Webern in Kaschmir, von denen mittlerweile viele am Hungertuch nagen, nachdem aufgrund des Konflikts der Handel immer weiter zurückgegangen ist.«

»Aber woher wissen Sie, dass das Geld nicht in dunkle Kanäle fließt, für Munition und solches Zeug, um dann Touristen in die Luft zu jagen? Ich habe keine Lust, eine Mörderbande zu subventionieren.«

»Sie haben kaum genug Geld, um Nahrungsmittel und andere Güter des täglichen Bedarfs zu kaufen, an Waffen gar kein Gedanke. Und Sie subventionieren sie nicht. Ich kaufe ihnen die Schals ab. Und Ihr Geld fließt in die Ausbildung der Kinder in den Slums von Delhi.« Ich hoffte, dass man mir meine Verärgerung nicht allzu sehr anhörte.

»Und sind die Kinder in den Slums Muslims?«, hatte sie weitergebohrt.

»Ich frage sie nicht nach ihrer Religion.«

»Merkt man das nicht?«

»Manchmal schon, aber das ist wirklich nicht die Art Frage, die man einer Fünfjährigen stellt, der man gerade Mut macht zu zeichnen, wovon sie träumt.«

An dieser Stelle hatte auch Ms Unternehmerin aus New York die Ohren gespitzt und genau zugehört.

»Was zeichnen sie denn? Malen sie gruselige Bilder von all den scheußlichen Dingen, die ihnen widerfahren?«

»Sie zeichnen für gewöhnlich immer das Gleiche – ein Haus, manchmal mit einem Berg dahinter. Normalerweise gibt es Wasser, einen See oder einen Fluss, irgendwo in der Nähe des Hauses, und vielleicht ein paar Blumen, einen Baum, eine Kuh oder ein paar Ziegen.«

»Das ist ja nicht gerade besonders einfallsreich.«

»Sie leben in den Slums. Sie bekommen solche Dinge nicht oft zu sehen, aber ihre Eltern und Verwandten erzählen ihnen davon.«

»Nun machen Sie aber einen Punkt, sie bekommen doch Häuser zu sehen, oder etwa nicht? Das ist doch eine Stadt, oder?«

»Ja, Häuser sehen sie und auch Kühe – Kühe sehen sie überall.«

»Gibt es in den Slums Kühe?« Sie war erstaunt.

»Wenn das hier Delhi wäre, gäbe es auch in Holland Park Kühe.«

»Sie meinen, es gibt Kühe auf der Straße, in der Sie leben?«

»Ja.«

»Was ist denn das mit diesem Delhi? Ist das eine Stadt oder ein Bauernhof?«

Selbst als ich ihr von den Hindus erzählte und den Kühen, die unbehelligt durch die Straßen von Delhi trotteten, rückte sie nicht davon ab, dass ich die Waffenschieberei in Kaschmir unterstützte.

Anfang Dezember gerieten Robin und ich in Schwierigkeiten. Als ich nach einem langen Verkaufstag meine Körbe mit Pashmina-Schals zurückschleppte, fand ich eine endlose Schlange Faxpapier vor, die von meinem Schreibtisch herunterhing. Es waren ausführliche Botschaften von Robin, verfasst in seiner üblichen zittrigen Handschrift. Was trieb ich gerade? Wie viele hatte ich verkauft? Würde ich neue bestellen? Wenn nicht, warum? Wann träfen sie ein? Welche Farben verkauften sich meiner Meinung nach am besten? Kalkulierten wir die Preise richtig? Wieso kamen die Schals immer zu spät? – Es folgte ein ausführlicher Bericht über seine geschäftlichen Fortschritte. Er hatte anfangs versucht, die Schals an die Inhaberinnen kleiner Lädchen in den Marktstädten Mittelenglands loszuwerden. Während es für mich ein Leichtes war, einem willigen Kundenstamm, der praktisch bei mir auf der Schwelle stand, Pashmina-Schals zu verkaufen, waren die in Ma-Griffe-Wolken gehüllten Damen mit ihren Barockperlenketten in den Grafschaften rund um London schwerer zu gewinnen. Sie hatten die Schals um die Schultern einiger weniger eleganter Luxusgeschöpfe an der Seite von Investment-Bankern gesehen, die sich seit Neuestem an den Wochenenden in ihren Dörfern einnisteten. Aber sie waren sich immer noch nicht sicher, ob die Schals nicht wie bessere Wolldecken aussahen. Robin versuchte, die höflich interessierten Geschäftsführerinnen zwischen ihren Regalen mit duftenden Lavendelsäckchen und hausgemachtem Lemon Curd zu bekehren. Er warnte sie, dass der Verzicht auf Pashmina-Schals bedeutete, ein gewichtiges neues Accessoire zu ignorieren, das zur Grundgarderobe jeder stilvoll gekleideten Frau gehörte.

Robin bat mich um ein paar Tipps zu Verkaufstechniken. Ich war eine Frau, argumentierte er, so dass ich möglicherweise Insider-Tricks auf Lager hätte, um meine Geschlechtsgenossinnen dazu zu bringen, ihre Geldbörse zu zücken. Wir kamen überein, uns an einem Dienstagnachmittag in seinem Club zu treffen.

Es goss in Strömen. Ich verkniff es mir, den Fahrer anzuhupen, der hartnäckig vor einer bereits abgelaufenen Parkuhr stand, die für mich ideal gelegen war. Stattdessen fuhr ich neben ihn hin und wartete. Meine Absicht musste eigentlich klar zu erkennen sein, und nur, um sicherzugehen, dass er es begriff, winkte ich ihm höflich zu. Er nahm immer noch keine Notiz von mir, die Nase tief in ein Buch vergraben, während der Regen auf seine Windschutzscheibe prasselte. Ich stieg aus dem Wagen, lief hinüber zu ihm und klopfte an sein Fenster. Er sah auf, und sein Gesichtsausdruck kam mir so vertraut vor – es war die Miene, die so viele Fahrer in Delhi zur Schau tragen, wenn die Bettler an den Ampeln an ihre Autofenster klopfen.

Ich lächelte.

Das Seitenfenster glitt exakt bis auf Augenhöhe herab, dann wurde es angehalten.

»Hallo, tut mir leid, dass ich Sie beim Lesen störe, aber ich habe mich gefragt, ob es möglich wäre, dass ich hier parke.« Ich deutete auf die einfache gelbe Linie vor uns, die zwar Parkverbot anzeigte, wo er jedoch unbehelligt stehen könnte, solange er im Auto blieb.

Er schüttelte den Kopf, und das Fenster glitt wieder nach oben. Allmählich wurde ich nass. Ich klopfte noch einmal. Er sah zu mir heraus und schüttelte erneut den Kopf. Ich schrie nicht, sprach aber laut genug, dass er mich durch die geschlossene Scheibe hören konnte.

»Ich hatte nur gehofft, dass ich vor dieser Uhr hier parken könnte, da Ihre Zeit ja abgelaufen ist. Sie könnten doch genauso gut an der gelben Linie parken, so dass ich die Parkuhr hier benutzen kann.« Mittlerweile hing mir das Haar klatschnass am Kopf, und die Kleider klebten mir am Leib.

Der Fahrer lächelte. Durch das fest verschlossene Fenster hob er langsam und bedächtig zwei Finger in meine Richtung – er hatte gewonnen. Ich dankte ihm und parkte weit weg vom Club, zu dem ich durch den Regen zurückrannte, die Pashmina-Schals für Robin unter den Arm geklemmt.

Völlig durchweicht traf ich im Club ein, roch nach nassem Hund und war nicht gerade bester Laune. Aufgrund der Begegnung mit dem Chauffeur kam ich zu spät, und Robin hatte es sich bereits gemütlich gemacht.

»Hallo, du siehst deinen Slumbewohnern bemerkenswert ähnlich. Ist das vielleicht ein vorteilhafter Aufzug für eine Pashmina-Händlerin?« Er hatte ein Glas Wasser in der einen und Brot und Oliven in der anderen Hand. Als er mich küsste, bekam meine Wange von allen dreien etwas ab.

»Nun«, sagte er, noch bevor ich mich richtig hingesetzt hatte, »ich glaube, ich muss meine Verkaufstaktik für die Schals überdenken. Ich bin nicht überzeugt, dass ich sie tatsächlich optimal präsentiere.«

»Trägst du einen Schal, wenn du Termine mit Kunden hast?«, fragte ich.

»Natürlich tue ich das. Das hast du mir doch so gesagt. Ich mache alles, was du mir sagst. Schau, ich hab ihn sogar dabei.« Er zog einen Schal aus einer der Plastiktüten heraus, die er zu seinen Füßen aufgebaut hatte. Ein leicht verwaschener korallenroter Schal kam zwischen seinen Einkäufen aus der Lebensmittelabteilung von Selfridges zum Vorschein, ein wenig feucht vom Regen und mit einem schwachen Geruch von Aal in Aspik und Rillettes. Robin band ihn sich um den Hals.

Ich nahm ihn wieder herunter, stand auf, schüttelte ihn zu seiner vollen Größe aus, schlug ihn einmal um und dann noch einmal auf die halbe Breite, wobei ich mein hoch gezogenes Knie zu Hilfe nahm, um den Knick sauber hinzubekommen. Dann faltete ich ihn der Breite nach zusammen und schlang ihn mit Schwung um seinen Hals; die beiden losen Enden zog ich durch die dabei entstandene Schlaufe. Nachdem ich ihn noch einmal zurechtgezupft hatte, trat ich einen Schritt zurück, um die Wirkung zu begutachten.

»Voilà, so trägt der echte Mann von Welt heute seinen Schal.«

»Ich weiß nicht, ob ich damit sehr überzeugend wirke.«

Robin versuchte, sich in dem Spiegel auf der anderen Seite des Raumes zu sehen.

»Woran zweifelst du denn? An der Art der Bindung oder an deinem Talent, Schals zu verkaufen?«

»Im Grunde an beidem ein wenig, glaube ich.« Robin ließ sich zurück aufs Sofa fallen.

»Vielleicht klammerst du dich zu sehr an den Grundsatz, möglichst viele möglichst billig zu verkaufen.«

»Nicht gerade einfach, wo ich kaum etwas zu verkaufen habe.«

Das Gespräch nahm eine ungute Wendung. Wir besaßen, wie sich gezeigt hatte, unterschiedliche Ansichten über Verkaufstechniken. Der nächste Punkt, in dem wir uns nicht einig waren, war unsere Preispolitik.

»Wenn wir anfangen, hinsichtlich der Preise mit den großen Läden zu konkurrieren, verschenken wir unseren Haupttrumpf. Wenn wir die Preise senken, entwerten wir die Tatsache, dass ich allerhöchste Qualität einführe«, sagte ich.

»Ich weiß das, und du weißt es, aber woher weiß das Otto Normalverbraucher auf der Straße?«, gab Robin scharf zurück.

Ich zog ihm den Schal vom Hals. Er war jetzt zerknautscht und mit Brot und Oliven verschmiert. Aber er war immer noch herrlich und genauso weich wie die Paradiesvögel des Geschichtenerzählers.

»Ist es nicht ganz einfach?«, fragte ich. »Wir haben ein schönes Produkt anzubieten, und die Leute wollen es haben. Entweder akzeptieren wir, dass wir nun mal eine sehr unterschiedliche Vorgehensweise haben, und versuchen es trotzdem, sind ein wenig freundlicher zueinander und bringen einen netten kleinen Handel in Schwung, oder wir treiben einander an den Rand des Abgrunds und fahren fort, uns zu streiten, auch wenn wir schon springen.«

Robin, perfekt gestylt mit dem fachmännisch gebundenen Schal

»Ach du liebe Güte!« Robin schaute verblüfft, und ihm fiel die Kinnlade herunter.

»Was hast du denn?«

»Ich dachte, es liefe alles so gut, und dann machst du eine Kehrtwende und erklärst, dass alles schrecklich ist. Das ist einfach enttäuschend.«

»Ach, nun sei doch mal ehrlich, Robin, alles, was wir tun, ist, über jeden einzelnen Punkt zu diskutieren, ganz gleich ob es um Farbe, Form, Größe, Preis oder Verkaufstechniken geht. Sind wir uns bislang in irgendeiner Sache einig gewesen, außer dass wir ein sehr gutes Produkt haben?«

Er sah mich betroffen an. »Nun, wir streiten ein bisschen, aber das haben wir schon immer getan. Das ist gesund und belebt das Geschäft.«

»Aber ein Großteil von dem Gezänk scheint überflüssig«, sagte ich.

»Blödsinn, das ganze Geschäftsleben besteht aus Gezänk. Das hält uns auf Zack.« Sprach's und schob sich noch mehr Brot und Oliven in den Mund.

»Prügeln sich die Leute darum?«, fragte die Französin am Telefon.

»Ich weiß nicht genau, was Sie unter ›prügeln‹« verstehen«, erwiderte ich. Das Pashmina-Kränzchen bei der New Yorkerin lag noch nicht lange zurück, und ich fühlte mich nach wie vor etwas angeknackst.

»Ich rufe aus Paris an. Hier führen erst drei Läden Pashmina-Schals. Als der erste am Montag nach dem Eintreffen der neuen Ware öffnete, standen Hunderte von Frauen draußen Schlange. Es war ein einziges Gedrängel und Geschiebe. Eine Frau fiel in Ohnmacht und musste ins Krankenhaus gebracht werden. Es war grauenvoll. Ist das in London auch so?« In ihrem Tonfall schwang leichte Verzweiflung mit.

»Da kann ich Sie beruhigen, dergleichen kommt hier nicht vor.«

»Oh, das freut mich zu hören. Haben Sie private Kunden?«

»Nun, ja, ich denke schon.« Ich hatte sie im Geiste nie als solche eingestuft.

»Ich denke, ich werde aus Paris rüberkommen und bei Ihnen vorbeischauen«, erklärte sie.

»Hatten Sie denn ohnehin vor, nach London zu fliegen?«

»Nein, aber jetzt würde ich es gerne tun, falls Sie mich als Privatkundin annehmen.«

Sie plante, um sieben Uhr abends bei mir zu sein, ihre Schals zu kaufen und die Maschine für den Rückflug um halb zehn noch zu erreichen.

Nadine war eine Pariserin wie aus dem Bilderbuch, bis

hin zu ihren tadellos manikürten Fingernägeln. Sie hob entschuldigend die Hände, als sie zur Tür hereinkam. Ihre Landung hatte sich um zwei Stunden verzögert.

»Sie können sich nicht vorstellen, was für eine Zumutung das war. Zwei Stunden da oben in der Warteschleife zu hängen, einer hinter dem anderen, immer im Kreis herum. Ich kenne die Straßen von Heathrow jetzt in- und auswendig.«

Dann stellte sie sich vor und musterte aufmerksam meine Wohnung.

»C'est charmant.« Sie schaffte es, dass sich diese Bemerkung beinahe wie eine Beleidigung anhörte. Aber nachdem sie so lange über die Londoner Außenbezirke gekreist war, war es schließlich ihr gutes Recht, ein bisschen schlecht gelaunt zu sein. Es war zehn Uhr abends, und wir wünschten uns wohl beide weit fort.

Ich öffnete den Koffer mit den Pashmina-Schals, und sie machte sich ans Werk. Sie ging die Sache sehr gründlich an, indem sie die Farben, die sie interessierten, auf die Seite legte und die anderen aussortierte und wieder in den Koffer stapelte. Bei einigen war sie unschlüssig und packte sie auf einen gesonderten Stoß, um sie noch einmal näher zu begutachten. Ihre Vorgehensweise war systematisch und schnell.

»Dieser hier hat die Farbe von Bombay Sapphire.« Sie hob einen Schal hoch. »Kennen Sie Bombay Sapphire? Das ist doch Ihr Ding, den müssen Sie doch kennen.«

Ich hatte keine Ahnung, wovon sie sprach.

»Tut mir leid, ich fürchte, ich muss passen.«

»Trinken Sie ab und an ein Gläschen?«

»Wie meinen Sie das?«

»Bombay Sapphire, das ist englischer Gin mit einem Bild von Ihrer ulkigen alten Königin auf der Flasche.«

»So alt ist sie gar nicht«, wandte ich abwehrend ein. »Immerhin lebt ihre Mutter noch.«

»Nein, nein, nicht die, eine viel ältere, die kleine, fette.«

»Ach, Sie meinen Queen Victoria?«

»Ja, genau die. Sie sieht aus wie ein Frosch.« Nadine hielt inne. »Nein, nicht wie ein Frosch, eher wie eine Kröte.« Sie kicherte in einer sehr untypischen Art für eine Pariserin, offen und ungezwungen.

»Tut mir leid, aber ich verstehe immer noch nicht, was Sie mit Bombay Sapphire sagen wollen.«

»Er ist – oh, ich weiß nicht, wie ich es beschreiben soll – blau wie das hier, wie dieses Blau. Die Flasche meine ich, nicht den Gin.« Sie schwenkte den Schal vor meiner Nase herum. Es war das leuchtende Türkisblau von englischem Sommerhimmel an jenen seltenen strahlenden Junitagen. Endlich begriff ich, was sie meinte.

Nadine hatte meinen Namen von einer Freundin in London bekommen. Sie wusste, dass der Erlös der Schals an die Schulen in den Slums von Delhi ging.

»Mein Bruder ist Augenchirurg. Er war zwei Jahre mit *Ärzte ohne Grenzen* unterwegs und wirkte an einem Programm in Südindien mit. Es handelte sich um eine mobile Klinik, die über die Dörfer fuhr, um die Leute an grauem Star zu operieren. Sie haben dort schreckliche Probleme damit. Das werden Sie ja wissen.«

Wusste ich. Der hohe Prozentsatz der Leute auf dem Land, die an grauem Star erkrankt waren, war auf Vitaminmangel zurückzuführen, besonders in Zeiten der Hungersnot in den ärmsten Bundesstaaten wie Bihar und Andhra Pradesh.

»Haben Sie dort Bombay Sapphire kennen gelernt?«

»Nein, nein, mein Freund mag ihn sehr gerne, und ich finde die Farbe der Flasche schön.«

Nadine kaufte vier Schals, zwei in der Farbe von Bombay Sapphire. Inzwischen war es zu spät für den Rückflug, den sie gerne genommen hätte, und so gingen wir stattdessen die Straße hinauf in ein Lokal, wo Hühnchen gegrillt werden, mit wunderbar knuspriger Haut. Sie aß mit den Fingern und rauchte filterlose Gauloises, wobei sie die Tabakkrümel von der Zunge zupfte, wie die Filmstars in den vierziger Jahren es zu tun pflegten. Sie erzählte mir von ihrem alkoholsüchtigen Freund und ihrer Mutter, die Rennpferde dressierte und Politiker aufbaute. Ich fand sie inzwischen sympathisch und fuhr sie daher gerne mit ihren vier Schals zum Flughafen.

Robin war eine neue Idee gekommen. Er rief mich am nächsten Morgen um sieben Uhr an.

»Hi!«

»Guten Morgen, Robin. Du hattest offensichtlich einen geruhsamen Samstagabend.«

»Nö, ich war tanzen bis zwei Uhr morgens. Das Übliche, eine sehr nette Party, habe zwei weitere Stücke verkauft, weiß gar nicht mehr, an wen. Ich bin schon seit Stunden auf den Beinen. Und du?« Er war nervtötend munter.

»Ich habe vier verkauft gestern Abend.«

»Ach Quatsch!«

»Eine ganz reizende Frau kam aus Paris herüber, nur um Schals zu erstehen. Sie erzählte, in der Rue de Montaigne kratzen sie sich gegenseitig die Augen aus, um welche zu ergattern.«

»Du bist doch ein kluges Mädchen.«

»Wir haben einen reizenden Abend miteinander verbracht. Sie aß das Hühnchen mit den Fingern und schaffte es, gleichzeitig zu rauchen.«

»Was?«

»Schon gut, es ist noch zu früh am Morgen. Hast du nur

angerufen, um mich zu fragen, ob ich was verkauft habe seit unserem letzten Gespräch?«

»Nein, ich habe über Namen nachgedacht.«

»Stehen wir unter Zeitdruck? Und müssen wir das zu dieser unchristlichen Stunde besprechen?«

»Wenn wir dem Unternehmen nicht binnen der nächsten paar Monate einen Namen geben und es im Handelsregister eintragen lassen, werden wir uns des illegalen Handels schuldig machen. Also, was hältst du von *Pashmina Company* oder von *Pashmina Trading Company*?«

»*Goat*«, antwortete ich.

»Was soll das heißen: *Goat* – Ziege?«

»Sie sind aus Ziegenhaar.«

»Das ist nicht sehr eingängig, und es ist ein bisschen kurz, findest du nicht?«

Ich hörte das Rascheln von Bettlaken, als Robin sich zurechtsetzte.

»Hast du nicht vorhin gesagt, du seist schon seit Stunden auf den Beinen?«

»Bin ich auch. Bin schon mit den Hunden draußen gewesen, habe herumgepuzzelt und alles Mögliche erledigt.

»Und jetzt hast du dich wieder ins Bett gelegt.«

Er überging die Bemerkung und kam auf das Thema zurück.

»Ich glaube nicht, dass der Name den Leuten gefällt. Ziegen stinken.«

»Das tun Nerze auch, aber das hindert die Leute nicht, sie zu tragen«, entgegnete ich.

»Ja, aber Nerze sind exotisch, und Ziegen sind einfach nur Ziegen.«

»Nerze beißen, stinken und kratzen, und sie töten wahllos andere Tiere. Meinst du nicht, die Ziegen auf den schneebedeckten Gipfeln des Himalaya sind ein bisschen exotischer?«

Robin verlor das Interesse. Ich konnte hören, wie er die Sonntagszeitungen durchblätterte.

»Ich glaube einfach nicht, dass Namen, die aus einzelnen Wörtern bestehen, besondere Durchschlagskraft haben. Die *Pashmina Company*, das zieht«, konterte er.

»Bei Chanel hat es funktioniert.«

»Das ist was anderes.«

»Wieso?«

»Also gut, ich lasse es unter *Goat* eintragen.« Er hielt einen Moment inne. »Wie wär's mit *Goat Company*?«

Einige Minuten Fußweg von meiner Wohnung entfernt gibt es ein sehr exklusives, sehr schickes Fitnessstudio, wo die Szenestars und Literaten von Notting Hill hinkommen, um ihren Body zu schleifen und zu polieren. Die leidlich Berühmten machen ein großes Gewese und unterhalten sich über Laufbänder und Stepgeräte hinweg lautstark über Agenten, Verträge, schlechte Vorstellungen (von anderen) und großartige Vorstellungen (ihre eigenen). Sie tragen nagelneue, hautenge Fitnesskleidung. Die wirklich Berühmten schlüpfen still ein und aus. Sie tragen alte Trainingsanzüge und ausgeleierte T-Shirts, arbeiten ruhig und unauffällig mit ihren persönlichen Trainern und ignorieren die faszinierten Blicke der übrigen Studiobesucher.

Die wirklich Berühmten tragen in der Öffentlichkeit keine Handys bei sich. Die leidlich Berühmten haben welche dabei, schalten sie aber mit großem Brimborium aus, wenn sie anfangen zu trainieren. Diejenigen, die kein Mensch kennt, lassen ihr Handy an, unabhängig davon, wo sie sich gerade befinden. Sie können nicht aufhören zu quasseln.

Anfang Dezember schlich ich mich in einer stillen Minute

ins Studio, um mich zu erkundigen, ob es zu gewissen Stunden des Tages oder bei geringer Inanspruchnahme eine Ermäßigung gäbe. Ich erklärte, dass ich nicht so häufig in London sei. Die Geschäftsführerin musterte meinen Pashmina-Schal. Ich konnte sehen, was in ihr vorging. Warum war ich auf einen Billigtarif angewiesen, wenn ich mir einen fast tausend Mark teuren Schal leisten konnte?

»Den habe ich nicht hier gekauft. Ich beziehe sie in Indien und importiere sie«, erklärte ich.

»Wie viel verlangen Sie hier dafür?«, fragte sie und kniff die Augen zusammen, als ich ihr den Preis nannte.

»Hätten Sie Interesse, hier welche zu verkaufen?«

»Ja, natürlich, solange ich trotzdem noch Mitglied werden kann.«

Sie lachte. »Etwas zu veräußern schließt doch Ihre Mitgliedschaft nicht aus.«

»Ich gebe Ihnen einen Schal zum Einkaufspreis, wenn Sie mir einen günstigeren Tarif einräumen.«

»Was ist denn das, eine Art Tauschhandel?«

»Hab zu viel Zeit damit zugebracht, in Indien bei allem und jedem um den Preis zu feilschen. Tut mir leid, das ist mir zur Gewohnheit geworden.«

»Nun, ich höre die Leute ständig von Pashmina-Schals reden, daher bin ich sicher, dass eine große Nachfrage besteht. Wir werden hier überall Schilder aufhängen. Sie werden vermutlich die komplette Ware los, wenn man den Unterschied bedenkt zwischen dem, was Sie verlangen, und dem Preis in den Neppläden hier um die Ecke. Vielleicht gleich nächste Woche, dann fangen wir sie ab, wenn sie alle mit frisch gefülltem Portemonnaie zum Weihnachtsbummel losziehen.«

Robin und ich hatten kaum noch Ware. Auf die Bestellung, die ich mehrere Wochen zuvor aufgegeben hatte, war noch keine Lieferung erfolgt, obwohl es zahlreiche Versprechungen und Anspielungen auf Allahs Willen gegeben hatte.

Manzoor war noch immer in Srinagar, gemeinsam mit seinen Kindern. Yaseen hielt es für angebracht, dass ich ihn dort anrief. Er hatte keine Neuigkeiten für mich, gab mir aber die Nummer von seinem Haus am See in Kaschmir.

Ich brauchte eine Stunde, um durchzukommen. Wer auch immer es war, der da schließlich ans Telefon ging, er verstand nicht, was ich sagte. Ich fragte mehrmals nach Manzoor, bis die Stimme am anderen Ende der Leitung verschwand. Ich hörte Schritte, die sich klappernd durch den Raum entfernten. Ich wartete, während Fetzen anderer Auslandsgespräche in der Leitung widerhallten. Dann hörte ich Manzoor durchs Zimmer kommen und dabei Anweisungen erteilen. Schließlich hatte ich ihn am Apparat. »Salaam alekum, meine Freundin. Ich sitze gerade mit meine Kinder zusammen. Ist es möglich, dass Sie mich in einer Stunde noch einmal anrufen?«

»Oh, tut mir leid, ja, natürlich, aber könnten Sie dann bitte versuchen, in der Nähe eines Telefons zu bleiben? Es ist augenblicklich ziemlich schwer durchzukommen.«

Doch Manzoor war bereits wieder fort und ließ mich mit den Geistern in der Leitung weiterreden.

Als ich ihn eine Stunde später tatsächlich am Apparat hatte, sprudelte er vor guter Laune.

»Ich werde Ihnen was erzählen, es ist unglaublich hier, Sie sollten bei uns sein. Mein ganzes Tal ist verschneit – wunderschön! Ich und meine Kinder, wir haben uns über alles unterhalten, über Schnee und über Allah. Meine Söhne, die gerade hergekommen sind aus der Schule in Ihrem England, sind so gut. Mein Sohn Nummer eins hat 14 der 30 Suren des Korans auswendig gelernt. Er hat nur zwei Jahre gebraucht, um das zu erreichen. Meiste Kinder in seinem Alter brauchen viel länger dafür. Finden Sie das nicht unglaublich? 14 unserer großen Suren, eingegraben in seinem Herzen für alle Zeiten! Ich werde Ihnen was sagen, ich platze fast vor Stolz auf diesen Sohn.«

»Das sind ja sehr gute Neuigkeiten, aber ich rufe wegen der jüngsten Bestellung an, die ich aufgegeben habe. Ich warte immer noch auf die Lieferung. Wann können Sie mir die Ware senden?«

»Was haben Sie gesagt? Die Verbindung ist nicht besonders gut. Vielleicht wäre es besser, wenn Sie mich noch einmal anrufen.«

»Wie wär's, wenn Sie mich anrufen, Manzoor?«, brüllte ich in den Hörer – doch es war niemand mehr am anderen Ende der Leitung.

Für Manzoor als Kaschmiri war es unter seiner Würde, mich zurückzurufen. Als Frau, die Schals brauchte, war ich diejenige, die bei ihm anrief.

Ein weiteres Mal exerzierten wir die Begrüßungszeremonie durch.

»Können Sie mir bitte sagen, wann Sie die unlängst bestellten Schals liefern werden? Ich habe Verkaufsaktionen anstehen und habe augenblicklich keine Schals dafür. Manzoor, das ist kein gutes Geschäftsgebaren.«

»Ach, meine Liebe, diese Sache muss ich Ihnen erklären. Das Unglaublichste, wir haben so viel Schnee hier in Kaschmir wie seit 50 Jahren nicht mehr. Sie werden es nicht glauben, aber unsere Flüsse fließen alle so schnell wegen des Schnees, sie schießen, schießen in den See, und daher ist der See völlig trüb. Wir können keine Schals waschen im See, er wird all ihre schönen Farben verderben. Was soll ich tun?«

»Wollen Sie damit sagen, dass Sie sämtliche Schals im Dal-See spülen?«

Der See war bedenklich verschmutzt. Es gab einst Zeiten, wo es nicht nur vollkommen ungefährlich war, darin zu schwimmen, sondern es war sogar möglich, ein Gefäß über den Bootsrand ins Wasser zu tauchen und direkt aus dem Seewasser Chai zu bereiten. Doch inzwischen war der See zu einem zunehmenden Gesundheitsrisiko geworden. Und nun erzählte mir Manzoor, dass er all unsere frisch gefärbten Schals in ebendiesem Wasser nachspülte.

»Aber natürlich. Das ist einziger Weg. Sind die Färber in Kaschmir nicht beste in Indien, wenn nicht gar in ganzer Welt?«, fragte er.

»Ja, sind sie, aber der See ist schon so verschmutzt.« Ich machte eine kurze Pause. »Verwenden die Färber dieselben Chemikalien wie Parveen in Delhi?«

»Aber natürlich, sie benutzen nur beste Qualität«, erwiderte Manzoor stolz.

»Wollen Sie damit sagen, dass sie all diese Chemikalien geradewegs in den See hineinspülen? Was ist mit den Fischen, den schwimmenden Gärten, den Lotusblumen und Seerosen?« Gefärbt und zum Sterben verurteilt.

Manzoor schwieg.

»Können Sie mich hören, Manzoor? Hallo?«

Die Leitung war schon wieder tot.

Ich versuchte ein weiteres Mal durchzukommen. Schließlich erklärte mir eine zuckersüße Stimme in Hindi und Englisch, dass es nicht mehr möglich sei, eine Verbindung herzustellen. Also rief ich stattdessen Yaseen in Delhi an, um herauszufinden, ob es eine Faxnummer in Srinagar gäbe. Gab es.

Lieber Manzoor,

ich habe mich gefreut, Sie heute zu sprechen. Trotz allem bin ich betroffen, dass die Färber unsere Schals im Dal-See ausspülen. Im Westen haben wir ein ausgeprägtes Umweltbewusstsein entwickelt. Die Industrie hier erhält mittlerweile Anreize von der Regierung, sich nach besten Kräften darum zu bemühen, die Verunreinigung von Flüssen, Seen und Meer zu vermeiden. Außerdem sind der Dal- und der Nagin-See viel zu schön, als dass man sie zerstören sollte. Gibt es keine andere Möglichkeit, die Schals zu spülen?

Es tut mir leid, dass ich fortlaufend Ihre kostbare Zeit mit den Kindern störe, aber ich muss dringend wissen, wann Sie mir die Schals schicken werden. Ich habe die Hoffnung, dass der Handel damit weiter zunimmt, aber wenn es jedes Mal solche Probleme gibt, wird es schwierig mit dem Erfolg.

Einen Tag lang herrschte Funkstille.

Meine Liebe,

Salaams Ihnen und Ihrer guten Familie. Bitte seien Sie versichert, dass wir Ihre guten Wünsche und Bedürfnisse die ganze Zeit über fest in unseren Herzen tragen. Sie wissen bestimmt, wie großen Wert wir auf die Geschäftsbeziehung zu Ihnen legen. Wir danken Ihnen für die freundlichen Überlegungen zu unserem Tal. Die Situation ist sehr schwierig, das Sie müssen verstehen. Färber in Kaschmir müssen Geschäfte machen, damit sie

Blumenverkäufer und Wassertaxi auf dem Nagin-See

ihre Familien ernähren können. Wenn sie Schals nicht in See waschen, dann gibt es keinen Platz zum Waschen. Solche großen Wannen zu kaufen, wie Sie sie bei Parveen gesehen haben, ist sehr, sehr teuer für die Leute in Kaschmir. Es ist sehr schwer für mein Volk. Bitte glauben Sie mir, wenn ich Ihnen sage, dass ich sehr sorgfältig darauf achte, wie gespült wird. Ich muss mit den Färbern genau über diese Sache reden. Wegen der wichtigen Sache mit Ihren Schals habe ich sogar heute Morgen mit Färbern beraten, als Allererstes, noch bevor ich meinen Kindern guten Morgen gesagt habe. Ich erzählte ihnen, dass Sie unsere wertvollste Kundin sind. Sie geben größte Mühe für Sie. Sie haben mir großes Versprechen gegeben, dass sie die Schals für mich in zwei Tagen fertig haben. Ich werde direkt nach Delhi schicken und dann in zwei Tagen bei Ihnen. Also höchstens sechs Tage bis zu Ihrer guten Tür. Sie haben mein Wort darauf, inshallah. Sind das nicht gute Neuigkeiten?

Es war zu schön, um wahr zu sein. Vor mir lag ein aufgerolltes Blatt Faxpapier – und das scheinbar unüberwindliche Hindernis war bezwungen. Die neue Ware würde voraussichtlich genau an dem Tag eintreffen, für den ich den ersten Verkauf angesetzt hatte. Ich verschob sämtliche Verkaufstermine um vier Tage nach hinten.

Die Schals kamen tatsächlich, nur drei Tage später, als Manzoor versprochen hatte. Sie waren hauchzart und kuschelig, rochen aber nach den Chemikalien der Färber in Kaschmir und hatten praktisch alle die falsche Farbe.

Robin war außer sich. »Und was soll ich jetzt tun?«, brüllte er ins Telefon.

»Verkauf sie einfach!«, brüllte ich zurück.

»Aber sie haben alle die falsche Farbe.«

»Das wissen *wir*, aber nicht die anderen. Es waren doch einfach die Farben, die wir beide, du und ich, ausgewählt haben. Kein anderer wird es merken. Niemand sonst hat die Farbmuster gesehen.« Ich hielt inne. »Oder etwa doch? Hast du den Leuten vielleicht die Farbmuster gezeigt?«

»Ich denke, dass ich sie gegenüber ein oder zwei von diesen Boutiquetanten erwähnt habe.

»Wie meinst du das, ›erwähnt‹?«

»Also schön, ich hab sie ihnen natürlich gezeigt, verflucht noch mal! Wie hätten sie denn sonst die Farben aussuchen sollen?«

»Hast du ihnen die Farbtafeln dagelassen?«, forschte ich weiter.

»Nein.«

»Na, dann ist ja alles gut, sie werden Variationen über ein Thema bekommen, von dem wir nur hoffen können, dass es ihnen nicht in Erinnerung geblieben ist.

»Das ist wirklich verdammt ärgerlich!«, wütete Robin.

»Das weiß ich, aber wenn wir unsere Ware weiterhin von den Webern in den Dörfern beziehen und dann auch noch darauf bestehen, dass unsere Schals während des strengsten Winters seit 50 Jahren in Kaschmir gefärbt werden, wird derlei eher die Norm sein als eine gelegentliche Unannehmlichkeit.«

»Nicht gerade besonders professionell«, murrte Robin.

»Sind wir ja auch nicht.«

»Wie meinst du das?«, fragte er entrüstet.

»Nun, es gibt nur uns beide, meinen Anrufbeantworter und dein unzuverlässiges Fax. Das ist nicht gerade ein Imperium, oder?«

»Richard Branson tätigte seine ersten Geschäfte von einer Telefonzelle aus – und jetzt hat er ein Plattenlabel, eine eigene Fluglinie und ist mehrfacher Millionär«, entgegnete Robin und knallte den Hörer auf die Gabel.

Das Wetter verschlechterte sich. Es war Anfang Dezember, und die schwache Wintersonne wurde von strömendem Regen verdrängt. Ich musste Kisten und Körbe mit Schals zu dem schicken Fitnessstudio tragen, wo ich sie verkaufen wollte. Ein dunkler, moosgrüner Pashmina-Schal rutschte aus seiner Plastiktüte heraus und fiel in eine Pfütze. Ich sah zu, wie er sich nahezu schwarz verfärbte. Der Regen wurde noch heftiger, und ich ließ den Schal in der Pfütze liegen, während ich den Rest ins Haus brachte.

Ein Mädchen mit muskelbepackten Armen und einem Tattoo auf der Schulter beugte sich über den Empfangstresen, um zu sehen, was in den Kisten war.

»Sind sie das?«, fragte sie. Sie wirkte nicht gerade beeindruckt.

Als ich wieder hinausging, um den durchweichten Schal aus der Pfütze zu holen, war er weg.

Die Geschäftsführerin des Studios äußerte ihr Mitgefühl wegen des Verlusts, als sie mir den Raum zeigte, wo ich die Verkaufsaktion durchführen sollte – die Lounge für die Mitglieder, wie sie sich ausdrückte. Die grün getönten Spiegel und die gedämpfte Beleuchtung sollten entspannend wirken, aber mich machten sie kribbelig. Die eine Wand war komplett aus Glas, dahinter gab ein unterirdisches Fenster die Sicht in das grün schimmernde Wasser eines Pools frei. Ich begann, die Schals auszubreiten, wobei ich mir Mühe gab, sie ansprechend auf nicht ansprechenden Möbelstücken zu drapieren. Aufgrund der Beleuchtung hatten sie alle einen Grünstich. Als ich zu der Scheibe guckte, sah ich mich plötzlich einem Paar nackter Beine gegenüber, die nur ein oder zwei Meter vor mir herumbaumelten, als der Schwimmer in dem Pool pausierte, bevor er wieder nach oben und aus meinem Sichtfeld entschwand.

An dem Licht vermochte ich nichts zu ändern, daher hastete ich über die Straße in das Café, wo ich ein gutes Jahr vorher meinen ersten Schal verkauft hatte.

Tom's Deli war gut besucht von spätnachmittäglichen Kaffeetrinkern, die über die Tische gebeugt saßen und in gedämpftem, ernstem Ton irgendwelche Dinge erörterten. Ich bestellte einen Kaffee zum Mitnehmen und setzte mich auf einen Barhocker an der Theke. An dem Tisch gleich neben mir standen ein Kinderwagen und ein kleiner Tragekorb. Die beiden Frauen dort hoben sich deutlich von der übrigen Klientel ab. Sie waren mit tausenderlei Dingen zugleich beschäftigt, tauschten mit schriller Stimme den neuesten Klatsch aus, tranken Kaffee und versuchten zwischen den einzelnen Gesprächsfetzen den Bedürfnissen ihrer Kinder gerecht zu werden und dabei zu essen. Die eine gab dem Baby in dem Tragekörbchen das Fläschchen. Die andere versuchte, ihren kleinen Jungen davon abzuhalten, Zuckerstücke aus einer Schale auf dem Tisch zu naschen. Als sie die Schale fortnahm, fing er an zu schreien. Sie blickte sich entschuldigend im Café um und steckte ihm ein Stück Zucker in den Mund.

Als ich zahlte, langte die Mutter mit dem Tragekorb zu mir herüber und strich über meinen dunkellila Schal.

»Ist das Pashmina?«, fragte sie.

»Ja, Pashmina mit Seide«, erwiderte ich.

»Ist das das Zeug, von dem momentan alle um mich herum in einem fort reden?«

»Ja.«

Sie hielt sich meinen Schal ans Gesicht.

»Ich habe mir von Harry einen zu Weihnachten gewünscht, aber um ehrlich zu sein, war ich mir nicht ganz sicher, was das überhaupt ist.«

»Ist Harry Ihr Mann?«

»Ja, Harry der Einfallslose. Wenn ich ihm nicht sagte, was er besorgen soll, würde er einfach losziehen und mir einen weiteren Wärmflaschenüberzug kaufen, das Herzchen. Wo haben Sie Ihren Schal denn her?«

»Ich lebe die meiste Zeit über in Indien. Ich kaufe sie dort und verkaufe einen Großteil davon hier weiter.«

»Das ist ja wunderbar, darf ich Harry zu Ihnen schicken?« Sie klatschte in die Hände.

Sämtliche Cafébesucher verfolgten die Szene.

»Ja, natürlich. Ich werde übrigens gleich eine Verkaufsaktion starten, direkt gegenüber, in dem Fitnessstudio – falls Sie Lust haben vorbeizuschauen.«

»Oh, Harry wird sich ja so freuen. Dann kommt er um eine Tour zur Bond Street herum. Er wird mir die Füße küssen vor Freude. Also bis gleich, drüben im Studio.«

Den Pappbecher mit Kaffee in der Hand trabte ich durch den Regen zurück zum Studio. Es waren bereits einige Frauen da, die sich in der grünlichen Beleuchtung durch die Schals wühlten, hinter ihnen, auf der anderen Seite der Scheibe, baumelten diverse Beinpaare im Wasser.

»Könnte ich den hier in den Damenumkleideraum mitnehmen?«, fragte eine Frau, während sie bereits mit dem Schal auf die Tür zusteuerte. »Dort gibt es wenigstens vernünftiges Licht. Hier unten kann ich beim besten Willen nicht erkennen, was das für eine Farbe ist.«

Sie wartete meine Antwort gar nicht erst ab.

Ich wusste, dass der Schal von einem dunklen Türkis war, das sie blass machen würde. Ich zuckte die Achseln, als ihr noch weitere Kundinnen folgten, und bemühte mich, die Hinausgehenden zu zählen, während ich Schals einwickelte, Quittungen ausstellte und Fragen beantwortete. Neue Leute kamen herein.

»Nehmen Sie Kreditkarten?«

»Nein, tut mir leid«, erwiderte ich einer großen Französin.

»Tja, dann kann ich diese hier nicht mitnehmen.«

Sie hatte vier Schals über dem Arm.

»Ich bedaure, aber leider habe ich keines von diesen Lesegeräten.«

Sie fluchte und warf mir die Schals vor die Füße.

Die beiden Mütter aus dem Café stellten fröhlich Schecks aus.

»Meine Güte, das ist wirklich typisch französisch«, flüsterte die Mutter mit dem Tragekörbchen, während sie unterschrieb. Sie war jetzt stolze Besitzerin eines babyblauen und eines babyrosa Schals.

Nach und nach kamen diejenigen wieder herunter, die im Umkleideraum oben die Farbe geprüft hatten, und äußerten sich wortreich über die vom Licht verursachte Farbabweichung; doch was das Bezahlen ihrer Ware betraf, zeigten sie sich weniger überschwänglich.

Ein Mann mit einem bananenförmigen Fahrradhelm kam hereingestürmt. Er stellte seinen Rucksack ab und zog seine nasse Jacke aus. Ich zuckte zusammen, als er sie auf einen Stapel Schals fallen ließ. Seinen Helm behielt er an, den Kinngurt unter seinem stoppligen Kinn festgezurrt. Er sah nicht nach einem viel versprechenden Kunden aus.

»Los geht's, ich hab nicht lang Zeit. Hab schon alles über diese Dinger gehört, also erledige ich meine gesamten Weihnachtseinkäufe in einem Aufwasch. Ich brauche einen für meine Assistentin, einen für meine Sekretärin, einen für die Freundin und einen für meine Mutter.«

»Stört es Ihre Freundin, das Gleiche wie Ihre Assistentin und Ihre Sekretärin zu bekommen?«, fragte ich. Ich lernte rasch dazu.

»Gute Frage. Geben Sie mir lieber jeweils zwei für Mutter und Freundin. Sie suchen die Farben aus. Was macht das? Ist ein Verrechnungsscheck okay?«

»Absolut, vielen Dank.«

Ich versuchte, die passenden Farben für seine verschiedenen Frauen zu finden, während er versuchte, sich ihre Haar- und Augenfarbe ins Gedächtnis zu rufen. Ich wickelte die Schals ein, und er schrieb einen Scheck aus. Daraufhin stopfte er die Pakete in seinen Rucksack, zog seine Jacke an und küsste mich dann, völlig überraschend, auf die Wange, wobei allerdings sein Helm, der an meine Schläfe knallte, den Effekt weitgehend verdarb. Die ganze Angelegenheit hatte etwa vier Minuten gedauert, bis dato mein bester Verkauf.

Der Kaffee aus Tom's Deli stand unangetastet in einer Ecke, der Raum war mit zerknautschten Schals übersät, eine Schlange Frauen wartete, um zu zahlen, und der Verkauf würde noch zwei Stunden weitergehen.

Eine hoch gewachsene Schwarze schwebte herein, mit wiegenden Hüften, geschmeidig und schön.

»Hi«, sagte sie mit einer tiefen, erotischen Stimme.

Mein bester Kunde mit dem Bananenhelm stand wie angewurzelt, als sie in ihrem engen grauen Jerseykleid vorüberging, unter dem sich das Spiel jedes einzelnen ihrer langen, feinen Muskeln abzeichnete.

»Ich habe von Ihren Schals gehört, da bin ich also.«

Sie hob einen korallenroten in die Höhe.

»Der hier ist vielleicht schön. Wie sieht der aus?«, wollte sie wissen und hielt ihn sich ans Gesicht.

»Wunderbar, Sie sehen wunderbar aus«, bemerkte der Bananenhelm von der Tür her, bevor ich überhaupt die Chance hatte, etwas zu sagen.

»Danke, das ist aber sehr liebenswürdig.« Sie erwiderte sein Lächeln.

Er schmolz dahin.

Sie hatte uns mit ihrem geschmeidigen Charme abgelenkt. Doch während der Fahrradhelm und ich die Zerstreuung genossen, wurde der Rest der Frauen, die anstanden, ungeduldig. Ich wandte mich wieder dem Quittungsblock und dem Seidenpapier zu. Als ich erneut aufsah, hatte sich die große Schwarze in Koralle eingewickelt und wartete geduldig, dass ich fertig würde. Ich stellte ihr eine Quittung aus.

»Irgendjemand hat mir erzählt, Sie machen das hier, um Kindern in den Slums zu helfen«, sagte sie.

Ich erzählte ihr von den Schulen.

»Das muss Sie doch zutiefst beglücken.« Ihr Lächeln war ungezwungen und offen.

»Ja, das tut es auch.«

»Vielen Dank, ich werde meine Freude an dem hier haben.« Sie nahm ihr Paket und ihre Quittung und winkte mir im Hinausgehen zu. Eine weitere perfekte Kundin.

Eine Frau in einem langen Lodenmantel hatte dagestanden und die Szene beobachtet. Sie hielt einen Schal über dem Arm.

»Was kostet der hier?«, fragte sie.

Auf dem Tisch stand eine große Tafel, auf der die Preise aufgeführt waren. Sie musste sie gesehen haben. Ich nannte sie ihr noch einmal. Sie kniff die Augen zusammen und sagte kein Wort, sah mir aber weiter über die Schulter, während ich eine andere Kundin bediente.

»Sie kommen mir ziemlich teuer vor«, sagte sie nach einer Weile.

»Augenblicklich kosten sie erheblich weniger als in jedem anderen Laden hier in der Gegend«, erwiderte ich.

»Unterstützen Sie wirklich Schulen in den Slums?«

»Ja.«

»Ich habe schon so viele solcher Geschichten gehört. Wollen Sie mir etwa erzählen, dass Sie und all die anderen, die irgendwelches Zeug aus Indien hierher verschiffen und dann den Preis in die Höhe treiben, das Geld wirklich in irgend so eine gute Sache stecken? Oder drücken Sie einfach nur kräftig auf unsere Tränendrüsen?«

»Ich kann nicht für andere Händler sprechen, aber wie ich Ihnen schon sagte, dies hier kommt in der Tat Schulen in einigen der Slums von Delhi zugute.«

»Machen Sie selbst irgendeinen Profit dabei?«, fragte sie.

»Nein, im Moment nicht.«

»Aha, warum machen Sie es dann?«, insistierte sie.

»Tut mir leid, ich würde Ihnen gerne noch viel mehr über das Projekt erzählen, aber ich bin gerade ein wenig knapp mit Personal.«

»Schön, dann nehme ich den hier eben nicht, ich werde mich in den umliegenden Läden umsehen.« Sie hielt mir den Schal vor die Nase.

»Kein Problem.« Ich räusperte mich, rang um meine Geduld und wendete mich einer anderen Kundin zu.

»Kein Grund, gleich pampig zu werden«, murrte sie und knöpfte säuberlich ihren Mantel zu.

Ich sah von meinem Sitzplatz am Boden zu ihr auf und lächelte. Sie kniff ihre schmalen Lippen zusammen und ging.

»BSE«, bemerkte eine hübsche junge Frau mit strohblondem Haar.

»Was?«, fragte ich.

»Verrückte Kuh.«

»Sie mochte mich nicht«, sagte ich.

»Nein, sie mag vermutlich überhaupt nicht viele Leute«, erwiderte das junge Mädchen, während sie einen Scheck ausstellte. Ihr weicher Akzent klang nach Strandurlaub auf Long Island oder in Maine.

»Sie haben nur zwei Schals genommen, das hier ist aber die Summe für drei«, erklärte ich ihr, als sie mir den Scheck überreichte.

»Ich weiß, aber ich hab ein bisschen aufgerundet für die Schulen.«

»Vielen Dank, das ist wirklich sehr großzügig.«

»Einen Scheck ausstellen kann doch jeder, das ist keine große Heldentat. Und dabei habe ich immer noch zwei Schals zum halben Preis von dem bekommen, den ich mir gestern angeschaut habe.« Sie lächelte erneut und schlüpfte hinaus.

Die letzte Stunde ging es ruhiger zu. Notting Hill erwachte gegen Abend allmählich zum Leben. Der erste Schwung Schnäppchenjäger war nun in seine neuen Pashmina-Schals eingehüllt und führte sie in den Restaurants, Bars und Cafés im Viertel aus. Ich hatte binnen zweieinhalb Stunden 50 Schals verkauft. Der Unternehmensgewinn hatte sich verdoppelt.

Die Geschäftsführerin kam herein, als ich gerade die verbliebenen Schals verstaute. Sie nahm einen cremefarbenen Schal hoch.

»Der ist hübsch.« Sie verbarg ihr Gesicht darin.

»Das ist Ihrer«, sagte ich.

»Ja, ich weiß, ich liebe Creme, aber ich habe im Moment wirklich kein Geld.« Sie fing an, ihn wieder zusammenzufalten.

»Nein, ich meine, dass ich ihn Ihnen gerne schenken würde«, erklärte ich.

»Das ist ja wohl nicht Ihr Ernst.« Sie hielt ihn vor sich in die Höhe.

»Sie haben mir erlaubt, hier zu verkaufen. Bitte nehmen Sie ihn«, sagte ich.

Sie half mir die Kisten und Körbe zurück zum Auto zu tragen.

»Sie müssen noch einmal so einen Verkauf bei uns organisieren«, sagte sie, während sie sich ein Fitnessmagazin über den Kopf hielt, zum Schutz gegen den Regen.

»Vielen Dank, vielleicht wenn ich das nächste Mal mit einer neuen Ladung aus Indien komme.«

»Perfekt, und vergessen Sie nicht, Ihren Mitgliedsantrag auszufüllen.« Sie winkte, als ich wegfuhr.

Es regnete immer noch, als ich am nächsten Nachmittag wieder in Tom's Deli ging, diesmal, um mich hinzusetzen, einen Kaffee zu trinken und anhand meiner Quittungsblocks den Saldo zu ermitteln. In der Ecke war noch ein freier Tisch. An zwei der anderen Tische saßen Frauen, die bei dem Verkauf gewesen waren. Sie trugen beide ihre Schals, und beide ignorierten sie sowohl mich als auch eine die andere.

Ich wartete noch auf meinen Kaffee, da bückte sich ein flachsblonder Schopf zu mir herunter. Es war die junge Frau, die mir am Vortag im Fitnesscenter zu viel Geld für die beiden Schals gegeben hatte. Sie trug eine ihrer Neuanschaffungen.

»Sehen Sie nur, ich liebe ihn! Ich habe ihn seit gestern nicht mehr abgelegt. Mein Mann sagt, ich sei schon wie Linus mit der Schmusedecke. Sie gehören mit zum Schönsten, was ich je besessen habe. Vielen Dank.« Sie lächelte und sah sich in dem Café um. Es gab keine freien Tische mehr.

»Bitte, setzen Sie sich doch dazu, falls Sie nichts dagegen haben«, sagte ich.

»Haben *Sie* etwas dagegen?«

»Natürlich nicht.«

»Sind Sie sicher, dass Sie Engländerin sind?«, fragte sie lachend.

»Mit jeder Faser meines Herzen, bis auf die, die in Indien zurückgeblieben sind.«

»Das wird's sein. Deswegen sind Sie fast überhaupt nicht englisch. Gefragt zu werden, ob man sich in Tom's Deli in Notting Hill zu jemand an den Tisch setzen möchte? Ich glaube, das kommt für gewöhnlich nicht vor.« Sie setzte sich auf den Stuhl mir gegenüber, mit kerzengeradem Rücken, die Beine eng umeinander geschlungen.

Eine Bedienung kam zu uns herüber.

»Könnte ich bitte einen dünnen koffeinfreien Cappuccino haben?« Ihr Ton war fast entschuldigend. »Sie können eine Frau aus New York loseisen, aber Sie bekommen nie ganz die New Yorker Kaffeegewohnheiten aus der Frau heraus«, erklärte sie lächelnd.

Wir tranken Kaffee, und sie erzählte mir, was sie einst im Zusammenhang mit Kaschmir erlebt hatte. Als 15-Jährige war sie von ihrer Mutter dabei erwischt worden, wie sie eine der handgerollten türkischen Zigaretten ihres Vater geraucht hatte. Sie hatte sich übergeben müssen und alles über den geliebten seidenen Kaschmirteppich ihrer Mutter gespuckt, der im Wohnzimmer ihres New Yorker Stadthauses lag. Einen Monat Hausarrest hatte sie dafür bekommen. Sie war eine amüsante und umkomplizierte Gesprächspartnerin und bestand darauf, meinen Kaffee zu bezahlen.

Wir verließen gemeinsam das Café.

»Erinnern Sie sich noch an die verrückte Kuh gestern?«, fragte sie, als wir wieder hinaus in den Regen traten.

»Ja.«

»Ich fand ihr Gerede so widerlich. Mein Mann fragte mich gestern Abend, wem der Erlös zugute käme, und ich wusste nicht viel mehr als das, was Sie ihr über die Schulen in den Slums gesagt haben. Können Sie mir nicht noch ein bisschen mehr erzählen?« «

Ich begann, von Gautam zu berichten, von DRAG und den Schulen. Wir stellten uns in einem Wartehäuschen an der Bushaltestelle draußen vor dem Café unter. Sie klappte einen der Plastiksitze herunter und ließ sich neben einer dicken Jamaikanerin nieder, die an etwas Violettem strickte, das aussah wie ein Windsack. Es war nicht gerade das optimale Wetter, um an der frischen Luft zu stricken, aber die Frau wirkte ganz zufrieden. Ich war richtig ins Erzählen gekommen. Ein Bus kam und brauste wieder weiter, und die

Strickerin blieb sitzen und sperrte die Ohren auf. Die hübsche Blonde war eine perfekte Zuhörerin. Als ich ihr eine der Schulen näher beschrieb, in der ich die meisten der Kinder kannte, streckte sie die Hand aus, um mich zu unterbrechen.

»Erzählen Sie mir von einem bestimmten Kind, verraten Sie mir seinen oder ihren Namen.«

Ich dachte kurz nach und erzählte ihr dann von Rahul.

»Er ist jetzt sechs Jahre alt. Als ich ihn das erste Mal in der Schule gesehen habe, hatte er die Angewohnheit, ganz allein in einer Ecke zu sitzen und vor- und zurückzuschaukeln. Nun, Ecke trifft es nicht ganz, da der Unterricht unter einem Baum stattfindet. Er hielt eben einfach stets einen gewissen Abstand zu den anderen Kindern.«

»Ist er Ihnen noch aus irgendeinem anderen Grund aufgefallen?«, fragte sie.

»Ja, er hatte blaue Augen. Das findet man selten in Delhi.«

»Blaue Augen?«

»Er stammt ursprünglich aus Ihrem Lieblingsteppichgebiet. Einige Kaschmiris haben blaue Augen. Seine Eltern sind Hindus, auch das ist in Kaschmir eher die Ausnahme. Ihr Haus in Srinagar brannte 1991 nieder, als dort oben alles drunter und drüber ging. Seitdem sind sie nicht mehr aus den Slums von Delhi herausgekommen.

Lange Zeit bekam Rahul keinen Anschluss an seine Klassenkameraden, sondern saß nur da und machte seine seltsamen Schaukelbewegungen. Dieses Jahr vor Divali, dem hinduistischen Neujahrsfest, malten die Kinder Karten, und da beschloss er, es ebenfalls zu probieren. Er lachte, als er sah, wie schön bunt das Papier mithilfe der Kreiden wurde. Für ihn hatte es etwas Magisches. Bis dahin hatte keiner Rahul je lachen gehört. Ich glaube auch nicht, dass er selbst sich

Unterricht in den Slums unter einem Baum

vorher besonders oft lachen gehört hat. Er hielt sich hartnäckig die Hand vor den Mund, fast als habe er Angst, die
Laute herauszulassen. Er sah wunderschön aus.«

Als ich geendet hatte, legte die Jamaikanerin ihr Strick-
zeug hin und applaudierte. Gautam hätte gelächelt.

EIN WANGNOO IN LONDON

Manzoor rief ein paar Tage nach dem Verkauf im Fitness-center an und hinterließ eine Nachricht auf meinem Anruf-beantworter.

»Salaam alekum. Hören Sie diese Nachricht? Ich bin in Ihrem Land und bringe meine Kinder zurück in die Schule. Ich bin in Dewsbury, in der Nähe von Manchester. Ich habe gute Nachrichten für Sie und auch ein paar andere Neuig-keiten. Ich weiß meine Telefonnummer hier nicht. Ich muss Sie noch einmal anrufen deswegen.«

Der Ton, in dem er das mit den ›anderen‹ Neuigkeiten sagte, gefiel mir gar nicht.

Ein paar Tage später rief er wieder an. Diesmal war ich zu Hause.

»Manzoor, es freut mich sehr, Ihre Stimme zu hören, aber ich verstehe nicht, warum Sie in England sind.«

»Meine Kinder wollen, dass ich ihr College sehe, und ich habe geschäftlich hier in Dewsbury zu tun, und auch in Lei-cester.« Er sprach Leicester aus, als sei es eine exotische Krankheit. »Aber ich habe wundervollste Nachricht für Sie. Wir haben Weber gefunden, die Gewebe aus 100 Pro-zent Pashmina herstellen. Ich sage Ihnen, es ist unglaublich, meine Liebe, schönste Sache, die Sie in Ihrem Leben gesehen haben.«

»Das klingt gut, obwohl Sie ja wissen, dass ich momentan mehr Pashmina mit Seide brauche. Und wie lautet die an-dere Neuigkeit?«, fragte ich.

»Oh, das kann ich nicht erzählen am Telefon. Muss ich kommen aus Dewsbury Tag nach Geschäft nach London. Können wir treffen?«

»Sie könnten zu mir nach Hause kommen«, schlug ich vor, ohne groß nachzudenken. »Ich nehme an, Sie kommen per Bahn. Ich wohne nicht weit von King's Cross entfernt.«

»Es ist mir nicht möglich, zu Ihnen nach Hause zu kommen. Das ist nicht erlaubt.« Es hörte sich an, als sei er brüskiert.

»Natürlich, tut mir leid.« Für einen muslimischen Mann war es einfach undenkbar, zu einer allein stehenden Frau in die Wohnung zu kommen. Ich hätte daran denken sollen.

»Wir könnten uns in meinem Club treffen«, schlug ich vor.

»Was ist das für ein Ort?«, wollte er wissen.

»Nun, es ist ein Club, in den die Leute kommen, um miteinander zu plaudern, sich zu Besprechungen zusammenzufinden ...«

Manzoor fiel mir ins Wort, bevor ich Zeit hatte, den Satz zu beenden.

»Es ist Ort, wo Leute trinken und Damen sich selbst zur Schau stellen. Das ist ein Ort, an den ich nicht gehen kann.« Sein Ton war schneidend.

»Nein, Manzoor, so ist es ganz und gar nicht. Wir können uns am Nachmittag dort treffen und Tee trinken. Ich halte viele meiner Besprechungen dort ab. Am Nachmittag ist sehr wenig los, es sind vielleicht eine Handvoll anderer Leute da, die Earl Grey trinken und Sandwiches essen.« Mich beschlichen selbst Zweifel, noch während ich sprach.

»Werden kaschmirische Muslims hereingelassen?«, fragte er.

»Wir sind mittlerweile viel toleranter in England, als die Leute denken.«

»Was heißt das?«

Ich zögerte. Auch in diesem Punkt war ich mir nicht so sicher. Wenn Manzoor in einem Club in Chelsea auftauchte, mit seinem Feron, dem Topi und dem Vollbart, würde er dann ohne weitere Nachfragen eingelassen oder würde er einem Verhör unterzogen, wen er zu treffen beabsichtigte, oder gefragt, ob er sich auch nicht in der Adresse geirrt hätte? Ich wusste es nicht.

»Was ich sagen wollte, ist, dass die Leute nicht so schnell mit einem Urteil bei der Hand sind wie bisweilen in Indien.« Ich sagte dies zuversichtlicher, als mir innerlich zumute war.

»Das ist eine gute Sache. Das gibt mir ein gutes Gefühl. Ich freue mich, Sie in Ihrem Club zu treffen.«

Wir vereinbarten eine Uhrzeit, und ich gab ihm detaillierte Anweisungen, wobei mir bewusst war, dass er, selbst als ich ihm den Weg erklärte, weder etwas mitschrieb noch wirklich zuhörte. Als ich aufgelegt hatte, dachte ich über seine Sorge nach, dass er nicht eingelassen werden könnte. Vielleicht sollte ich im Club anrufen und das klären.

»Aber gnädige Frau, selbstverständlich werden wir Ihren Geschäftspartner einlassen. Es wird uns ein Vergnügen sein«, sagte der Geschäftsführer höflich.

»Und Sie glauben wirklich nicht, dass es Probleme gibt?«, hakte ich nach.

»Gnädige Frau, bitte seien Sie versichert, dass wir Angehörige der unterschiedlichsten Rassen und Religionen als Mitglieder haben. All Ihre Gäste sind herzlich willkommen im Club. Wir sind überzeugt, dass Sie nicht irgendjemanden mitbringen würden, dessen Gegenwart einem der anderen Gäste unangenehm ist.« Es gab einen klaren Verhaltenskodex, und mein Part bei der Sache war zu beurteilen, wodurch sich andere Mitglieder in ihrem Wohlbefinden beeinträchtigt fühlen würden und wodurch nicht.

Am Tag meines Treffens mit Manzoor war ich schon eine Stunde früher da, nur für den Fall, dass er die Uhrzeit falsch verstanden hatte, auch wenn das nicht sehr wahrscheinlich war, da die Wangnoos im Allgemeinen bei den meisten Anlässen zwei Stunden zu spät erschienen – einzige Ausnahme war das Gebet. Eine halbe Stunde lang war ich der einzige Gast im Club. Der Barkeeper machte mir hinter dem langen verchromten Tresen einen Kaffee, und das Zischen der Milchschäumdüse erschien mir doppelt laut in der Stille. Jeder seiner Handgriffe saß, das Ganze war wie ein zum Leben erwachtes Edward-Hopper-Gemälde. Dann kehrte wieder Stille ein, eine diskrete und gedämpfte Stille. Einzig die Schritte anderer Kellner waren zu hören, die die marmorne Eingangshalle hinter der Tür aus Rosenholz und Glas durchquerten, welche uns von der Außenwelt abschottete.

Da kamen zwei Männer aus dem Speiseraum des Clubs herunter, wo sie offenkundig ein mehr als ausgedehntes Mittagessen eingenommen hatten. Sie waren betrunken, und der eine hatte sichtlich Probleme, seinen Kurs zu halten, als er auf die Bar zuschwankte. Der Barkeeper lenkte ihn behutsam von dort weg, wo ich saß, zu einem Sofa an der Wand. »Verzeihen Sie, mein Herr, aber ich glaube, dass Sie es hier bequemer haben werden.«

Ich blickte nervös zur Tür; das Schicksal würde es wahrscheinlich wollen, dass genau in diesem Moment der abstinente Manzoor hereinkam.

Aber ich hätte mir keine Sorgen zu machen brauchen. Der Zeitpunkt unserer Verabredung rückte näher und ging vorüber. Ich saß da, den Blick auf die Tür geheftet, und lauschte den Unterhaltungen um mich herum, während der Raum sich füllte. Manzoor war jetzt schon eine Stunde zu spät dran, dann wurden es zwei. Ich gab es auf zu warten und fuhr nach Hause.

Es verstrichen drei Tage, bis er es schaffte, bei mir anzurufen und sein Wegbleiben zu erklären. Er war immer noch bei seinen Kindern in Dewsbury. Die englische Eisenbahn, in diesem Falle die Great Northeastern Railways, hätte ihn wiederholt hängen lassen, so versicherte er mir. Er beharrte darauf, dass die indische Bahn sehr viel verlässlicher fuhr. Ende der Woche sei er todsicher in London.

»Es ist absolut unabdingbar, dass wir uns treffen, bevor wir beide nach Delhi zurückkehren. Ich habe solche Dinge mit Ihnen zu besprechen, unglaubliche Dinge.«

Bis er es geschafft hatte, sich ein Bahnticket für die Fahrt aus dem Großraum Manchester nach Southall zu besorgen, war nur noch eine Woche Zeit bis zu meiner Abreise nach Delhi.

»Sie werden dorthin kommen, wo ich wohne«, verkündete er. »Das mir erscheint viel besser für mich und auch für Sie, glaube ich.«

Eine Reise nach Southall war nicht gerade das, wonach mir der Sinn stand inmitten von Kofferpacken, Nachsendeantrag-Stellen, homöopathischen Behandlungen zur Malariaprophylaxe und Manuskriptabgabeterminen, die wie ein Damoklesschwert über all meinen schlaflosen Nächten schwebten.

»Ja, Manzoor, natürlich.«

Danach wurde ein Cousin nach dem anderen ans Telefon geholt, um mir Anweisungen zu erteilen, wie ich zu fahren hätte. Bei allen ging es immer wieder um den bengalischen Gewürzmarkt im Zentrum von Southall. Er war nicht auf dem Plan eingezeichnet. Auch hatte ich kein besonderes Vertrauen in Instruktionen, wie an der und der Bushaltestelle oder dem und dem Halaal-Metzger links oder rechts abzubiegen. Als der dritte Cousin an den Apparat kam, erfuhr ich endlich einen Straßennamen und eine Hausnummer, so dass ich im Stadtplan nachsehen konnte.

❦

Es regnete, als ich die triste, graue Uxbridge Road entlangfuhr, doch als ich mich Southall näherte, änderte sich das Bild. Plötzlich sah ich überall Saris und Shalwar Kameez sowie indische Läden voller Dosen mit Paneer, dem allgegenwärtigen indischen Hüttenkäse, Säcke mit grünen und roten Chilischoten, Gefäße mit indischen Süßigkeiten, deren Verfallsdatum abgelaufen war, und Schachteln mit paillettenbesetzten Bindis, den aufgepeppten Stirnpünktchen für die modernen indisch-englischen Frauen in Southall. Zwischen den Saris und Shalwar Kameez liefen kleine Gruppen von Mädchen mit Miniröcken und Highheels umher, einige schoben Kinderwagen, andere kuschelten sich in ihre Lederjacken. Ihre kalten nackten Beine passten genauso wenig hierher wie die Weihnachtsbeleuchtung der Gemeinde Southall – riesige elektrische Kerzen, die von quer über die Straßen gespannten Drahtseilen herabhingen.

Ich bog bei der Halaal-Metzgerei links ab und dann an der Bushaltestelle nach rechts, wie man es mir erklärt hatte.

Einer von Manzoors Cousins öffnete mir die Tür, ein junger Mann mit weißem Feron und Topi, an dessen Kinn der erste Flaum sprießte und dessen dickes schwarzes, im Nacken kurz geschorenes Haar unter seiner Kopfbedeckung verschwand. Er verneigte sich tief und richtete sich dann kerzengerade auf, um mir ausgiebig und kräftig die Hand zu schütteln.

»Salaam alekum, herzlich willkommen.« Er streckte die Hand mit den langen, feingliedrigen Fingern aus, um mir die Richtung zu weisen, den Gang hinunter, wo sich die Resopalbeschichtung an den Wänden löste, bis zu der Tür ganz am Ende.

An der Tür hing ein Poster, auf dem vier der fünf Säulen des Islam abgebildet waren. Auf dem ersten Bild war ein Kaschmiri mit Feron und Topi bei der Salat, der Verrichtung seiner fünf täglichen Gebete, zu sehen. Auf dem nächsten verteilte er Zakat, Almosen für die Armen, an einer Straße, die wie so viele der Straßen aussah, die aus Srinagar hinausführten: lang, gerade und von morgenländischen Platanen gesäumt. Das dritte zeigte unseren Kaschmiri-Helden hohlwangig und mit hungrigem Blick – in der Fastenzeit. Und auf dem letzten befand er sich auf dem Hadsch, der Pilgerfahrt nach Mekka; in der Ferne schimmerten die Minarette der Stadt. Der junge Mann mit dem spärlichen Bartwuchs schien erfreut, dass ich stehen geblieben war, um mir die Szenen in Ruhe anzuschauen, und geleitete mich lächelnd weiter.

»Gefällt Ihnen die islamische Kunst?«

»Ja, sie ist sehr interessant.«

»Lesen Sie die Suren?«

»Ich versuche es.«

Er lächelte mich nachsichtig an, es war das Lächeln des Mannes, der er eines Tages sein würde.

»Mein Onkel wartet, kommen Sie.«

Manzoor saß inmitten seiner Cousins und wirkte ganz und gar heimisch. Das Staatliche Warenhaus war in eine Wohnküche in Southall verlegt worden. Der Kochbereich war durch eine Crewel-Decke aus Kaschmir verhängt, mit im Kettenstich aufgebrachten Kaskaden von Blüten, die zwischen Ahornblättern und Weinreben herunterfielen. Wo in einem westlichen Haushalt vielleicht ein Tisch, ein Sofa, ein Fernseher und ein CD-Player gestanden hätten, lagen große flache Kissen auf einer Reihe von Teppichen verstreut, die mir in Muster und Farbe vom Lager der Wangnoos im Surjan Singh Park vertraut waren. Zwischen den Kissen stand ein lackiertes Papiermachétablett, das die übliche mogulische Poloszene zeigte: Ponys, die mit bärtigen Reitern in schweren Gewändern auf dem Rücken umhersprangen.

Und auf dem Tablett standen alle Zutaten für einen kaschmirischen Kawa-Tee bereit. Der Duft von Kardamom, Zimtstangen, Nelken und Safran erfüllte den Raum in der St John's Street 43 in Southall.

Manzoor saß zwischen den Seinen, sie sahen einander zum Verwechseln ähnlich mit ihren graumelierten Bärten, die ihr fortgeschrittenes Alter verrieten; ein älterer Mann hatte die Haare mit Henna gefärbt, was ihn als Hadschi auswies, einen Muslim, der nach Mekka gepilgert war.

Manzoor streckte die Hand aus und machte mir ein Zeichen, dass ich mich zu ihnen setzen sollte. Ich stand zögernd auf der Schwelle. In dem Raum waren keine weiteren Frauen, wenngleich hinter dem bestickten Vorhang der Klang weiblicher Stimmen zu hören war.

»Guten Tag, liebe Freundin.« In seinem vertrauten Umfeld fühlte sich Manzoor sicher. Sein Ton war bei weitem gelöster als damals, als er gegen die Launen der Great Northeastern Railways kämpfen musste.

Ich setzte mich zwischen seine Cousins und lauschte den Geschichten über den Wirtschaftsboom in Kaschmir in den achtziger Jahren, als Handelsreisende und Touristen mit städtischen Gratifikationen überschüttet wurden und Manzoor so viel Geld verdiente, dass er in der Lage war, der ganzen Familie den Flug nach England zu zahlen, damit sie das College in der Nähe von Manchester kennen lernen und er die künftige Ausbildung seiner Kinder planen konnte.

»Ich werde Ihnen was erzählen.« Manzoor stellte seine Tasse auf dem Tablett ab, als Zeichen, dass er zu einer längeren Geschichte anheben würde.

»Junger Mann kommt in meinen Laden in Srinagar. In Ihrer Stadt Sie würden ihn als Bettler bezeichnen. Seine Kleider waren wie von Lumpensammler in Delhi. Also überlege ich, wie ich diese Person aus meinem Laden vertreiben

kann, und ich sage das meinen Brüdern. Das ist, weil oft ab-
gerissene Leute in unsere Läden kommen, Hippietouristen,
die Teppiche anschauen wollen, sich auf all meine Kissen
setzen mit ihren Kleidern, die seit vielen Monaten nicht
mehr Dhobi* gesehen haben. Und wir schenken ihnen einfach Tee ein und noch mehr Tee, und sie sitzen einfach da,
sitzen da und kaufen nie etwas. So denken meine Brüder
und ich bei diesem Mann, der wie die anderen abgerissenen
Leute aussieht, dass er genauso ist. Dann denke ich an Koran und dass er uns sagt, dass wir alle Menschen, die in unser Haus kommen, wie Brüder behandeln sollen. Also bitte
ich diesen Mann nicht zu verschwinden, sondern sorge,
dass er sich sehr wohl fühlt mit Tee. Ich sage ihm, dass er
sehr willkommen ist in meinem Geschäft und dass wir
glücklich sind, dass er bei uns. Ist das nicht gut?«
Die Onkel, die Cousins und ich nickten einmütig.
Manzoor fuhr fort.
»Und ich habe Recht gehabt damit, denn sobald wir Tee
trinken, erzählt er mir, dass er gerne Teppiche anschauen
würde. Und wissen Sie, was ich gedacht habe?«
Die Onkel, die Cousins und ich schüttelten den Kopf.
»Ich denke, dies ist nur ein junger Mann, der diese Sache
tut, nämlich so viel Tassen Kawa-Tee zu trinken, wie er bekommen kann. Aber ich schenke ihm meine Zeit und zeige
ihm Teppiche, und er schaut und stellt mir Fragen, die in
mir Vermutung wecken, dass er etwas von Teppichen versteht. Er weiß etwas über die Zahl der Knoten und die Qualität der Seide. Er weiß, wie man testet, ob Teppich aus Seide
ist, und wie man eine Probe mit Rasiermesser nimmt, von
überall in Teppich, so dass man ihn nicht mit Teppichen täu-
schen kann, die nur an der Oberfläche Seide haben. Er

---

* Dhobi = indisches Wort für Wäscher (Anm. d. Übers.)

schneidet mit dem Rasiermesser Fäden aus meinen Teppichen heraus und verbrennt sie. Er freut sich, dass alles Seide ist und ich keine Wolle hineingearbeitet habe und ihm Lügen erzähle.«

Manzoor wandte sich zu mir um.

»Kennen Sie diese Methode?«, fragte er.

Ich nickte. Ich hatte seinen Bruder Ashraf zahllose Male eben das für Kunden tun sehen. Er fuhr mit einer Rasierklinge über einen großen Abschnitt des Teppichs und trug ein wenig von der obersten Schicht ab. Dann zündete er es an. Seide brennt nicht, sie verglimmt. Wolle verbrennt mit dem gleichen beißenden Geruch wie menschliche Haare.

»Und wenn ich es Ihnen sage, dieser junge Mann ist der Sohn von größtem Kaufhausbesitzer in New York in Vereinigten Staaten. Sein Vater bittet ihn, neuen Teppichlieferanten zu finden. Junger Mann arbeitet für seinen Vater und findet gute Quellen für Ware von allerbeste Qualität. Ich erzähle Ihnen keine Lügen. Das war wegen Allah und den Worten des Korans, die mich und meine Brüder veranlasst haben, höflich zu diesem jungen Mann zu sein. Dann machen wir Geschäft, junger Mann erzählt mir, dass er Staatliches Warenhaus gewählt hat, wegen freundlicher Art, wie wir ihn aufgenommen haben. Er sagt mir, dass viele der anderen Teppichhändler ihn fortgeschickt haben, weil sie nicht glauben, dass er ein Geschäft hat. Es war Gottes Wille, denn ich verstehe nicht, warum die jungen Leute sich so kleiden, für mich sehen sie aus wie Lumpensammler.« Manzoor hob die Hände, und wir verharrten eine Weile in ehrfürchtigem Schweigen.

»Nach was riecht Pashmina, wenn es verbrennt?«, fragte ich.

Manzoor sah mich lange an. »Aha, ich sehe schon, dass Sie über geschäftliche Dinge sprechen wollen. Ist es nicht eine großartige Nachricht, dass wir Lieferanten von reinem Pashmina gefunden haben?«

»Doch, ich bin höchst angetan, aber Sie haben noch etwas von einer anderen Neuigkeit erwähnt«, erwiderte ich.

»Das ist sehr schlimme Sache, die ich Ihnen muss erzählen. Aus diesem Grund war es nötig, dass ich mit Ihnen von Angesicht zu Angesicht spreche. So ist es besser, als am Telefon zu reden.« Manzoor seufzte, setzte sich auf seinem Kissen zurecht und ließ dann die Bombe platzen. »Ganze Ware in Delhi ist weg.«

»Wie meinen Sie das?«, fragte ich.

»Jemand aus Japan kommt nach Delhi und setzt Anzeige in Zeitung, dass er höchste Preise zahlt für gesamte Bestände von Pashmina mit Seide vermischt. Alle Fahrer, die aus Srinagar losfahren mit Lastwagen voller Pashmina mit Seide, hören das und bringen Schals zu diesem Mann. Wir haben im Augenblick kein Pashmina-Seiden-Gemisch mehr. Das ist sehr schreckliche Sache.« Er stützte seinen Kopf in die Hände und rieb die Stirn an seinen Handflächen.

»Entschuldigung, Manzoor, aber ich bin nicht sicher, ob ich richtig verstanden habe«, sagte ich.

»Wir haben keine Pashmina-Schals mit Seidenanteil«, wiederholte er nachdrücklich.

»Keine Schals?«

»Nicht ein einziges Stück.«

»Und was machen wir nun?«, fragte ich flehend.

»Inshallah, wir werden eine Lösung finden. All meine Gehilfen arbeiten daran. Ich schicke Leuten nach Kathmandu, damit sie nach Schals suchen.« Manzoor hielt den Blick auf die Kissen gesenkt.

»Aber ich dachte, Sie hätten mir erklärt, dass die Pashmina-Seiden-Gemische aus Nepal qualitativ nicht annähernd so hochwertig seien wie die Ware aus Kaschmir.«

»Das stimmt.« Manzoor schüttelte den Kopf.

»Doch ich habe den Leuten die Schals verkauft, ohne dass sie sie vorher gesehen haben und unter dem Vorbehalt, dass sie von gleicher Qualität sind wie die, die ich bislang bekommen habe. Ich werde Umsatzeinbußen haben. Manzoor, diese Leute haben kein Verständnis für die Wechselfälle des Lebens in Indien.«

»Was bedeutet Vorbehalt, und was sind Wechselfälle?«, fragte er.

»Was ich sagen will, ist, dass ich den Leuten gegenüber Versprechungen gemacht habe und nicht erwarten kann, dass sie mir etwas abkaufen, wenn ich ihnen Ware anbiete, die nicht mehr dieselbe Qualität hat. In Europa und Amerika ist das inakzeptabel. Die Gründe kümmern die Käufer nicht. Es gibt nur eines, was ihnen wichtig ist, und das ist das Ergebnis, die gleich bleibende Qualität des Produktes. Wenn ich ihnen nicht jedes Mal das gleiche Produkt liefern kann, dann haben sie kein Interesse, etwas zu kaufen.« Ich holte tief Luft.

Manzoor rieb seine Stirn erneut an den Handflächen.

»Ich glaube, dass hier vielleicht keine Ort ist, an dem ich Geschäfte machen möchte.« Er griff nach der Teekanne und schickte sich schon an einzuschenken, als er abrupt innehielt. »Sie müssen verstehen, dass ich das, was ich mache, für meine Kinder mache. Sie bitten um Sachen. Was ich soll machen? Als Vater bin ich verpflichtet, sie ihnen herbeizuschaffen.« Er goss den Tee ein.

»Was steht dazu im Koran geschrieben?«, fragte ich.

Manzoor sah mich indigniert an.

»Warum fragen Sie mich das?« Seine Stimme war extrem leise.

»Verzeihen Sie, ich wollte Ihnen nicht zu nahe treten. Ich habe mich nur gefragt, was der Koran über Kinder und die Pflichten der Eltern sagt.«

»Ich kann über diese Dinge jetzt nicht sprechen. Wir müssen weg. Ich wohne direkt in Ihrem London. Ich habe dort bald Verabredung. Fahren Sie mich?« Manzoor erhob sich und nickte seinen Verwandten zu.

»Ich habe mich wohl verhört. Sie haben mich gebeten, hier herauszukommen, und jetzt möchten Sie, dass ich Sie mit nach London zurücknehme? Weshalb bin ich eigentlich den ganzen Weg hier herausgefahren, wenn Sie im Zentrum von London wohnen?«

»Es war wichtig für mich, dass Sie kennen lernen meine Onkels und Cousins. Sie haben mich alle gebeten, ob sie Sie kennen lernen können.«

Ich hatte nicht eine einzige Silbe mit einem von Manzoors Verwandten gewechselt, außer mit dem jungen Mann, der mir die Tür geöffnet hatte.

»Kommen Sie, wir müssen jetzt los.« Manzoor zeigte in Richtung Diele.

Ich nickte der versammelten Runde zu, es war Begrüßung und Abschied zugleich.

»Jetzt, wo wir das hinter uns haben, müssen wir eilen beim Fahren. Meine Verabredung ist bald.«

Manzoor quetschte sich nebst seinem beeindruckenden Aktenkoffer in mein kleines Auto, während einer seiner jüngeren Cousins ihm eine Plastiktüte voller Dokumente über den Kopf hielt, um ihn gegen den Regen zu schützen. Ein weiterer Cousin verstaute einen riesigen Koffer im Laderaum und lud dann den Rücksitz mit mehreren kleinen voll.

»Wissen Sie, wie Sie dort hinkommen, ins Sheraton Park Towers?«, fragte Manzoor.

Die Hand schon am Zündschlüssel hielt ich inne, als ich begriff, dass Manzoor in einem der exklusivsten Hotels Londons logierte.

»Weshalb wohnen Sie denn dort?«, wollte ich wissen.

Handwebstuhl in Kaschmir für Pashmina

»Weil ich so viele Termine mit Harrods habe. Teppichein-käufer muss kommen und sehen, was ich habe. Sheraton ist in der Nähe von Harrods.«

»Das ist nicht von der Hand zu weisen, aber es ist doch entsetzlich teuer.« Ich bemühte mich, mein Erstaunen da-rüber zu verbergen, dass Manzoor in einem Fünfsternehotel in Knightsbridge abgestiegen war. Er würde die Trottoirs entlangbummeln, an genau den Läden vorbei, wo seine in Kaschmir gefärbten und im Dal-See gespülten Schals schließlich mit Preisen versehen lagen, die ihren wirklichen Wert um ein Zigfaches überstiegen. Sein Feron würde die Schals streifen, die er in Kattun eingeschlagen hatte und die nun über die Schultern von Frauen geworfen waren, die ge-rade zum Cappuccinotrinken, zur Kosmetikerin oder zum Friseurtermin hasteten.

»Als ich bei meinem guten Freund Habib in Dewsbury war, hat er mich mit zu einigen seiner sehr guten Kunden ge-nommen. Ich sage Ihnen was, meine Liebe, diese Leute ha-ben wirklich Geld. Ich kann es gar nicht fassen, wie groß ihre Häuser sind.« Er breitete die Arme aus, um das enorme Ausmaß ihres Reichtums anzuzeigen, von dem er erzählte. Er fuchtelte mir mit den Fingern vor dem Gesicht herum, und ich kam von der Spur ab.

»Fahren Sie vorsichtig, dies ist sehr wichtiger Termin für mich.« Er klammerte sich ans Armaturenbrett. »Diese Häu-ser, von denen ich spreche, in denen wohnen nur zwei Leute. Können Sie das glauben? Solche großen Häuser für nur zwei Leuten? In Srinagar habe ich ein Haus, das durchaus nicht gerade klein ist, aber ganz sicher nicht so groß wie die Häu-ser, von denen ich gerade spreche, doch mein Haus ist stets voller Leuten und Kindern. Ich, meine Brüder, all unsere Kinder, 13 Kinder, die immerzu in meinem Haus herumren-nen. Nur zwei Personen, unglaublich!«

»Die Leute in Delhi leben auch in großen Häusern«, entgegnete ich.

»Das stimmt, aber sie leben dort mit ihren Familien und ihren Kindern. Nur zwei Leute!« Er schüttelte ungläubig den Kopf.

Als wir nach Knightsbridge hineinkamen, wurde Manzoor allmählich nervös. Er ließ seinen Aktenkoffer auf- und zuschnappen, klemmte sich die Finger ein und brummelte etwas in Kaschmiri.

»Soll ich Sie lieber bei Harrods oder am Sheraton absetzen?«

»Am Hotel, das ist der Ort für Verabredung.« Er war kurz angebunden.

»Ich würde mich gerne noch einmal irgendwann mit Ihnen zusammensetzen«, sagte ich. »Wir sind nicht sehr weit gekommen heute, auch wenn ich mich natürlich riesig gefreut habe, Ihre Verwandten kennen zu lernen.«

»Kommen Sie morgen in Hotel.«

Es war ein Befehl.

»Okay.«

Wir vereinbarten eine Uhrzeit, und dann sprang er, kaum dass ich vor dem Hotel vorgefahren war, aus dem Wagen. Mit großen Schritten verschwand er in dem Gebäude, in einer Hand den Aktenkoffer, mit der anderen strich er sich den Bart. Ich wartete. Er tauchte wieder auf durch die Drehtür, trabte zurück zum Auto und klopfte ans Fenster.

»Ihr Gepäck?«, fragte ich.

»Ja, natürlich«, sagte er. »Ich werde den hier bald verlieren«, er schlug sich vor den Kopf, »er wird einfach durch meine Hose hinunterrutschen. So ist es doch, oder?« Er lächelte.

»Ich hole einen Gepäckträger, der es Ihnen hineinbringt«, erbot ich mich.

Manzoor verneigte sich und trabte zurück durch die Drehtür, wobei er das Rückenteil seines Feron mit einem Ruck fortzog, bevor es sich in dem kreisenden Glas verheddern konnte.

Von unseren Begegnungen in Delhi her hatte ich ihn viel größer in Erinnerung gehabt. Ich hatte ihn stets in engen, überfüllten Räumen gesehen. Jetzt, hier in London, vor der Fassade des Sheraton, wirkte er so klein.

Am nächsten Tag rief er mich an, eine halbe Stunde vor unserer Verabredung.

»Wo sind Sie?«, wollte er wissen.

»Ich bin unterwegs zu Ihnen«, erwiderte ich.

»Gut, sehr gut. Ich muss um halb zwei aus Hotel auschecken, daher ist es schöne Sache, wenn wir uns im Foyer treffen.«

»Klingt gut.«

Manzoor saß ordentlich an einem Tisch in der großen Eingangshalle, die Hände im Schoß gefaltet, die Füße gekreuzt. Er wirkte beinahe erleichtert, mich zu sehen, und schüttelte mir mit beiden Händen die meine.

»So, meine Liebe, jetzt können wir in ernsthafter Weise über Geschäftliches reden.«

Ich setzte mich ihm gegenüber.

»Wie war der Termin bei Harrods?«, fragte ich.

»Unglaublich, nahezu unglaublich. Ich bin nun bei Harrods, Wangnoo-Brüder verkaufen jetzt bei Harrods. Einkäufer war hier bei mir ganze fünf Stunden lang. Er konnte nicht glauben, was ich ihm alles aus Kaschmir mitgebracht hatte. Bei Harrods, das sage ich Ihnen, haben sie keine guten Sachen. Harrods, größter Laden in ganzer Welt und schrecklichste Teppiche.« Manzoor griff sich an die Schläfen. »Aber hier, wie kann man hier leben?«

»Wie meinen Sie das?«, fragte ich.

»Sie müssen alles selbst machen. Was ist das? Ich muss ganz alleine Teppiche ausrollen, Teppiche aufrollen. Das mache ich nie in Delhi und in Kaschmir. Und alle Leute haben es immer eilig. Keiner hat Zeit für irgendetwas. Das Leben in Indien ist gut, immer Leuten da, die Sachen für sie machen. In Dewsbury hat mich Habib gebeten, Tee zu machen.« Manzoor war schockiert.

Ich lächelte. »Ich habe mein Auto an einer Parkuhr stehen und fürchte, ich habe nicht allzu lange Zeit«, sagte ich.

»Sehen Sie, Sehen Sie, was habe ich gesagt! Nichts Zeit, immer Eile. Kommen Sie, gehen wir hinein.« Er winkte einem der Träger zu, dass er sich um sein Gepäck kümmern solle, und wir zogen ins Teezimmer hinüber: Manzoor und sein Aktenkoffer, ich mit meinen Siebensachen und einer von Manzoors kleineren Taschen auf Rädern, der Portier mit Manzoors großem Koffer, der ebenfalls Räder besaß, und verschiedenen kleineren Exemplaren. Wieder ließen wir uns an einem der Tische häuslich nieder.

»Was möchten Sie?«, fragte er.

»Nein, nun sind Sie in meiner Stadt, was hätten *Sie* gerne?«, fragte ich.

»Tee.«

Ein Ober kam heran.

»Wir hätten gern einen Earl Grey mit allem Drum und Dran«, gab Manzoor die Bestellung auf. »Jetzt zeige ich Ihnen etwas Schönes.«

Er verschwand halb in einem seiner Koffer und zog einen Stapel Plastiktüten heraus. Raschelnd wühlte er darin herum, und zum Vorschein kam ein blassbrauner Schal aus reinem Pashmina. Seine feinen Härchen standen in die Höhe und er bewegte sich wie im Windhauch und knisterte geräuschvoll, weil er so stark aufgeladen war. Erst als er über meinem Knie auseinander fiel, konnte ich die blasse, lavendelfarbene Paisley-Stickerei erkennen, hauchzarte Stiche auf dem wollenen Untergrund.

»Ist der nicht schön?«, fragte er.

»Er ist zauberhaft. Was kostet er?«

Manzoor zögerte einen Moment, bevor er eine astronomische Summe nannte.

»Ich bitte Sie, ich weiß, dass wir in London sind, aber ich kann Ihnen keine Londoner Ladenpreise zahlen. Was würden Sie dafür in Delhi von mir verlangen?«

Er zuckte die Achseln und zog den Schal behutsam von meinen Knien, um ihn mit einer flinken Bewegung über die Lehne des Stuhls neben mir zu drapieren, so dass ich ihn in seiner vollen Pracht vor Augen hatte, während wir uns unterhielten.

Wir wandten uns der neuen Lieferung Pashmina-Schals mit Seidenanteil zu, die Manzoor trotz des japanischen Raubzugs und entgegen seiner Behauptung, es habe in ganz Delhi keinen einzigen Schal aus Pashmina-Seiden-Gemisch mehr gegeben, aufgetrieben hatte. Um uns türmten sich die Stapel mit Schals. Der Ober kam mit seinem Teewagen wieder und versuchte, die Stapel auf eine Seite zu schieben. Manzoor scheuchte ihn fort und schichtete die Schals unter unseren Stühlen noch einmal neu aufeinander. Schweigend sah er zu, wie der Ober den Tee einschenkte.

»Zucker? Weißen, braunen oder Süßstoff?«, erkundigte sich der Kellner.

Manzoor machte ein erstauntes Gesicht. Er wollte, dass ich entschied.

»Vollmilch, entrahmte Milch oder Zitrone?«, fuhr der Ober fort.

Manzoor hörte sich alles an.

»Zitrone und weißen Zucker, bitte«, beschloss er.

Er wartete, bis die Zeremonie vorüber und der Wagen weggerollt war, bevor er sich mir wieder zuwandte. »Ich finde es sehr harten Ort. Keiner kümmert sich um den anderen. Schauen Sie, sogar Sie sind viel härter hier, immer in solcher Eile. Keine Zeit für irgendwas. Das ist keine gute Art zu leben.« Er strich den blasslila bestickten Schal auf der Stuhllehne glatt.

»Ich denke erst gar nicht zu sehr darüber nach. Ich denke, ich lebe wirklich zwei Leben, und bei meinem Leben hier geht alles einen Gang schneller als bei meinem Leben in Delhi.«

»Was ist das, Gänge? Wir sind doch keine Autos. Jetzt probieren Sie einfach den hier mal für zwei Minuten an, um zu spüren, wie er sich anfühlt. Unglaublich, wie wenn man Luft trägt, schöne warme Sommerluft aus meinem Tal.« Er hielt mir den Schal hin.

Eine Frau in einer violetten Wildlederhose und passenden Stiefeln mit Stiletto-Absätzen, die in der Nähe saß, verfolgte die Szene aufmerksam, als ich den Schal erneut von Manzoor entgegennahm. Ich hatte keine Lust, ihn zu probieren. Ich wusste, dass ich ihn würde kaufen wollen, wenn ich ihn erst einmal angelegt hätte. Die Frau wartete, beobachtete uns und strich mit den Händen über ihre veloursumhüllten Schenkel. Als ich den Schal umschlang, verengten sich ihre Augen zu Schlitzen. Ein Mann setzte sich neben sie, und sie flüsterte ihm etwas ins Ohr.

Ich willigte ein, den Schal zu kaufen und ihn Manzoor bar zu bezahlen, ebenso wie die zweihundert Schals aus Pashmina-Seiden-Gemisch, die er, so seine Zusage, trotz der Pashmina-Knappheit in Delhi sichern könnte. Als es ums Geld ging, fing er sehr schnell und gedämpft an zu sprechen.

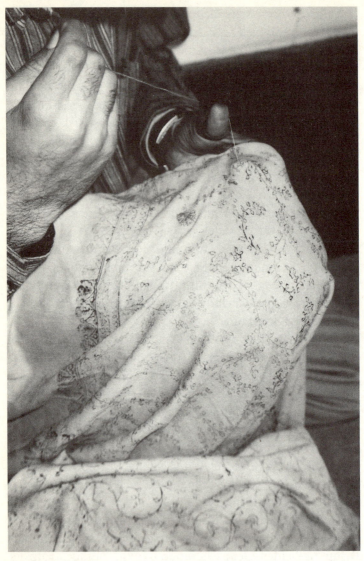

Ein junger Sticker, der an einem Probeschal für Manzoor arbeitet

»Wann kann ich das Geld haben?«, wollte er wissen.

»Es ist eine ganze Menge. Ich weiß nicht, ob ich es so mir nichts, dir nichts, ohne die Zustimmung des zuständigen Kundenbetreuers von der Bank bekomme. Es wird vermutlich einige Tage dauern, das zu regeln«, erklärte ich.

»Also nächster Tag?«, drängte er.

»Nein, nicht so schnell. Es wird einige Tage dauern, bis ich die Genehmigung erhalte. Ich muss auch mit meinem Kompagnon Robin sprechen, um sicherzustellen, dass er damit einverstanden ist.«

Manzoor ließ nicht ab, mich zu bedrängen, aber meine Parkzeit war beinahe abgelaufen, und ich musste weg. Ich nahm die Rechnung, zahlte, faltete meinen neuen Schal zu einem winzigen Päckchen zusammen, wickelte ihn in das Seidenpapier und steckte ihn in meine Handtasche. Ich dankte Manzoor und versicherte ihm, dass er mich in den folgenden Tagen anrufen könnte und wir ihm verbindlich mitteilen würden, wann er das Geld erhalten könnte. Als ich hinausging, sah ich ihn in einem großen Spiegel noch dort sitzen. Er hantierte nervös mit seinen Plastiktüten herum, und der Ober versuchte ihn loszuwerden. Manzoor fühlte sich nicht wohl in London.

Es wurde schon dunkel, als ich das Hotel verließ. Es hatte erneut geregnet, und auf den Straßen spiegelten sich die Lichter der vorüberfahrenden Autos. Highheels, klassische Pumps, weit ausschreitende Budapester und Turnschuhe mit auf Knopfdruck aufblasbaren Sohlen hasteten vorüber, auf der Flucht vor dem Regen. Schuhe waren das Einzige, was ich unter meinem Regenschirm hervor sehen konnte. Als ich die Straße überqueren wollte, eilte ein Paar violetter

Stiefel mit Pfennigabsatz vorbei und verschwand hinter dem Heck eines langen, niedrigen Autos. Auf der anderen Straßenseite bei meinem eigenen Auto angekommen, wollte ich gerade die Tür öffnen, als sich eine Hand auf meine Schulter legte.

»Verzeihen Sie, wenn ich Sie belästige.« Hand und Stimme gehörten dem Begleiter der Frau mit den lila Stiefeln aus der Hotellobby.

»Meine Chefin hat mich gebeten, mit Ihnen zu reden.«

Also kein Begleiter, sondern ein Bodyguard, groß, dunkel, mit schweren Lidern und einem schwarzen Anzug, vielleicht ein Libanese oder ein Perser.

»Womit kann ich Ihnen dienen?«, fragte ich nervös. Ich sah mich suchend um, ob irgendjemand in Rufweite war, aber der Regen hatte die Straße leer gefegt.

»Den Schal, den Sie soeben von dem Araber im Hotel entgegengenommen haben, den würde sie gerne kaufen.«

»Er ist Kaschmiri, kein Araber, und ich habe den Schal gerade selbst gekauft. Ich weiß nicht so recht, ob ich ihn schon wieder verkaufen möchte«, erwiderte ich.

Er überhörte meine Antwort. »Sie sagt, sie wüsste gern, wie viel Sie dafür verlangen.« Seine Hand lag immer noch auf meiner Schulter.

Ich trat einen Schritt zur Seite, um mich dem Griff zu entziehen. Als ich zurückwich, kam er nach und drängte mich gegen das Geländer am Straßenrand.

»Meine Chefin ist sich darüber im Klaren, dass es ein wertvolles Stück ist, und sie ist bereit, einen Ringschal gut zu bezahlen.«

Sie hatte also gedacht, der Schal sei aus Shatoosh. Ich war schon drauf und dran zu erklären, dass er nicht das war, was sie glaubte, also kein echter Ringschal. Aber es war natürlich ein Ringschal – reines Pashmina gleitet mit derselben geschmeidigen Bewegung durch einen Ring wie Shatoosh.

»Wo ist Ihre Chefin?«, fragte ich. »Ich würde gern mit ihr reden.«

»Sie hat mich gebeten, das Geschäft für sie abzuwickeln.«

»Ich bin keine Drogendealerin, und es gefällt mir nicht, gegen dies Geländer hier gedrängt zu werden. Ich wäre Ihnen sehr verbunden, wenn Sie zu Ihrer Chefin gingen und herausfänden, wie viel sie für meinen Ringschal genau zahlen möchte – wobei Sie bitte im Hinterkopf behalten, dass ich mich keineswegs ernsthaft mit dem Gedanken trage, ihn zu verkaufen. Richten Sie ihr doch bitte außerdem aus, dass ich lieber mit ihr persönlich sprechen würde.« Ich wirkte selbstsicherer, als ich mich fühlte.

»Tut mir leid, ich hatte nicht die Absicht, Ihnen in irgendeiner Weise zu nahe zu treten. Bitte verzeihen Sie mir.« Er wich zur Seite. »Ich werde zu meiner Chefin gehen und mit ihr reden. Sie warten hier.« Schon wieder waren seine Worte eher ein Befehl als eine Bitte.

»Ich werde in meinem Wagen warten.« Ich stieg ein, und erst jetzt merkte ich, dass ich durchnässt war vom Regen. Ich hatte meinen Schirm zugeklappt, als er mich gepackt hatte.

Ich sah ihm nach, wie er zu dem tief gelegten Wagen zurücklief. Mein Instinkt gebot mir davonzufahren, aber ich war neugierig. Wer war seine Chefin, und warum konnte sie nicht selbst mit mir reden?

Noch bevor ich mich entschlossen hatte, was ich tun sollte, kam der Mann zurück.

»Sie fragt, ob Sie zu ihr nach Hause kommen möchten.« Er trug jetzt einen großen Schirm. »Es ist nicht weit von hier. Kennen Sie Eaton Square?«

»Ja, danke, kenne ich.« Die Neugier hatte gesiegt. »Geben Sie mir die Adresse, oder soll ich hinter Ihnen herfahren?«

Er nannte mir die Hausnummer, aber ich beschloss, dem Auto trotzdem zu folgen, so dass ich sie ankommen sehen würde und dann immer noch entscheiden könnte, ob ich nicht doch lieber davonbrausen sollte. Ich stand an einer Reihe von Ampeln hinter ihnen und blickte auf mein Spiegelbild in der verdunkelten Heckscheibe des Wagens, der ein saudiarabisches Kennzeichen hatte. Ich bog hinter ihnen nach rechts in die abgeschiedene, stuckverzierte Enklave des Platzes ein. Sauber polierte Gehwege spiegelten sich in blitzblanken Türen. Der Wagen hielt vor einer Tür, an der sich eine einzige Klingel befand – ein ganzes Haus, und nur eine Partei. Ein Chauffeur stieg aus, hielt die Tür zum Fond des Wagens auf, und der Bodyguard stand bereit mit aufgespanntem schwarzem Regenschirm. Die Frau schälte sich aus dem Rücksitz gleich einem Schmetterling, der seine Flügel entfaltet. Im Hotel war mir lediglich aufgefallen, dass sie lila gekleidet war und hochhackige Schuhe trug und uns bei unseren Verhandlungen beobachtete. Jetzt, da sie so vor mir auf dem Bürgersteig stand, wirkte sie größer und dünner, als ich sie in Erinnerung gehabt hatte, mit eleganten langen Beinen, einer winzigen Unterarmtasche in der Hand, in ein Kaschmiroberteil gehüllt, wie es auch Tänzerinnen zum Aufwärmen tragen und unter dem einige Zentimeter Taille hervorblitzten, glatt und bleich.

Sie nahm keine Notiz von meinem Auto, das neben ihr auf der Straße hielt, sondern lief, ohne nach rechts oder links zu schauen, zum Haus hinauf und verschwand darin, während der Chauffeur davonrollte.

Als ich den Motor wieder anließ und langsam anfuhr, schlug der Griff eines Schirms unsanft gegen meine Scheibe, und das Gesicht des Bodyguards tauchte aus dem Dunkel auf. Er zeigte auf die Haustür und machte mir Zeichen, dass ich das Fenster öffnen sollte.

»Fahren Sie schon wieder?«, fragte er.

»Nein, ich wollte gerade parken«, log ich.

»Sie wartet im Haus auf Sie.«

»Danke«, erwiderte ich kurz angebunden, denn allmählich war mir mulmig zumute, aber zugleich war ich verärgert. Ich stieg aus und knallte die Autotür zu. Der Bodyguard schmunzelte, hielt mir aber nicht etwa seinen Regenschirm hin.

Ich lief hinter ihm über die Straße und wartete, dass die Tür sich öffnete wie eben schon für die Hausherrin. Eine zierliche Frau in einem schwarzen Kleid mit weißer Schürze ließ uns ein und murmelte dem Leibwächter etwas zu.

Die gnädige Frau telefonierte gerade mit New York. Ein sehr wichtiger Anruf, wie man mir mitteilte. Ich sollte warten. Ich wurde aus der marmornen Diele in ein Nebenzimmer geführt. Der Raum war ganz mit seehundgrauem Leder ausstaffiert, das Sofa, die Sessel, ein niedriger Tisch, ja selbst die Wände waren damit bespannt. Ich wandte mich nach dem Bodyguard um, neugierig, wie wohl die nächsten Anweisungen lauteten und ob man mir sagen würde, wo ich mich hinsetzen sollte, aber er war verschwunden. Ich blickte mich um. Das viele Leder machte mich nervös. Ich hockte mich auf die Sofakante, meine Handtasche zwischen den Füßen. Der Schal lag unten drin, eingewickelt in Seidenpapier, alles Übrige hatte ich obendrauf gepackt, um ihn zu tarnen. Ich fühlte mich wirklich wie ein Drogendealer.

Dann öffnete sich die Tür.

»Es tut mir ja so leid, Sie müssen mich für ziemlich ungehobelt halten. Mein Name ist Alessandra, hallo. Bitte, setzen Sie sich doch.«

Ich war aufgesprungen, als sie hereinkam. Ich schüttelte die Hand, die sie mir entgegenstreckte, und taxierte sie erneut. Aus der Entfernung, im Hotel und dann im Regen, hatte sich bei mir die Vorstellung entwickelt, dass sie einen harten Zug an sich hätte, eine spröde Fassade. Ich hatte mich getäuscht. Alessandra war Italienerin und um die fünfundzwanzig, und sie hatte das Gesicht eines Engels.

»Mein Mann hat angerufen. Ich muss seine Anrufe entgegennehmen, er kann es nicht leiden, wenn er später noch mal zurückrufen muss. Er arbeitet sehr hart an einem dicken Auftrag und ist ziemlich erschöpft.«

In den wenigen Sätzen hatte sie ihr Leben, ihren Ehealltag und ihre sozialen Verhältnisse zusammengefasst: jung, schön, verheiratet mit einem erfolgreichen Geschäftsmann, der es nicht mochte, wenn man ihn warten ließ.

»Darf ich Ihnen etwas bringen lassen, Tee oder Kaffee? Oder vielleicht möchten Sie ein Glas Wein? Wir haben einen sehr schönen Wein da vom Weingut eines Freundes von meinem Mann.« Sie schwieg kurz. »Ein Freund von uns beiden. Hätten Sie Lust, ihn zu kosten?«

»Das klingt gut, vielen Dank.«

Sie betätigte eine Klingel, und das Hausmädchen erschien wieder. Alessandra bat sie, Wein zu bringen, und verfiel dann ins Portugiesische.

»Sie sprechen Portugiesisch?«, fragte ich, nachdem das Hausmädchen draußen war.

»Ja, ein wenig«, erwiderte sie.

»Und ich hörte Sie mit Ihrem Bodyguard etwas sprechen, das wie Arabisch klang.«

Sie lachte.

»Mahmoud ist gleichsam Auge und Ohr meines Mannes, er ist quasi der Spion meines Mannes. Er folgt mir auf Schritt und Tritt.« Sie sagte es ohne eine Spur von Bosheit, wenngleich ihr Ton matt und resigniert war.

»Welche Sprachen beherrschen Sie noch?«, fragte ich.

»Italienisch, klar, Englisch, Französisch, Spanisch und ein bisschen Russisch.«

»Sprechen Sie alle fließend?«

»Aber nein, mein Russisch, Portugiesisch und Arabisch sind ziemlich schwach. Ich bin sicher, Lucia versteht mich meistens gar nicht. Ich denke, sie lässt mich einfach reden.«

Es war nicht Lucia, die mit dem Wein zurückkam, sondern Mahmoud. Er stellte das Tablett ab und schenkte in jedes Glas einen kleinen Schluck ein, in das von Alessandra weniger als in das, welches er mir reichte.

»Mein Mann sieht es nicht gern, dass ich trinke, wenn ich alleine bin«, erklärte sie und drehte dabei bedächtig den Stiel des Glases in der Hand, bevor sie ein Schlückchen trank. »Aber ich bin ja nicht allein.«

Sie drehte sich zu Mahmoud herum und dankte ihm in einer Art und Weise dafür, dass er den Wein gebracht hatte, die ihm keine andere Wahl ließ, als das Feld zu räumen. Er ging langsam hinaus, den Rücken zur Tür gewandt, den Blick auf mich gerichtet, und sah dann von dort, wo ich stand, zu dem niedrigen Tisch hin, auf dem ich mein Glas abgestellt hatte. Es widerstrebte ihm, seinen Schützling mit einer Fremden allein zu lassen.

»Tut mir leid, er ist ein bisschen überängstlich, wenn mein Mann nicht da ist.«

»Für was hält er mich denn, für eine Lesbe oder für eine Dealerin?«

Sie lachte erneut, diesmal entspannter.

»So ist er eben, achten Sie einfach nicht drauf.« Sie trank ihr knapp gefülltes Glas aus und schenkte sich selbst noch einmal ein. »Der Schal, den Sie da haben, ist der verkäuflich?« Sie führte das Glas an die Lippen und nahm einen großen Schluck, die Flasche immer noch in der anderen Hand.

»Nun, ich denke schon, aber ich glaube, es liegt ein Missverständnis vor. Mir kommt vor, Sie haben den Eindruck, dass es sich um Shahtoosh handelt.«

»Ist es kein Shahtoosh-Schal?«

»Nein, er ist aus reinem Pashmina, mit Seide bestickt, vier Monate Stickarbeit. Wollen Sie ihn näher ansehen?«

»Natürlich.«

Ich öffnete meine Tasche und förderte das Seidenpapierpäckchen zutage und hielt einen Moment inne, bevor ich ihn vor ihr auswickelte. Der Schal fiel in kleinen Kräuselwellen auseinander, über meinen Schoß. Schon in der kurzen Zeit, seit ich ihn in meine Tasche gestopft hatte, hatte ich vergessen, *wie* schön jedes Detail war und *wie* fein er gearbeitet war. Ich tat dasselbe wie Manzoor, ich wirbelte ihn herum, so dass er sich richtig luftig entfalten konnte, um ihn dann auf Alessandras Knie herabsinken zu lassen. Sie hob ihn mit beiden Händen hoch und vergrub ihr Gesicht darin.

»Sind Sie sicher, dass es kein Shahtoosh-Schal ist?«, fragte sie noch einmal.

»Ja, ich bin absolut sicher.«

»Und es hat vier Monate gedauert, ihn zu besticken?«

»Ja, vier Monate.«

»Und was kostet er?« Sie griff erneut nach ihrem Glas.

»Siebenhundert Pfund.«*

Es kam mir reichlich teuer vor. Ich wusste, dass es für Alessandra überhaupt nichts bedeutete, aber ich hatte trotzdem noch das Bedürfnis, mich für den Preis zu rechtfertigen. Ich erzählte ihr von DRAG und den Schulen in den Slums. Als ich meinen Vortrag beendet hatte, herrschte Schweigen.

Sie leerte ihr Glas.

---

* Etwa zweitausendundeinhundert Mark (Anm. d. Übers.)

»Dieser Mann, von dem Sie sagen, dass er das Ganze initiiert hat, hat er alles aufgegeben?«, fragte sie.

»Nein, er hat nicht alles aufgegeben, aber er hat seine Karriere in der Medienbranche aufgegeben und seinen Lebensstandard, der damit verbunden war.«

»Und er war beruflich sehr erfolgreich?«

»Ja, das war er.«

»Ist er jetzt glücklich?« Sie beugte sich zu mir herüber.

»Das weiß ich nicht genau. Manchmal denke ich, solange er mit den Kindern zusammen ist, ist er unglaublich glücklich, aber es gibt Zeiten, wo es furchtbar hart ist – wenn er um Zuschüsse kämpft oder die Regierung ihm plötzlich Steine in den Weg legt. Ich denke, er verzweifelt an der menschlichen Natur.«

»Mein Mann möchte keine weiteren Kinder mehr. Er hat welche aus einer früheren Ehe, und sein Verhältnis zu ihnen ist nicht besonders gut.« Sie griff über den Tisch und goss sich noch ein Glas Wein ein, hielt aber inne, als es halb voll war. »Verzeihen Sie, wie unhöflich, möchten Sie noch etwas?«

»Nein, vielen Dank.«

»Ich würde den Schal liebend gerne kaufen. Akzeptieren Sie Kreditkarten?«

»Nein, tut mir leid.«

»Dann muss ich warten, bis mein Mann aus den Staaten zurückkehrt. Dann kann ich Ihnen das Geld bar geben.«

Wir vereinbarten, dass sie mich anrufen und ich wieder vorbeikommen würde, wenn sie das Geld hätte.

»Haben Sie ein paar Bilder von den Kindern in den Schulen?«, fragte sie.

»Ja, habe ich.«

»Könnten Sie bitte welche mitbringen?«

»Natürlich, gerne.«

GELD IN DER SOCKENSCHUBLADE

Am nächsten Morgen um halb acht rief Manzoor an. Er wollte sein Geld.

»Können Sie mir das Geld bar geben?«, fragte er fordernd. »Können Sie heute zahlen?«

»Nein, Manzoor, ich dachte, ich hätte das gestern erklärt. So schnell kann ich das mit der Bank nicht regeln.«

»Also, wann zahlen Sie?«

»Am Donnerstag treffe ich meinen Kompagnon. Dann bringt er mir das Geld mit.«

»Das ist sehr gut. Also, an welchem Tag geben Sie mir Geld?«, fragte er.

»Ich kann es Ihnen am Freitag geben.«

»Dann rufe ich Sie am Donnerstag an, damit wir alles arrangieren können.« In seiner Stimme schwang Panik mit. Das war nicht der Ton, in dem er seinen Cousins, Onkeln und mir auf den Kissen in Southall Geschichten erzählt hatte.

»Mein Kompagnon ist nicht bereit, mir das Geld auszuhändigen, bevor ich ihm nicht einen verbindlichen Liefertermin für die verspätete Ware nennen kann. Es sind nur noch zwei Wochen bis Weihnachten, und wir brauchen Nachschub.« Für mein Empfinden hatte mich Manzoor so früh am Morgen angerufen, dass ich ruhig hart bleiben konnte.

Am anderen Ende der Leitung herrschte Schweigen.

»Haben Sie mich gehört?«

»Wir werden darüber reden, wenn Sie mit dem Geld zu mir kommen«, beharrte er.

»Bleiben Sie weiterhin im Sheraton wohnen?« Mein Ton war giftig.

»Nein, dieser Ort ist zu viel Geld. Ich bin jetzt in Southall. Dort, wo Sie mich besucht haben. Sie kennen das Haus meiner Cousins.«

»Ich fürchte, ich habe nicht die Zeit, noch einmal nach Southall hinauszukommen. In England und besonders in Southall versucht jetzt alle Welt, Weihnachtseinkäufe zu erledigen. Es ist Ihnen sicher aufgefallen, wie verheerend die Verkehrslage ist. Kommen Sie nicht irgendwann ins Stadtzentrum von London herein?«, fragte ich.

»Das ist zu mühsam für mich. In Ihrer Stadt von einem Ort zum anderen zu fahren, das ist zu viel für mich. So viele Leuten überall, und keiner hilft einem. Sie verstehen das Problem.« Manzoor seufzte.

»Ich kann Ihnen das Geld nur geben, wenn Sie nach London hereinkommen.«

»Ist es möglich, dass Sie mir das Geld schicken?«

»Das ist doch wohl nicht Ihr Ernst! Es ist ganz einfach zu gefährlich, einen solchen Betrag bar zu schicken.«

»Also treffen wir uns vielleicht in der Nähe des Sheraton?« Manzoor hatte kapituliert. Das Sheraton Park Towers war der Dreh- und Angelpunkt auf seiner geistigen Karte der Londoner Innenstadt geworden.

»Ja, ich bin sicher, wir können dort in der Gegend etwas vereinbaren.«

Der Treffpunkt war nicht so wichtig. Was für mich zählte, war, dass Manzoor zum ersten Mal in meine Bedingungen eingewilligt hatte. Er wollte das Geld.

Robin war weniger begeistert, einen so großen Anteil unseres Vermögens für Ware auszuhändigen, die wir noch gar nicht gesehen hatten.

»Ich weiß nicht recht, ob das so eine schrecklich gute Idee ist. Ich meine, vertraust du ihm wirklich?« Er war auf dem Weg zu einer Einladung und telefonierte beim Fahren mit seinem Handy.

»Hillary Clinton hat ihm vertraut.«

»Das beweist nicht das Geringste«, brüllte Robin. Es hörte sich an, als steckte sein Kopf im Handschuhfach.

»Nun, mit vier Filialen in Delhi, Hauptgeschäftssitz in Srinagar und Kunden in aller Welt, einschließlich Harrods, das er erst gestern hinzugewonnen hat, glaube ich nicht, dass er mit unserem eher kümmerlichen Häufchen Geld einfach so spurlos von der Bildfläche verschwindet.«

»Für Hillary Clinton mag es vielleicht eine kleine Summe sein, aber für uns sind das ungefähr fünfzig Prozent unseres Geschäftsvermögens.«

»Robin, wir sparen Geld, wenn wir ihn in England bar bezahlen. Ich müsste ohnehin zahlen, sobald ich nächste Woche in Delhi bin. Wenn wir es so machen, umgehen wir auf beiden Seiten die Gebühren für die Reiseschecks«, erklärte ich.

»Ich hör dich nicht mehr, die Verbindung ist gerade unterbrochen«, plärrte Robin.

Ich konnte ihn dafür hören, wie er auf sein Handy fluchte, auf mich und auf die Welt an sich. Ich legte auf.

Donnerstag, als ich Robin für die Geldübergabe treffen sollte, bevor ich den Betrag direkt an Manzoor weiterreichen würde, war wieder so ein Tag, der voll gepackt war mit Aktivitäten für *Goat*. Ich hatte einen Termin bei einem sehr exklusiven kleinen Modehaus, dem unser Pashmina-Verkauf zu Ohren gekommen war. Das Atelier lag im Herzen von Fulham, in einem kleinen Hof, gleich an der Hauptstraße zum Fluss hin.

Von Fulham war nichts mehr zu spüren, als ich die Klingel drückte. Eine Französin öffnete mir die Tür und bat mich herein in eine Welt aus Duftkerzen und exotischen Blumen in chiffonumwickelten Vasen. Sie führte mich durch einen Gang, in dem zu beiden Seiten Modeaufnahmen in Schwarzweiß hingen, in den Ausstellungsraum. Es war ein lichter, weißer Raum, mit einem tiefen Sofa an einem Ende und einem niedrigen Tisch davor, einem Hut hier und einer Schnur aus Monstréperlen da. Die hauseigene Kollektion hing an den Wänden verteilt: fließende Stoffe, vollkommene Stücke, die exquisit gearbeitet waren und von denen jedes einzelne mir unwiderstehlich erschien.

Die Französin zog sich zurück und ich blieb allein mit den Kostbarkeiten zurück. Ein perlgraues Chiffonkleid flatterte im Luftzug, als die Tür sich schloss. Ich war in Alltagsklamotten – Hose mit Tunnelzug und ausgebeulten Knien, T-Shirt mit ausgeleiertem Ausschnitt. Ich erhaschte einen Blick auf mein Spiegelbild in dem großen gerahmten Spiegel am Ende des Raumes, eine armselige Ausfertigung einer Vertreterin und Lieferantin von Luxusschals. Ich versuchte, die Kordel um die Taille fester zu ziehen und meinen ausgeleierten Ausschnitt zurechtzurücken, aber der Effekt war dürftig.

Da betrat eine platinblonde Erscheinung den Raum, ein zerbrechliches Persönchen, ganz in figurbetontes Schwarz gegossen, kein überschüssiges Stückchen Stoff und nicht eine Naht verrutscht. Ihr Lächeln war so breit, wie ihr Gesicht schmal war, und die sanfte Stimme passte zu dem leuchtenden Himmelblau ihrer Augen. Hinter ihr kam eine weitere Blondine herein, lang und schlaksig, mit selbstbewusst schlenkernden Armen und in den Nacken geworfe-

nem Kopf, auf der Haut noch den Geruch einer gerade ge-
rauchten Zigarette.

»Hi, super, dass Sie gekommen sind.« Die schlaksige
Blonde rannte quer durchs Zimmer und stürzte sich auf den
Stapel mit Schals, die ich auf dem Sofa aufgeschichtet hatte.

Sie schaffte es, gleichzeitig die Verschnürung aus Raffiabast zu lösen, das Seidenpapier aufzuwickeln, zu reden, zu
lachen und im Zimmer herumzulaufen. Die Platinblonde
saß adrett auf der Kante des niedrigen Tisches und fuhr mit
den Händen über jeden der Schals, die ihre Partnerin ihr in
rascher Folge zuwarf.

»Einfach absolut toll. Wie wär's, wenn wir Ihnen die Farben unserer Frühjahrskollektion geben, damit Sie die der
Schals darauf abstimmen können? Ginge das?« Die schlaksige Blonde zeigte mit einer ausladenden Geste auf ihre Kollektion auf den Stangen, von perlgrauem Chiffon über Mus-
kat, Amethyst, Taubenblau bis hin zu silbrigem Graugrün.

»Ihre Kleider sind wunderschön. Es wäre mir eine Freude, die Schals passend für Sie zu färben.« Es schien so einfach.

»Vielen Dank«, sagte die Platinblonde ruhig.

»Ich wünschte, ich könnte Ihre Kleider tragen.« Es klang
nicht sehr überzeugt.

»Warum sollten Sie nicht?«, fragte die Platinblonde.

»Ich meine, ich wünschte mir nichts sehnlicher, als dass
ich mir Ihre Kleider leisten könnte.« Ich war nicht sicher, ob
ich das wirklich dachte, als ich es mich sagen hörte.

»Oh, aber Sie werden sich von Kopf bis Fuß in all diese
fantastischen Pashmina-Schals einwickeln«, rief die schlaksige Blonde vom Spiegel herüber, während sie sich in blasses
Türkis und Teerose hüllte.

»Ja, das tue ich wahrscheinlich auch.«

Die beiden Blondinen hatten alles in ihrer Macht Stehende gesagt, um mir meine Befangenheit zu nehmen, und doch fühlte ich mich völlig fehl am Platze angesichts so vieler handgesäumter und schräg zum Fadenlauf geschneiderter Stücke.

»Falls Sie je irgendetwas anfertigen lassen wollen, lassen Sie es uns bitte wissen. Ich verspreche Ihnen, dass wir Ihnen einen fantastischen Preis machen werden«, bot die schlaksige Blonde an.

Die Platinblonde nickte bestätigend und ging hinaus, um die Stoffmuster zusammenzusuchen, anhand derer ich die passenden Farben bestimmen konnte. Sie kam mit einer festen elfenbeinfarbenen Pappkarte zurück, an der die verschiedenen Farbtöne gleich winzigen Flaggen festgesteckt waren, jeweils mit Schildchen und Nummer versehen.

»Ich habe da in letzter Zeit ein paar wirklich herrliche bestickte Schals gesehen. Können Sie solche auftreiben?«, fragte sie.

»Kann ich schon, aber das Beste ist, sie vor Ort, direkt bei den Webern in Kaschmir zu kaufen.«

»Fliegen Sie bald wieder nach Kaschmir?«

»Ich versuche es«, erwiderte ich.

»Ist es dort sicher?«, fragte sie.

»Es gibt sicherere Orte.«

»Das heißt also, dass es alles andere als sicher ist?«

»Ich werde Ihnen berichten, wenn ich wieder hier bin, mit schönen bestickten Kaschmirschals für Sie«, gab ich zurück.

»Bitte seien Sie vorsichtig. Sie wollen doch nicht ein Opfer der Mode werden im negativen Sinne des Wortes.« Sie lächelte liebenswürdig.

Die Französin, die mich eingelassen hatte, begleitete mich den Gang wieder hinunter, vorbei an den kühlen Schwarzweißfotografien. Die Tür zu einem der Ateliers stand einen Spalt weit offen; drinnen lag alles durcheinander, und es ging zu wie im Bienenstock. Computer summten, auf den Schneidetischen und Bügelbrettern flogen Stoffe hin und her, Frauen wuselten hastig zwischen Schneiderpuppen mit kattunüberzogenen Kurven und Rundungen umher, den Mund voller Nadeln. Die Französin winkte mir zum Abschied aus ihrer Chiffon-Welt, und ich steuerte mein Auto nach Fulham hinein, wo die Verkehrspolizisten ihre Tour machten zwischen den in zweiter Reihe geparkten Wagen der Mütter aus dem Viertel, die ihre Kinder aus der Schule abholten.

Robin wirkte aufgebracht, als er in meinem Club eintraf, Notizblock in der Hand, eine welke gelbe Nelke im Knopfloch, aber keine Spur von irgendeiner Plastiktüte. Er setzte sich, gab eine Bestellung auf, zog sein Adressbuch aus der Aktenmappe und hackte eine Nummer in sein Handy – alles mehr oder weniger zeitgleich. Der Kellner, der die Bestellung aufnahm, warf mir einen pikierten Blick zu.

»Robin, ich fürchte, du kannst das hier drinnen nicht benutzen.«

Er hielt sich das Telefon ans Ohr und bedeutete mir mit einer Handbewegung, dass ich still sein solle. Zwei weitere Clubgäste, ein Pärchen, die sich hinter der *Times* und dem Magazin *Hello* verschanzt hatten, ließen ihre Lektüre sinken und sahen stirnrunzelnd zu mir herüber. Ich nahm Robin das Telefon einfach aus der Hand und stolzierte hinaus in den Flur.

»He«, rief Robin, der hinter mir hertrabte.

Als wir im Eingangsbereich waren, gab ich ihm das Telefon zurück.

»Kluges Mädchen, der Empfang ist hier draußen viel besser.« Er nahm seine Unterhaltung nahtlos wieder auf.

Ich zog mich wieder nach drinnen zurück. Der Kellner kam mit Robins Bestellung: Tee und Unmengen von Keksen.

Zwei Minuten später war Robin zurück. »Diese verdammten Dinger funktionieren überhaupt nicht, konnte nichts von dem verstehen, was sie mir erzählt hat. Manchmal frage ich mich, wozu es die überhaupt gibt. Sie nerven mich einfach nur.« Er hockte sich auf das Sofa, neben mich und meine ganzen Habseligkeiten.

»Gieß mir Tee ein.«

»Gieß dir deinen Tee selbst ein«, erwiderte ich schnippisch. Ich schrieb die Details meines Besuchs in dem Modeatelier nieder, Stift in der einen, Notizen in der anderen Hand.

»Du bist ja nicht gerade bestens gelaunt heute«, bemerkte er, während er sich Tee einschenkte.

»Meine Laune ist prima, aber du darfst hier im Club nicht mit dem Handy telefonieren, und ich schreibe gerade, daher ist es schwierig, auch noch Tee einzuschenken.«

»Ich verstehe.« Robin brach einen Keks entzwei und verstreute die Krümel über seine Hemdbrust, das Sofa und den Fußboden. »Nun also zu den cremefarbenen Schals – wann kannst du die schicken?«

»Bevor ich nicht wieder in Delhi bin und die zurückgelegte Ware sehe, für die wir jetzt bezahlen, weiß ich eigentlich nicht sicher, ob sie existiert oder was wir genau erstanden haben.«

Robin hörte auf zu kauen. Er wurde erst kreideweiß, dann rot.

»Ach du Scheiße!«

»Was ist denn?«, fragte ich.

»Ich bin einfach nur los und habe das verdammte Geld vergessen.« Seine Wangen färbten sich noch dunkler.

»Wo hast du es denn?«, erkundigte ich mich.

»Spielt das ein Rolle? Das Entscheidende ist, dass ich es verflucht noch mal nicht hier habe.«

»Ist es in London oder in Nottinghamshire?«

»Es steckt in meiner vermaledeiten Sockenschublade, oder?« Er kam mit seinem Gesicht ganz dicht an meins heran.

»Ist eigentlich nicht unbedingt meine Schuld, Robin.«

»Verdammt und zugenäht!« Er sah aus, als würde er am liebsten im Boden versinken.

»Ist doch kein Problem«, sagte ich.

Robin dachte kurz nach. »Du hast absolut Recht, es ist überhaupt kein Problem. Ich kann es dir Montag bei unserem Vorweihnachtsessen geben. Mein Gott, mir fällt ein Stein vom Herzen!« Er entknotete seine ineinander gekrampften Finger.

»Ich fürchte, es ist nicht *ganz* so einfach. Ich treffe mich morgen mit Manzoor, um ihm das Geld zu geben, bevor er am Samstag zurück nach Indien fliegt.«

Robin verschränkte die Arme fest vor der Brust und schloss gequält die Augen.

»Wie wär's, wenn du gleich mal bei der Bank anrufst und ihnen sagst, dass ich morgen in meine Zweigstelle gehe, um das Geld dort abzuholen? Dann nimmst du das Bündel aus deiner Sockenschublade und trägst es zurück zur Bank.« Ich redete schon wie eine Kindergartentante.

Robin sprang auf. »Okay, hast du ein Telefon? Meine Batterie gibt nämlich allmählich den Geist auf. Ich rufe sie sofort an.«

»Nein«, log ich. Mein Handy war an der Rezeption, wo gehorsame Clubmitglieder ihre Mobiltelefone abgaben. »Sie haben einen öffentlichen Fernsprecher am Empfang, den du benutzen kannst.«

»Okay, ich ruf unseren Filialleiter an und spreche mit ihm. Dann kannst du ihm per Fax die Uhrzeit bestätigen, um die du das Geld abholst.«

»Nein, mir wäre lieber, du klärst das alles«, sagte ich. Robin war ein Meister im Delegieren, aber diesmal würde ich mir nichts aufbürden lassen.

»Wie meinst du das, nein?« Aufgeregt trat er von einem Bein aufs andere.

»Ich will damit sagen, dass ich die Verantwortung für das Ausbügeln deines Fehlers an dich zurückgebe. Ich wollte dich schon anrufen heute Morgen, um dich daran zu erinnern, aber ich dachte, du könntest das vielleicht als Bevormundung empfinden.« Ich hielt inne. »Entschuldige, das war schäbig.«

»Mich bevormunden? Ich wäre entzückt gewesen. Warum in aller Welt hast du das nicht getan, du Dummerchen?«

»Tut mir leid.« Ich empfand weder besonderes Bedauern, noch zeugte mein Tonfall davon.

Robin wirkte verletzt und verwirrt.

»Ist schon in Ordnung«, sagte ich und bekam doch langsam ein schlechtes Gewissen. »Wir finden schon eine Lösung. Aber wenn ich Manzoor morgen das Geld nicht geben kann, dann halte ich es für unwahrscheinlich, dass wir die reservierte Ware bekommen.«

»Oh, mein Gott!« Robin versank förmlich im Sofa.

Wir gingen eilends die praktischen Details durch, um die Situation zu klären. Die Bank wurde angerufen, und die Wogen glätteten sich allmählich wieder. Wir handelten die restlichen Programmpunkte kurz und bündig und in aller Höflichkeit, die wir beide aufzubringen vermochten, ab und wechselten dann das Thema, um uns gegenseitig nach dem Wohlergehen unserer Familien zu fragen. Allen ging es gut, wie immer eben, wenn man bestrebt ist, ein Treffen zu beenden.

Der Friede war wiederhergestellt.

»Bitte vergiss nicht, in der Bank Dampf zu machen wegen des Geldes«, mahnte ich ihn, als ich ihn zum Abschied auf die Wange küsste.

»Salz in meine Wunden.« Er lächelte.

»Und kannst du dich bitte, bitte bemühen, so etwas nicht zu machen, wenn ich in Indien bin und versuche, die Weber direkt oben in Kaschmir zu bezahlen?«

»Das würde ich nie wagen.« Er winkte, während er sich seinen Weg durch den weihnachtlichen Einkaufsrummel in der King's Road bahnte.

Am nächsten Tag stand Manzoor im Foyer des Sheraton, als ich kam, klein und adrett in seinem bauschigen Feron. Neben ihm stand ein Junge, der noch kleiner und ordentlicher wirkte. Er trug ebenfalls einen Feron, aber anders als die üblichen weiß bestickten Topi war seines in leuchtenden Farben bestickt und eher eine Mütze als eine Kappe. Über dem Oberteil seines Feron trug er eine Jacke mit einem exklusiven Logo. Manzoor hatte einen kleinen Rucksack auf dem Rücken.

Ich schüttelte ihm wie auch dem Jungen die Hand. Der strahlte mich aus riesigen braunen Augen an und kräuselte verlegen die Nase.

»Das ist mein Sohn.« Manzoor legte dem Jungen die Hand auf die Schulter. Es war Ahsan, sein Jüngster, den ich in Delhi im Laden kennen gelernt hatte.

»Ist Ahsan jetzt auch hier auf der Schule?«, fragte ich.

»Nein, nein, er ist auf viel besser Schule in Srinagar«, erwiderte Manzoor stolz. »Er ist mit mir mitgekommen, um andere Kindern in die Schule zurückzubringen. Ich hatte gehofft, inshallah, jetzt schon Platz für ihn auf Schule in Manchester zu finden, aber er ist noch nicht alt genug. Er wird auf diese Schule gehen, wenn er zwölf Jahre ist. Er wird zu seinen Brüdern kommen und mich so einen stolzen Vater machen.« Manzoor hob den Blick zum Himmel.

»Wie alt bist du, Ahsan?«, fragte ich.

»Ich habe zehn Jahr.« Er richtete sich ganz gerade auf, als wolle er älter wirken.

Wir saßen in demselben Teesalon wie das Mal davor, Manzoor mir gegenüber und Ahsan zwischen uns. Ich öffnete mein Verkaufsbuch und legte es neben meinen Quittungsblock und meine Bestellformulare. Manzoor wirkte, als fühle er sich unbehaglich, seine Augen wanderten unruhig zwischen mir und den Leuten hin und her, die um ihn herumliefen. Er hielt den Rucksack auf seinem Schoß fest umklammert. Ich borgte mir seinen Taschenrechner, um den Betrag, den ich ihm schuldete, von Rupien in Pfund umzurechnen. Es dauerte eine Weile. Jede Taste auf dem Rechner hatte vier oder fünf verschiedene Funktionen.

Manzoor streckte immer wieder die Hand aus, um mir den Taschenrechner wegzunehmen, und zog sie dann wieder zurück. Ich konnte sehen, wie er auf meine Tasche am Boden schielte. Das war der einzige Ort, an dem sein Geld sein konnte. Wir ermittelten exakt, was ich ihm schuldig war, und dann holte ich das Geld heraus. Es steckte in einem großen braunen Umschlag, der prall gefüllt war. Ich hielt ihn Manzoor hin.

»Würden Sie gerne in Ruhe irgendwo nachzählen?«, fragte ich.

»Nein, nein, das ist mehr als gut.« Er stopfte den Umschlag schnell in seinen Rucksack, zog den Reißverschluss zu und umschlang ihn mit beiden Armen.

»Möchten Sie etwas trinken, Tee oder Kaffee? Ahsan, möchtest du irgendetwas?«, erkundigte ich mich.

»Nein, nein, ich bin wunschlos glücklich, und Ahsan hat etwas dabei.« Manzoor zeigte auf eine Plastikflasche mit irgendeinem kohlensäurehaltigen Getränk, die sein Sohn in der Hand hielt. Es hatte die Farbe eines orangen Leitkegels, wie man sie auf der Autobahn sieht, viel zu orange, um harmlos zu sein. Manzoor streckte die Hand aus, um mich davon abzuhalten, ihnen noch irgendetwas anzubieten.

»Ihr Oxford Circus, wie komme ich zu diesem Platz? Er möchte gerne dorthin.« Wieder legte er seinem Sohn die Hand auf die Schulter.

»Es sind nur ein paar U-Bahn-Stationen von hier, aber es ist keine besonders glückliche Idee, jetzt dorthin zu fahren. Gleich fängt die Hauptverkehrszeit an, und Sie würden zwischen Weihnachtseinkäufer der schlimmsten Sorte geraten, Leute, die sich auf dem Rückweg von der Arbeit ins Getümmel stürzen, allesamt schlecht gelaunt, wobei jeder schiebt und drängelt.«

Manzoor hielt sich den Kopf. »In dieser Stadt ist immer Hektik und Gedrängel. Es tut weh meinem Kopf.«

»Und, finden Sie etwa, dass es in Delhi auch nur einen Deut besser ist?«, fragte ich.

»Natürlich ist es genauso schlimm, aber in Delhi machen viele Leuten Dinge für Sie, daher kommt es einem nicht so hart vor. Hier müssen ich alles selbst machen, U-Bahn und Bus voll, so voll gestopft mit Leuten.« Er klatschte in die Hände und schnalzte mit der Zunge angesichts der schrecklichen Zustände in Londons öffentlichen Verkehrsmitteln. Manzoor musste in Delhi nie die öffentlichen Busse benutzen, in denen die Leute zusammengepfercht waren wie die Ölsardinen.

Ein Kellner stand abwartend neben uns.

»Ich denke, wir möchten nichts mehr, vielen Dank«, sagte ich.

Er wirkte überrascht. Auf unserem Tisch befand sich nichts außer meinen Büchern und Papieren und Ahsans gefährlich oranger Limonade.

Manzoor erhob sich und bedeutete seinem Sohn, es ihm nachzutun.

»Müssen Sie zum Oxford Circus?«, fragte ich auf dem Weg zur Tür.

»Ich muss einen Kerket-Schläger für sehr guten Freund kaufen«, erklärte Manzoor.

»Aber in Kaschmir haben Sie doch die besten Kricketschläger. Was ist mit Mr Hakim, dem König der Kricketschlägerhersteller, an der Straße von Srinagar nach Anantnag?«

»Natürlich, das ist sehr wahr, wir machen die besten Kerket-Schläger der Welt aus Weide in Kaschmir, aber ich gebe Versprechen meinem Freund. Er bittet mich um, äh, wie hieß das noch mal?« Manzoor öffnete den Reißverschluss seines Rucksacks und zog ein kleines grünes Notizbuch heraus. »Schauen Sie, hier, ich schreibe das auf. Also, dies ist Name: Surridge. Das ist Kerket-Schläger, den er will.«

»Natürlich. Aber warum am Oxford Circus?«

»Leute haben mir erzählt, dass dies bester Ort ist, um tollste Kerket-Schläger zu finden.«

Ich hatte gerade angehoben, ihm zu erklären, dass es unter Umständen sinnvoller wäre, bei Lillywhites vorbeizuschauen, als Manzoor auf dem Gehsteig stehen blieb. Eine junge Eurasierin in Turnschuhen mit Plateausohlen und Lederjeans versuchte, an uns vorbeizukommen. Sie starrte erstaunt auf den zierlichen Kaschmiri. Er stierte zurück auf ihre Schuhe. Vorne war die Sohle ungefähr zehn Zentimeter dick, und zum Absatz hin wurde sie geradezu aberwitzig hoch. Manzoor starrte ihr immer noch nach, als sie die Straße hinunterlief und sich dabei ihren Weg durch die Menge bahnte. Plötzlich drehte sie sich um und streckte ihm die Zunge heraus. Ein silberner Knopf blitzte auf. Manzoor schauderte entsetzt zurück.

»Oh, mein Gott, das ist eine sehr schreckliche Sache, die man diesem armen Mädchen angetan hat. Schlimmste Verletzung von Frauen! Wer tut ihr das an?«, fragte er kopfschüttelnd und hielt Ahsans Hand fest umklammert.

»Ich glaube nicht, dass ihr das jemand aufgezwungen hat. Vermutlich hat sie es selbst gemacht.«

»Sie wollen mir erzählen, dass sie dieses Ding mit ihre eigenen Hand in ihren Mund gemacht hat?« Er verzerrte gequält das Gesicht.

»Nein, sie wird wohl jemanden dafür bezahlt haben, dass er es für sie macht.«

»Sie wollen mir erzählen, dass sie *Geld* dafür gezahlt hat, dass das gemacht wird?« Seine Stimme überschlug sich fast, das konnte er einfach nicht glauben, und er griff sich an die Brust, als habe er Mühe zu atmen. »Was ist das? Was ist los mit diese jungen Leuten? Ich sage es noch einmal, das ist kein guter Ort hier.« Er zog seinen Sohn näher zu sich. »Was soll man machen? So viel Schlechtes in Kaschmir und so viel Schlechtes hier zur selben Zeit. Welchen Ort gibt es, der guter Ort ist für meine Kinder?«

»Bitte, seien Sie unbesorgt, Manzoor. Bodypiercing gab es zu allen Zeiten. Es ist nur eins von vielen Zeichen jugendlicher Rebellion.«

»Und was würden diese Leute tun, wenn sie Waffen in die Hände bekämen? Es wäre Gleiches in London wie in Kaschmir.« Manzoor redete sich in Rage, mit einer Hand hielt er Ahsan gepackt, mit der anderen Hand zupfte er am Kragen seines Feron herum.

»Sie ist vermutlich ein gelangweiltes reiches Kind, das es getan hat, um seine Eltern zu schockieren und Eindruck bei seinen Freunden zu schinden. Mehr steckt nicht dahinter. Meiner Einschätzung nach bedeutet das nicht zwangsläufig, dass sie demnächst terroristische Aktionen plant. Manzoor, es ist einfach Mode. Momentan lassen sich alle irgendwelche Körperteile piercen, Teenager, die Nachtclubszene, sogar Leute in reiferen Jahren, die es wirklich besser wissen sollten.«

»Wozu gehöre ich, bin ich in diesen reiferen Jahren?«

Ich wusste, das Manzoor 46 war.

»Sie dürften vielleicht eher am unteren Ende der reiferen Jahrgänge sein, auch wenn ich glaube, dass die meisten Männer in den Vierzigern in ihren besten Jahren sind.«

Manzoor ließ sich nicht ablenken.

»Sie sagen, dass Leute von meinem Alter diese Art von Tortur über sich ergehen lassen?«

»Einige, aber bitte glauben Sie mir, sie sind keine Gefahr für die Gesellschaft.« Ich lächelte.

Manzoor murmelte etwas in seinen Bart und hielt Ahsan weiterhin fest umklammert.

»Gehen Sie zur U-Bahn-Station?«, fragte ich in dem Bemühen, das Thema zu wechseln.

»Als Erstes zu Harrods«, erklärte Manzoor in ruhigerem Ton.

»Ich dachte, Sie hätten schon alles geklärt bei Harrods.«

»Das Geschäftliche ist erledigt, aber ich möchte meine Teppiche sehen, wie sie in dem Laden Nummer eins auf ganze Welt ausgelegt sind. Dann, wenn wir Wangnoo-Teppiche bei Harrods gesehen haben, werden wir die U-Bahn zu Ihrem Lilywhish nehmen. Ist das ein guter Ort?«

»Lillywhites? Ja, Sie finden dort sämtliche Sportartikel, die das Herz begehrt.«

Manzoor schüttelte mir die Hand. »Ich warte darauf, Sie wieder in Delhi zu sehen. Ich glaube, es ist besser für uns, dort zu treffen als in all diesem Gedrängel, puh, überfülltes böses London.«

»Also bis nächste Woche, oder vielleicht in Kaschmir?«

Manzoors Antwort war unverbindlich.

Ich winkte ihnen noch nach, als sie die Straße hinunterverschwanden, und malte mir Manzoor aus, wie er in der Teppichabteilung von Harrods stand, zierlich und adrett, seinen Rucksack auf dem Rücken, Ahsans Hand fest in der seinen, und den Anblick seiner Teppiche genoss, die in dem »Laden Nummer eins weltweit« ausgestellt waren.

»Denken Sie dran, Lillywhites ist am Piccadilly Circus, nicht am Oxford Circus«, rief ich ihnen noch nach, als sie um die Ecke nach Knightsbridge hineinbogen, aber sie waren schon außer Hörweite, von der Menge verschluckt.

Tee mit Mr Butt

Es war an der Zeit für mich, nach Delhi zurückzukehren. Ich hatte Ware zu begutachten, die noch nicht bezahlt war, ich musste Artikel über Kaschmir schreiben und für Dokumentarfilme recherchieren, ich hatte bereits mein Ticket besorgt und mich bei meiner Vermieterin dort angekündigt. Aber zunächst hatte ich noch eine Frage auf dem Herzen.

Ich rief meinen besten Freund in Delhi an, um etwas über die aktuelle Lage in Kaschmir zu erfahren. Die kurzen besorgten Meldungen in den großen Tageszeitungen wuchsen sich zu längeren alarmierenden Artikeln aus. Die Spannungen im Tal wurden zunehmend heftiger.

»Wie sieht es aus?«, fragte ich ihn.

»In Kargil gibt es ein paar Probleme«, erwiderte er ruhig.

»Also mehr als gewöhnlich?«

»Nicht wirklich.«

»Glaubst du, man kann gefahrlos dorthin?«, bohrte ich nach.

»Da fragst du den Falschen.«

»Warum?«

»Weil du auf meinen Rat nie hörst. Mein Rat ist derselbe wie immer – flieg nicht nach Kaschmir.«

»So einfach ist das?«

»Genau.«

Am Tag vor meiner Abreise kam ein ausführlicher Bericht über die Ausbreitung des islamischen Fundamentalismus in jüngster Zeit und insbesondere über die Bewegung der Taliban in Afghanistan. Der Beitrag drehte sich hauptsächlich um die Jugendlager der Taliban. Es wurde angenommen,

dass sie ein System zur Ausbildung neuer Rekruten geschaffen hatten, bei dem erfahrene Mitglieder anderer terroristischer Vereinigungen herangezogen wurden: aus der ULFA,
der bedeutendsten separatistischen Vereinigung in Assam
im Nordosten Indiens*, aus den Reihen der Taliban selbst
und aus Zellen der Mudschaheddin in Kaschmir und Pakistan. Ein Korrespondent berichtete aus Kaschmir. Er erzählte
von Kindern, die aus den Dörfern in Pakistan und Kaschmir
verschwunden waren. Während er seinen Bericht sprach,
sah man im Hintergrund eine Gebetsszene in der Moschee.
Es handelte sich um die Hazratbal-Moschee, nicht weit vom
Nagin-See in Srinagar.

Omar, der Sohn von Mr Khan vom Taxiunternehmen Khan,
fuhr mich nach Gatwick. Es hatte über Nacht geschneit –
nur einen guten Zentimeter, aber in den Verkehrsnachrich-
ten wurde von verheerenden Zuständen im ganzen Land
berichtet, da der Straßen- und Schienenverkehr mehr und
mehr zum Erliegen käme.

Omar hatte jedoch volles Vertrauen in seinen acht Jahre
alten Suzuki Swift, und wir schlitterten fröhlich über die
Seitensträßchen im Südwesten Londons. Er ignorierte die
Warnungen im Verkehrsfunk und legte den Soundtrack
eines Hindu-Films in den Kassettenspieler ein. Obwohl er
ein guter Muslim aus Lahore war, war Omar völlig vernarrt
in die hinduistischen Leinwandgötter und konnte seine
zehn Favoriten beiderlei Geschlechts herbeten, ohne auch
nur ein einziges Mal Luft zu holen. Es erfüllte ihn mit tiefem
Glück, dass die drei führenden männlichen Stars ebenfalls

* ULFA = United Liberation Front of Assam, 1979 in Sibsagar gegründet, um mit Waffen-
gewalt ein unabhängiges, sozialistisches Assam durchzusetzen (Anm. d. Übers.)

gute Muslims waren, die alle denselben Familiennamen trugen, nämlich Khan. Omar strahlte schon bei dem bloßen
Gedanken daran. Dank dieser Namensverwandtschaft war
er berühmt. Einer der drei, Shah Rukh Khan, war auch
einer meiner Lieblingsschauspieler. Seine Antworten in In-
terviews waren kultiviert und scharfsinnig, was man nicht
häufig erlebt. Omar war entzückt, von meiner Vorliebe zu
hören, und während die von einer dämpfenden Schneedecke
überzogenen Vororte vorüberglitten, führten wir eine lange
Diskussion über die Leistungen Shah Rukhs in seiner jüngsten Rolle.

Der Film, der international den bislang größten Kassen-
schlager unter den hinduistischen Produktionen darstellte,
war ungewöhnlich gewesen. Statt der üblichen Handlung,
bei der ein Junge ein Mädchen trifft, der Junge das Mädchen verliert und es dann wieder zurückbekommt, jagen
sich in diesem Film der Junge und das Mädchen bei einem
terroristischen Bombenanschlag, einem Selbstmordattentat,
in die Luft.

Der Plot des Films bot mir die Chance, auf mein Lieb-
lingsthema umzuschwenken.

»Wie schätzen Sie die Lage in Kaschmir ein?«, fragte ich
Omar, als wir auf die Auffahrt zur M 25, der inneren Ring-
autobahn um London, zusteuerten.

Er wechselte elegant die Spur, bevor er mir eine Antwort
gab.

»Ich habe keine Meinung dazu.«

»Wie kommt das? Der Rest der Welt scheint eine zu haben.«

»Es ist dieselbe Frage, die all meine Fahrgäste stellen. So-
fern sie irgendwann einmal in Indien oder Pakistan gewesen
sind, scheinen sie zu glauben, dass ich eine großartige Meinung zu dieser Sache habe. Aber dass meine Familie aus

Lahore stammt, bedeutet noch lange nicht, dass ich mir ein festes Urteil gebildet haben muss über eine Region, in der ich noch nie gewesen bin.«

»Eine Menge Leute, die noch nie in Kaschmir waren, haben sehr dezidierte Ansichten zu diesem Thema«, erwiderte ich.

»Ich nicht.«

»Sie haben also wirklich keine Meinung dazu?«

»Nein.«

Er hielt den Blick starr auf den Wagen vor uns gerichtet. Der fuhr langsam, aber Omar machte keine Anstalten, ihn zu überholen. Er war eindeutig mit anderen Dingen beschäftigt. Ich lenkte ihn zurück auf das Thema Film. Er ging zwar auf das Gespräch ein, aber seine Antworten waren einsilbig. Die Unterhaltung verebbte, und ich lauschte einer weiteren bewegenden Version des Titelsongs von dem Film, über den wir zuvor gesprochen hatten.

Wir hielten an einer Ampel auf der Straße nach Crawley. Omar wandte sich zu mir um. Seine Stirn war in steile Falten gelegt.

»Es ist ein Verbrechen, das Ganze ist ein Verbrechen«, platzte er heraus.

»Wie meinen Sie das?«

»Kaschmir gehört zu Pakistan. Es ist unser gutes Recht.« Er schlug mit der Hand aufs Steuer.

»Ich bin mir nicht ganz sicher, was Sie damit sagen wollen, dass es Ihr gutes Recht ist.«

»Die Einwohner von Kaschmir sind Pakistani.«

Die Ampel sprang auf Grün, aber wir bewegten uns nicht einen Meter.

»Ich dachte, Sie hätten keinen festen Standpunkt?«

»Sie haben mich so weit getrieben. Natürlich habe ich einen Standpunkt. Ich bin ein Muslim, ich gehe in die Moschee, ich höre zu, was die Leute sagen. Der Versuch, Muslims in ein hinduistisches Land einzugliedern, ist ein Verbrechen.« Omars sprach mit einer Leidenschaft, die schon fast an Hass grenzte.

»Aber den Meinungsumfragen zufolge hätte die Mehrheit der Kaschmiris lieber Azadi als zu Pakistan zu gehören.«

»Das ist nicht wahr.« Omar schlug mit der Faust gegen die Windschutzscheibe.

Wir standen immer noch an der Ampel.

»Es ist grün.«

»Verzeihen Sie.« Aber er machte keinerlei Anstalten, den Gang einzulegen.

»Nein, Omar, ich muss mich entschuldigen, ich hatte nicht die Absicht, Sie zu einer Aussage über Kaschmir zu drängen. Mich hat es nur interessiert zu hören, was Sie denken.« Es war mir peinlich, so eine heftige Reaktion ausgelöst zu haben – und das um sieben Uhr morgens.

»Was haben Sie bloß alle mit Kaschmir? Kommen Ihre Freunde aus Indien vielleicht zu Ihnen zu Besuch und fragen Sie, was Ihre Regierung unternimmt gegen die schlimme Misere in Irland, für die sie schon seit so langer Zeit verantwortlich ist?«

»Sie haben Recht. Ich weiß, dass meine indischen Freunde mich nicht nach Irland fragen würden«, erwiderte ich.

Im Flugzeug, irgendwo über Istanbul, vor mir ein Tablett mit unansehnlichem Essen, sann ich über Omars Antwort auf meine Frage zu Kaschmir nach und dachte an meinen letzten Aufenthalt dort, 1992.

Kaschmir ist schön, ein fruchtbares Tal, begehrt von sämtlichen Invasoren, die je auf dem Subkontinent eingefal-

Alles spiegelt sich in den Seen

len sind. Morgenländische Platanen am Fuße hoch aufragender Berggipfel. Auf einer Straße, über die sich zu beiden Seiten Weiden neigen, steuert ein Mann seinen Karren mit Walnüssen und steht dabei in seiner Tonga wie ein Wagenlenker, wenn er die Zügel seines winzigen Ponys schnalzen lässt. In den Lustgärten der Mogulen wandeln Pärchen inmitten von Blumen. Und alles wird von den Seen zurückgeworfen, den Spiegeln des Tals.

Die Neustadt von Srinagar ist nicht schön. Das ganze Chaos des modernen indischen Lebens scheint darüber hereingebrochen zu sein. Zudem ist Srinagar eine besetzte Stadt, in der vom Militär häufig Ausgangssperre verhängt und die regelmäßig bombardiert und beschossen wird. Nahezu jedes Gebäude in Srinagar ist mit Einschusslöchern durchsiebt. Keiner kümmert sich darum, Reparaturarbeiten vorzunehmen. Es wäre zwecklos. Und in den Sommermonaten, wenn weder Schnee noch Monsun den Verkehr behindern und die randvoll beladenen Transporter im Tal ein- und ausfahren können, sind seine engen Straßen von diesen unförmigen Monstern verstopft, deren Fahrer sich aus der offenen Führerhaustür beugen, um eine lange Spur von tiefrotem Paan, dem nach dem Essen gekauten Betelblatt, auf die Straße oder auf bedauernswerte Passanten hinunterzuspucken.

Die Lastwagen liefern Coca-Cola-Kästen, Videos und chemische Farben, die sie aus Delhi heraufgebracht haben. Auf dem Rückweg führen sie Teppiche, Schmuckkästchen aus Papiermaché, Ballen von Wollstoffen mit Crewel-Stickereien und Schals mit sich, sowie Kunsthandwerk aus den Warenlagern der Altstadt, wo einst die wohlhabenden hinduistischen Händler aus Kaschmir hinter den hübschen Flügelfenstern ihrer Holzhäuser saßen und von dort ihr Gewerbe betrieben. Nun sind ihre Häuser von den militanten

Extremisten ausgebrannt worden, die Hindus sind fort, und in der Altstadt ist es still geworden. Die Handeltreibenden von heute sind Muslims, und selbst sie sind gezwungen, ihre Waren nach Delhi zu bringen. In Kaschmir ist kein Geschäft mehr zu machen.

Am Vorabend meines Besuchs 1992 bekam ich von meiner Vermieterin in Delhi erklärt, was ich tun und lassen sollte.

»Halten Sie den Blick gesenkt, sobald Sie in Srinagar gelandet sind. Wenn Sie auch nur einen Moment aufschauen, werden sich die Schlepper auf sie stürzen. Augenkontakt ist der erste Schritt bei einem Verkauf. Halten Sie den Kopf gebeugt und nehmen Sie sich ein Taxi direkt zum Nagin-See. Hören Sie gar nicht erst hin, was sie erzählen. Das sind alles Lügner. Die wollen sie nur in die Falle locken. Und noch eine wichtige Sache, die Sie im Hinterkopf haben sollten. Seit der Ärger wieder begonnen hat, ist der Wert des Geldes rapide gesunken, und die Leute sind jetzt zum Äußersten entschlossen.«

Der »Ärger« hatte im Januar 1990 begonnen, als im Stadtgebiet von Srinagar bis an die Zähne bewaffnete islamische Fundamentalisten die Macht übernommen hatten. Daraufhin waren die Armee und die Polizei in Kaschmir mit außergewöhnlichen Befugnissen zur Durchsuchung und Festnahme ausgestattet worden. Ein Teufelskreis aus Vergeltung und Rache war in Gang gekommen.

Jetzt, 1992, war der Flughafen nahezu leer. Es war Mitte April und für die einheimischen Teppichverkäufer, Papiermachéhersteller, Schmuck- und Schalhändler, Zedernholzschnitzer und Hausbootbesitzer hätte die Saison eigentlich auf Hochtouren laufen müssen. In glücklicheren Jahren waren jährlich über eine halbe Million indische Touristen ins Tal gekommen, vorwiegend Pärchen in den Flitterwochen, sowie etwa 60 000 ausländische Besucher. Doch nun hatten sogar die Rucksacktouristen, die normalerweise die unerschrockensten Reisenden waren, auf die Warnungen ihrer jeweiligen Außenministerien und ihrer Botschaften gehört und waren ausgeblieben. Die Händler hatten Angst. Das Geschäft war noch nie zuvor so schlecht gewesen. Und doch gab sich mein Taxifahrer alle Mühe, mir das schmackhaft zu machen, was Kaschmir zu bieten hatte.

»Ich denke, dass Sie schönste Hausboote sehen wollen. Ich fahre Sie zu dem besten Super-Luxus-Boot von ganzem Dal-See. Sie werden es nicht glauben.« Er lächelte.

»Ich möchte bitte zum Nagin-See, zum Landesteg am Ende der Straße, die durch den Obstgarten mit den Apfelbäumen führt, gleich neben dem alten chinesischen Drogisten«, erwiderte ich.

»Waren Sie schon einmal in Kaschmir?«

»Ja, ich bin schon mehrmals hier gewesen.«

»Dann Sie kennen vielleicht einige unserer schönsten Flecken schon, aber ich kann Ihnen Plätze zeigen, die kaum jemand kennt.«

»Das ist sehr liebenswürdig von Ihnen, aber ich habe Freunde, die sich meiner annehmen, danke.«

»Wo ist Ihr Mann?« Er beugte sich über den Vordersitz, um mich näher zu betrachten.

»Er arbeitet in Delhi und wird in einigen Tagen nachkommen.« Ich hatte mir einen Ehering zugelegt, um langen Erklärungen vorzubeugen.

»Dann werden erste paar Tage die beste Zeit für Sie sein, um hier in Kaschmir einzukaufen. Mein Bruder hat die wichtigsten Warenhäuser in Kaschmir. Sie werden sein begeistert über seine Artikel. Ich werde Sie dorthin fahren.«

»Vielen Dank, aber ich bin diesmal nicht zum Einkaufen hergekommen.«

»Das ist nicht Einkaufen, nur schauen, nur Tee trinken mit mir und meinem Bruder. Nur kaufen, wenn Sie es wünschen.« Er ließ den Motor an.

Es folgten 15 Meilen lang Einkaufstipps, die ganze Fahrt zum Nagin-See über.

»Ich finde, dass Sie mit mir und meiner Familie zu Kaschmir-Fest kommen müssen. Sie kennen diesen Ort und werden Gefallen an Fest haben.«

Ich blieb stumm.

»Mein Cousin ist ein sehr respektierter und auch respektvoller Führer. Er wird Sie auf eine Trekkingtour nach Amarnath mitnehmen, damit Sie Shiva Lingam sehen können. Sie werden sehen, dass das größte Erfüllung Ihres Lebens ist. Ich weiß, dass das Wahrheit ist.«

Die Reise nach Amarnath ist für den frommen Hindu eine der bedeutendsten Pilgerfahrten. Jedes Jahr klettern Tausende Gläubige über die Berge, um eine geweihte phallusartige Eissäule zu sehen, das Symbol für Shiva, den hinduistischen Gott der Zerstörung, der in der kalten dunklen Höhle seiner Gemahlin Parvati sitzt, dem riesigen, nährenden Schoß des Universums.

»Ich denke, dass eine gewöhnliche Trekkingtour nicht genug ist für so eine gute Dame. Ich werde sicherstellen, dass mein angesehener Cousin Sie nach Amarnath führt wie ein wahrer Heiliger. Keine Busreise, sondern die ganze Strecke von Srinagar nach Phalgam zu Fuß. Dann zu wunderschönster Lichtung von Chandanwadi.« Ohne auch nur ein einziges Mal zu stocken, spulte er die Stationen herunter.

Ich kannte selbst jeden Schritt, denn ich war dort drei Jahre zuvor gewesen. Und war zu der herrlichen Lichtung von Chandanwadi hinaufgeklettert, vorbei an den stark frequentierten Teeständen, die einen hübschen Umsatz machten, hinauf zum Shesh Nag, dem Gletschersee, der im Sommer die Farbe der Augen Neugeborener annimmt. Shesh bedeutet See, Nag ist eine tausendköpfige Schlange; diese hier trägt den Namen Janakrani und haust der Überlieferung zufolge im See, ein prachtvolles Ungeheuer, das Jagd macht auf alle, die sich zu dicht an die Wasser vor seiner Grotte heranwagen.

Am Shesh Nag hatte ich am Seeufer gezeltet, bezaubert von der Farbe des Wassers und hoffnungslos übermüdet, da ich die zwei Nächte davor von einem Pärchen aus Manchester wach gehalten worden war, die es darauf angelegt hatten, den lautesten Campingplatz-Sex aller Zeiten zu praktizieren. Die ganze Nacht am See waren andere Pilger an mein Zelt gekommen und hatten versucht, mich zum Umziehen an einen anderen Platz zu bewegen. Ich empfand ihre Fürsorge als leichte Form sexueller Belästigung. Doch sie handelten natürlich rein aus der Befürchtung heraus, Janakrani könnte sich aus den Tiefen des Sees auf mich stürzen.

Am nächsten Tag war ich weitergewandert, vorbei an der Hinweistafel auf dem Weg zum Mahagunis-Pass hinauf: »Nur noch ein Katzensprung – und Sie sind am Gipfel.« Der Pfad war dicht bevölkert von hechelnden Pilgern, die eher die Trottoirs in Delhi als die Steigungen in den Hochlagen des Himalaya gewohnt waren. Sie hatten die Hinweistafel gar nicht lustig oder motivierend gefunden. Es war um Sawan herum, den Vollmondtag im August, Höhepunkt der Pilgerwanderungen nach Amarnath. Um die 20 000 Pilger schoben sich über einen einzigen Weg zu der großen Eissäule, dem Lingam, hinauf: eine dicke Schlange von Menschen, die von überall her zum Eingang der Höhle strömten, wo die besonders Eifrigen sich in den eiskalten, schmutzigen Wassern des vom Schnee gespeisten Amrivati-Stroms wuschen; einige von ihnen kratzten Vibuti, heiligen Staub, von den Wänden der Höhle, um sich damit zu bestreuen, bevor sie zur Verehrung des Lingam schritten. Ihr dezidiertes Vorgehen erstaunte die Ausländer, die sich der Pilgerwanderung angeschlossen hatten. Fett, alt, krank, schwach und nüchtern besehen verrückt waren die indischen Pilger alle auf die Höhle zugestürmt, während die Fremden verwirrt am Rande herumstanden. Und die ganze Zeit über hatte, genau wie jedes Jahr, ein Haufen Polizisten die Pilger mit Lathis, also Knüppeln, und Stimmgewalt in Schach gehalten. Es war weder eine leichte noch eine beschauliche Tour gewesen.

Mein Taxifahrer beendete seine Wegbeschreibung mit einer ausgedehnten Lobeshymne auf die verborgenen Kräfte des Shiva Lingam.

»Aber Sie sind doch Muslim. Warum ermuntern Sie mich, an einer hinduistischen Pilgerfahrt teilzunehmen?«, wollte ich wissen.

Er brachte das Taxi zum Stehen, wandte sich um und sah mir direkt in die Augen.

»Wenn Sie diese Pilgerwanderung machen, wird sich Ihr Leben ändern. Schauen Sie, ich bin aufgeschlossener Mensch, alle Muslims in Kaschmir, die aufgeschlossene Menschen, akzeptieren alle Dinge und alle Leuten. Ich werde Ihnen den besten Preis von allen machen, keiner wird Ihnen so guten Preis machen.«

»Ich bin bereits nach Armanath gepilgert. Es war wunderbar, aber mein Leben hat es nicht verändert.«

Er war in keinster Weise entmutigt.

»Perfekt, dann müssen Sie ganz entschieden noch einmal gehen dorthin und sich bei dieser Gelegenheit um große Wende bemühen.«

Wir kamen am See an, als der Verkaufssermon gerade seinen Höhepunkt erreichte. Mr Butt, Hausbootbesitzer auf dem Nagin-See, den ich bei früheren Aufenthalten kennen und schätzen gelernt hatte, erschien zu meiner Rettung und riss schwungvoll die Taxitür auf.

»Herzlich willkommen, meine Liebe. Wie schnell das Jahr vergangen ist. Aber das Wichtigste ist, dass Sie wieder hier bei uns sind.«

Mr Butt war in erster Linie Kaschmiri. Sein Glaube an den Islam stand erst an zweiter Stelle. Er schwankte weder zwischen zwei Welten, noch äußerte er sich in streitbaren Phrasen. Für dortige Verhältnisse war Mr Butt ein wandelnder Widerspruch – ein entspannter Muslim. Er trug den Feron, aber sein Haupt war unbedeckt, und er war glatt rasiert. Seine Körperhaltung war genauso unverkrampft wie seine Ansichten. Nachdem er die Disziplinen Fasten und tiefe Verneigungen in Richtung Mekka aus seinem Tagesablauf gestrichen hatte, war er kräftig aus dem Leim gegangen, und er füllte seinen Feron an allen Stellen gut aus. Sein Lächeln war überschwänglich, und – was ungewöhnlich für einen dort lebenden Kaschmiri ist – er konnte mit einer ebenmäßigen Reihe weißer Zähne aufwarten.

Mr Butt half mir aus dem Taxi heraus, während der Fahrer nicht abließ, die Vorzüge eines zweiten Ausflugs nach Amarnath zu preisen. Mr Butt knallte die Tür zu und sagte ihm, er solle zusehen, dass er fortkäme. Dann ging er zu seinem Boot voran, *Princess Grace*, und er ließ mein Gepäck vertrauensvoll am Straßenrand zurück. Ich zog die Brauen hoch.

»Wer würde Gast von Mr Butt etwas stehlen? Sie müssen doch wissen, wie viel mein guter Name hier ist wert. Was denken Sie denn, was passiert?«

Der Nachmittag war fast vorüber, als Mr Butt mich auf

das Hausboot führte. Als wir auf dem wie eine Veranda überdachten Vorderdeck standen, rief der Muezzin die Gläubigen zum Gebet, und seine Stimme schnellte über das Wasser wie ein hüpfender Kieselstein.

Mr Butt vergrub die Hände tief in den Taschen seines Feron.

»Sehen Sie, ich würde zum Gebet gehen, aber ich bin so ein viel beschäftigter Mann. Ich habe keine Zeit für all diese Dinge.« Er ließ sich tief in einen der gepolsterten Stühle sinken.

»*Princess Grace*, was für ein Boot«, seufzte er. »Wo führt das hin, wenn wir ständig zum Beten laufen? Wenn ich wäre jetzt zur Hazratbal-Moschee gegangen, wer wäre dann hier gewesen, um meine gute alte Freundin in Empfang zu nehmen, die nach ganzem Jahr, das sie fort war, wieder zu uns zurückkehrt?«

Ich erwiderte nichts. Während er sprach, wurde es langsam dämmrig, und allein die morgenländischen Platanen warfen noch ihre langen, fahlen Schatten bis an den Rand des Sees. Ein weißer Storch krümmte seinen Hals zu einer Schlaufe über dem Rücken, bevor er durch die Spitze eines Schattens auf dem Wasser tauchte, auf der Jagd nach irgendetwas unter der Oberfläche. Im Stadtkern, in der Altstadt, waren die engen Gassen zerstört, und es herrschte eine gespannte Atmosphäre; sie wurden von indischen Armeesoldaten hinter Sandsäcken durch das Visier ihrer Gewehre hindurch überwacht. Ständiger Lärm erfüllte die Stadt. Auf dem Vorderdeck der *Princess Grace* wurde die Stille dagegen nur ab und zu vom Ruf des Muezzin und dem Platschen des Storches durchbrochen.

»Wird meine Freundin europäische oder indische Kost wählen? Aber wie unhöflich ich bin. Als Erstes ist es äußerst wichtig, dass Sie mitkommen, um alle Räume Ihres neuen

Zuhauses anzuschauen. Letztes Mal haben Sie auf der *Princess Diana* gewohnt, stimmt's?«

Er hatte Recht. Das Jahr zuvor hatte mir Mr Butt das Hochzeitszimmer auf der *Princess Diana* gegeben. Nun wies er mir den Weg ins Innere der *Princess Grace*. Von ihrem Wohnzimmer aus ging es in ein Esszimmer, ein Schlafzimmer, ein Bad, ein weiteres Schlafzimmer, in noch eines und hinten hinaus auf ein privates Deck – die Räume waren allesamt eine seltsame Mischung aus vollendetem viktorianischem Plüsch und modernem Kitsch. Bisweilen war die Wirkung bezaubernd, dann wieder bizarr, hier und da gab es einen wahren Tribut an die Geschmacklosigkeit – auf dem Kaminsims im Wohnzimmer stand zwischen einer edlen Kristallvase und einer Papiermachéschachtel mit dem Bild einer Jagdszene eine Barbiepuppe mit Kilt und weißer Rüschenbluse, deren Haar auf der einen Seite schon etwas schütter war. Von der Mitte des Bootes aus führte eine Treppe auf ein Flachdach hinauf, das sich über die ganze Länge des Bootes erstreckte und mit einer niedrigen geschnitzten Balustrade umgeben war, um spärlich bekleidete Sonnenanbeter gegen die Blicke der vorüberfahrenden Händler auf dem Wasser unten abzuschirmen.

Mr Butt war entzückt, dass ich mich für die indische Küche entschieden hatte, und, was noch bedeutender war, die kaschmirische. An einem Ende des Esszimmertischs wurde ein Platz gedeckt, und das Abendessen wurde von der Familien-Dunga herübergebracht, dem dunkleren, einfacheren Boot mit einem Kamin über der Küche, der den ganzen Tag auf der Rückseite der *Princess Grace* vor sich hinrauchte. Mit dem Essen kam auch Mr Butt. Er kommandierte seinen Diener herum, wies ihn an, die Speisen zurechtzurücken, bis sie fächerförmig um meinen Platz herumstanden, und dann machte er es sich in einem Lehnstuhl bequem, von dem aus er meinen Teller im Blick hatte, und ließ mich nicht aus den Augen, während ich mich aus dem reichhaltigen Angebot bediente. Als ich mir fertig aufgetan hatte, erhob er sich.

»Meine Liebe, das ist nicht genug Essen. Nein, nein, das ist überhaupt nicht gut. Meine Frau und meine Töchter haben den ganzen Tag gekocht. Dies Essen ist unser Essen, das Essen, das meine Familie isst. Sie müssen sich mehr nehmen.« Er beugte sich herüber und nahm erneut die Deckel von den Schüsseln ab. »Kommen Sie, noch ein bisschen mehr.«

Ein Ritual war etabliert. Jeden Abend, wenn ich heimkehrte, nachdem ich tagsüber in der Stadt oder in den Dörfern draußen für meine Geschichten recherchiert hatte, schickte Mr Butt kaschmirischen Kawa-Tee zu mir auf das Dach des Bootes, wo ich stets hinaufging, um den Sonnenuntergang anzuschauen. Wenn das Abendessen serviert wurde, erschien er auf der Bildfläche und setzte sich zu mir. Er lehnte sich erst entspannt zurück, wenn ich meinen Teller zu seiner Zufriedenheit voll gehäuft hatte. Um dieser abendlichen Speisenattacke Herr zu werden, hungerte ich den ganzen Tag und fing sogar an zu joggen, immer den Uferstreifen rauf und runter. Mr Butt war entsetzt.

»Was ist dieses Gerenne?«, fragte er, als er mich das erste Mal erwischte, mit rotem Kopf und schwitzend, auf meinem Rückweg zum Boot.

»Ich versuche, mir all Ihr fantastisches Essen wieder herunterzulaufen«, erwiderte ich.

»Was für eine Verschwendung, wozu dient denn die ganze Kocherei, wenn Sie durch das Laufen wieder abnehmen? Für mich ist es Höchstes, wenn mein Bootstaxi, die Shikara, bei Ihrer Abreise tiefer im Wasser liegt als bei Ihrer Ankunft.« Und seine Besorgnis war so groß, dass er anfing, am frühen Morgen Patrouille zu gehen, und so versuchte, mich von meinen Bemühungen abzubringen, Kaschmir-Hühnchen und gebratene Lotuswurzeln abzutrainieren.

Während meines ersten Aufenthaltes im Jahr davor, 1991, war Mr Butt ein wirklich viel beschäftigter Mann gewesen. Trotz der Spannungen in Kaschmir waren nach wie vor Touristen in der Region gewesen, und es hatten neben mir noch weitere Gäste auf Mr Butts Booten logiert. Ein Jahr später hatte ich Mr Butt ganz für mich allein, und während unserer Gespräche erfuhr ich genauer, was in Kaschmir vor sich ging.

»Wissen Sie, das ist eine schlimme Zeit für uns Kaschmiris.«

Ich nickte, über meine zweite oder vielleicht auch schon dritte Portion Kaschmir-Huhn mit Cashewnüssen gebeugt.

»Meine Tochter muss bald verheiratet werden. Wie soll ich einen Mann für sie finden? Wir machen kein Geschäft mehr. Man erzählt mir, dass die zuständigen Leuten in Ihren Außenministerien und die Leuten in den Reisebüros den Touristen sagen, dass es höchst gefährlich sei, in diese Region hier zu fahren, und dass sie sterben würden, wenn sie nach Kaschmir kommen. Stimmt das?«

»Ich fürchte, ja«, nuschelte ich zwischen zwei Bissen. Ich versuchte zu erklären, dass das Außenministerium eine gewisse Verantwortung gegenüber den Touristen trüge und dass es einschreiten müsste, falls diesen irgendetwas zustieße.

»Aber sehen sie denn nicht, dass sie uns aushungern, wenn sie die Touristen davon abhalten zu kommen?«

Eine voll gehäufte Gabel am Mund hielt ich inne. Mr Butt hatte sein rundliches Kinn nachdenklich in die Hände gestützt.

»Aber den Touristen droht keine Gefahr. Im vergangenen Jahr sind 300 Kinder aus Kaschmir verschwunden. Kein Mensch hat Ahnung, wo sie gegangen sind. Die Mütter in

Veranden an der Vorderseite der Hausboote auf dem Nagin-See

Kaschmir weinen, und niemand nimmt auch nur geringste Notiz davon. Aber kein Tourist, kein einziger Tourist ist angerührt worden. Stimmt das etwa nicht?«

Es stimmte. Im Jahr 1991 waren 300 Kinder spurlos verschwunden, aber es war keinem Touristen auch nur ein Haar gekrümmt worden.

Bei meinen früheren Aufenthalten hatte ich die abwechslungsreiche Gesellschaft anderer Reisender zum Reden gehabt. Nun war ich Tag und Nacht allein, meine Abende verbrachte ich in den leeren Räumen der *Princess Grace*, tagsüber kreuzte ich auf dem ruhigen Wasser des Nagin-Sees oder fuhr über die verschlafenen Dörfer draußen vor der Stadt – mit einem Fahrrad, das Mr Butt stolz zum Vorschein gezaubert hatte, scheinbar aus den tiefen Falten seines üppigen Feron heraus. Ich begann mich nach der Gesellschaft von Frauen zu sehnen, nach ihrem unbesorgten Geplauder, nach ihren täglichen kleinen Ritualen, um das Schweigen um mich herum zu vertreiben. Aber wenn ich Mr Butt erzählt hätte, dass ich einfach nur bei seiner Frau und seinen Töchtern sitzen und sie um mich herum hören wollte, wäre er irritiert, ja sogar gekränkt gewesen. Warum sollte ich meine Zeit damit verbringen wollen, bei seinen Frauen zu sitzen, einfach nur, um Gesellschaft zu haben?

Eines Nachmittags fuhr Mr Butt in die Stadt. Ich hatte die Miete für zwei Wochen im Voraus bezahlt und hatte ihm das Geld an jenem Morgen gegeben. Es gab einige Dinge für Mr Butt zu erledigen mit seinem frisch aufgestockten Sparbuch und einige Leute, die er aufsuchen wollte. So würde er wohl eine Weile fort sein.

Mr Butt lebte mit seiner Familie auf der kleineren Dunga

nebenan. Seine Frau und seine zwei Töchter kannten mich. Als ich das letzte Mal da gewesen war, hatte ich mit ihnen zusammen Id-uh-Fitr gefeiert, das muslimische Freudenfest zum Ende des Fastenmonats Ramadan, und ich hatte mir mit ihnen das Shikara geteilt, wenn wir gemeinsam in die Stadt zum Einkaufsbummel fuhren. Aber immer war Mr Butt mit von der Partie gewesen, und seine Frau und die Töchter hatten nicht viel gesprochen.

Nun winkte mich Mrs Butt herein, als ich an der Tür der Dunga stand, unsicher, ob ich eintreten sollte, ohne dass man mich dazu aufgefordert hatte. Als sie sich erhob und die Hände hinter dem Rücken verschränkte, war nicht zu übersehen, dass sie durch ihre eigene gute Kost im Laufe der Jahre ziemlich füllig geworden war. Sie trug einen Shalwar Kameez, eine Hose mit Tunnelzug, und darüber ein langes formloses Überkleid aus dickem, festem Wollstoff, das die Kälte abhalten sollte. Ihr Haar war unter einem lila geblümten Kopftuch verborgen und zu einem langen Zopf zurückgebunden. Sie wirkte, als sei sie schon immer da gewesen, als hätte sie von jeher an dem vom Feuer geschwärzten Herd auf der Dunga der Familie Butt gestanden. Sie wirkte so gefestigt, so solide, sah so sehr nach einer Frau in mittleren Jahren aus, doch in Wirklichkeit war sie erst Anfang dreißig.

Ihre ältere Tochter, Lila, war eine bildhübsche 16-Jährige. Ihr Spitzname war Mondkind, weil ihre Haut so wunderbar bleich war, sie erfüllte sämtliche Schönheitsanforderungen der Kaschmiris – hellbraunes Haar, blasser Teint und rauchblaue Augen. Ihr einziger Makel in ihren Augen war, dass sie so dünn war, trotz ihres ständigen Wolfshungers.

Aban, ihre jüngere Schwester, war kein hübsches Mädchen. Sie hatte das runde Gesicht und die braunen Augen ihres Vaters geerbt und die üblichen Farben des Tales. An der Art, wie sie behandelt wurde, war mehr als deutlich zu erkennen, dass Aban als die Arbeiterin, der Packesel angesehen wurde, während Lila der Stolz der Familie war – auch wenn Aban eine sanfte Liebenswürdigkeit ausstrahlte, die Lila abzugehen schien. Aban war diejenige, die mit dem Bediensteten in die Stadt geschickt wurde, um sich für Lebensmittel anzustellen. Aban und ihre Mutter waren es, die ich am Tag zuvor im kalten See hatte stehen sehen, die Hosenbeine der Züchtigkeit halber nur bis zum Knie hochgekrempelt, obwohl ihnen das Wasser bis zu den Oberschenkeln reichte. Die Überkleider ihrer Shalwar Kameez waren um sie herumgetrieben, aufgeplustert wie Taubenbrüste, da die Luft sich zwischen dem Wasser und ihren warmen Körpern fing. Sie hatten grünen Schleim von den geteerten Seitenwänden des Hausbootes heruntergekratzt, und ihre bloßen Hände waren dabei wieder und wieder in das kalte Wasser eingetaucht. Lila hatte man nicht zum Schleimabkratzen abgestellt.

War Aban auch nach dem Urteil ihrer Umwelt eher gewöhnlich, so fand ich ihre Augen doch vielleicht die schönsten, die ich je gesehen hatte. Als ich die Dunga betrat, blickte sie auf, und das Licht, das hinter mir durch den Eingang fiel, schien aus ihren Augen zurückzustrahlen, als leuchteten sie von innen heraus. Mr Butt hatte einmal im Scherz zu mir gesagt, wenn er einen Mann für Lila fände, müsse er Aban auch mitschicken, als Ayah, also als Dienstmädchen. Ich hoffte, dass eines Tages ein Mann kommen würde, der die Schönheit in Abans Augen wahrnähme und sich davon genauso bezaubern ließe wie ich, bevor der natürliche Liebreiz ihres Wesens von Enttäuschung zerfressen wäre.

Mrs Butt winkte Aban weiter in das dunkle Innere der Dunga hinein, um für mich neben der Tür, wo es hell war,

Platz zu schaffen. Die Luft auf dem Boot war geschwängert von Essensdünsten. Dann brach Lila das Schweigen.

»Wir freuen uns, dass Sie hier bei uns sind.«

Mrs Butt und Aban lächelten.

Ich bat Lila, mir zu erklären, was sie gerade kochten und wie sie es genau machten. Sie zählte mir rasch die Zutaten auf und erklärte mir die Zubereitung. Die Leute in Kaschmir essen viel Fleisch, wie die meisten Bergvölker, und sie sehen das Fleischkochen als etwas Heiliges an. Mr Butt hatte mir tagelang Vorhaltungen gemacht, nachdem ich einmal das auf rituelle Art dargebotene Gayka Gosht Karai zurückgewiesen hatte, Rindfleisch, das bei großer Hitze kurz angebraten wird und dann in seinem eigenen Saft in einer Pfanne zusammen mit Zwiebeln und Gemüse vor sich hinköchelt – eine Methode, die mittlerweile in Bradford, Birmingham, Southall und Sydney unter baltistanischer Küche läuft. Meine Ablehnung war ein eindeutiges Zeichen dafür, dass ich zu lange Zeit bei diesen komischen Hindus da in Delhi verbracht hatte, bei den »Kuhanbetern«, wie er sie nannte.

In dem schummrigen Licht der Dunga hielt mir Lila ein kleines Schälchen unter die Nase.

»Unser Vater hat mir erzählt, dass Sie unser Haus verlassen werden«, sagte sie.

»Ja, übermorgen reise ich ab.«

»Also noch nicht nächste Tag?«, hakte sie nach.

Ich musste kurz überlegen.

»Nein, es ist nicht der Tag nach heute. Noch einen Tag später.« Ich versuchte es zu erklären. Es ist schwierig, die Bezeichnungen für die einzelnen Tage auseinander zu halten, wenn man aus einer Sprache übersetzt, in der ein und dasselbe Wort für gestern und morgen benutzt wird, und auch nur ein Wort für übermorgen und vorgestern.

»Das ist gut«, lächelte sie. »Nächste Tag ist Geburtstag von Lila. An diesem Tag machen wir besonderes Essen. Sie müssen kommen, diese Essen zu probieren. Für Lila bitte ich Sie.«

Die Art und Weise, wie sie von sich selbst in der dritten Person sprach, war so entzückend, dass ich die Einladung annahm.

»Wir machen Kabuli Pulāv, afghanischen Reis, der langsam mit dicken Rosinen aus Meymaneh und Datteln aus Kabul gegart wird, und Kaschmiri Kapureh.«

Sie lächelte und schob das kleine Schälchen, das sie mir unter die Nase gehalten hatte, noch ein Stück näher. Darin befanden sich Lammhoden.

Lila und Aban kicherten. Mrs Butt verzog keine Miene. Obwohl sie allem Anschein nach kein Englisch sprach, hatte sie begriffen, dass Lila sich einen Spaß mit mir erlaubte. Sie hielt mir eine weitere Speise hin.

»Kajur«, sagte sie mir vor.

Es war eine Schale mit Datteln, ein Luxus so lange vor der herbstlichen Dattelernte. Ich nahm mir eine. Lila griff ebenfalls zu und sprach dann mit vollem Mund weiter.

»Jetzt nicht so viel Kajur, damit bester Geschmack von meinem Pulāv. Pitājī, mein Vater, wird nicht so erfreut sein darüber. Kommen, wir machen alle Pakoras und dann Dudh Chai.«

Dudh Chai ist Tee mit Milch, eine klebrige trübe Brühe aus ein paar Teeblättern, jeder Menge gesüßtem Milchpulver und obendrein noch Zucker: Lila hatte eine Schwäche für Süßes.

Als wir uns gemeinsam ans Kochen machten, wurde Aban dazu abkommandiert, das Gemüse für die Pakoras zu putzen und klein zu schneiden. Ich durfte das Mehl und die Gewürze für den Frittierteig vermischen, allerdings erst, nachdem Lila meine Handflächen und Handrücken einer gründlichen Inspektion unterzogen hatte, um sich zu vergewissern, dass ihr auch kein Schmutzrest auf meiner blassen Farangi-Haut, der Haut einer Ausländerin, verborgen blieb. Der Boy wurde beauftragt, Dudh Chai zu bereiten, der auf einem kleinen Kerosinöfchen im hinteren Teil des Bootes aufgebrüht wurde. In die Küche selbst durfte er nicht herein, er erhielt seine Anweisungen hinter einem dicken Vorhang, der den rückwärtigen Teil des Raumes abtrennte.

Lila beobachtete mich aufmerksam, als ich Garam Masala, die gängige indische Gewürzmischung, unter das Mehl gab. Sie hielt mich zurück, als ich mich anschickte, Kreuzkümmel darüber zu streuen.

»Nein, zu viel davon. Hier, sehen Sie.«

Sie nahm mir das Gewürz aus der Hand, halbierte das Ganze geschickt und warf den überschüssigen Kreuzkümmel hinter den Vorhang, wo der Chai aufgebrüht wurde. Mrs Butt seufzte. Lila achtete gar nicht darauf und vermischte das Mehl locker mit den Fingern, gab schwungvoll einen großen Löffel Ghee, eine Art Butterschmalz, aus einer Büchse in die Mischung, zerrieb es zwischen den Händen zu Flöckchen und klopfte die Masse mit den Handflächen glatt. Dann nickte sie ihrer Mutter zu, die Wasser daraufgoss, bis Lilas Finger das Ganze zu einem geschmeidigen Teig verarbeitet hatten. Am Ende der Prozedur strich sie sich mit der teigfreien Rückseite des Handgelenks eine Haarsträhne aus dem Gesicht und hinterließ einen Mehlfleck auf ihrer Wange. Mrs Butt und Aban bemerkten ihn im selben Moment und fingen an zu lachen. Lila versuchte ihn wegzuwischen, fügte aber nur noch einen Teigfahrer hinzu. Aban lachte verhalten, mit gesenktem Kopf, und Mrs Butt biss sich auf den Handrücken und schüttelte sich ohne einen Laut. Einen Moment lang rang Lila um ihre Würde, die Zähne fest aufeinander gepresst. Dann prustete sie ebenfalls los.

»Mr Butt hat mir von all den Kindern erzählt, die verschwunden sind. Haben Sie irgendwelche Neuigkeiten von ihnen?«

Lila hörte schlagartig auf zu lachen. Ich hatte einen kleinen Augenblick des Glücks zerstört.

»Was ist das?« Sie sah mich an und beugte sich näher zu mir herüber.

»Ihr Vater hat mir erzählt, dass jedes Jahr Hunderte von Kindern verschwinden und man nichts mehr von ihnen hört und auch nichts unternommen wird. Ich habe in einigen Dörfern nachgefragt.«

Lila zuckte die Achseln.

»Ich habe gehört, dass die Mudschaheddin Mittelsmänner über die von Pakistan besetzten Teile Kaschmirs und Afghanistans hereinschleusen, die die Kinder in Trainingslager oben im Pamir und im Karakorum fortbringen.«

Lila machte mir ein Zeichen, dass ich langsamer reden solle. Ich begann noch einmal von vorne, diesmal mit einfacheren Worten.

»Lager, was ist dies, Lager?« Sie packte meinen Arm und grub mir die Finger ins Fleisch.

»Sie müssen doch gehört haben, dass die Leute davon erzählen«, sagte ich.

»Was ist Lager?«, wiederholte sie.

»Einige der Leute, mit denen ich gesprochen habe, sagen, dass sie ihre Informationen von Spezialagenten der Border Security Force der indischen Armee* beziehen, die versuchen, ihnen Angst einzujagen, damit sie Informationen herausrücken. Die Agenten haben ihnen von diesen Lagern in

---

* Paramilitärische Grenzschutztruppe (Anm. d. Übers.)

den Bergen berichtet, wo die Kinder ausgebildet und dann als Teil terroristischer Einheiten ins Tal zurückgeschickt werden, um Informationen einzuholen, zu kämpfen, Waffen zu schmuggeln und all das, worauf die Mudschaheddin sonst noch aus sind.«

Während ich sprach und meiner Entrüstung freien Lauf ließ, zog Lila mich hoch und durch den Vorhang hinaus auf den hinteren Teil des Bootes.

»Nicht reden«, sagte sie, und dann schob sie mich zurück in die Dunga und nahm einen der vielen Töpfe, die an der Bootswand hingen. »Um Pakoras zu machen.«

Ich stellte keine weiteren Fragen mehr. Lila begleitete ihr weiteres Vorgehen mit Erklärungen. Aban tauchte Kartoffelschnitze und Blumenkohl rasch in den von Lila zubereiteten Frittierteig und ließ das Ganze dann in den Topf mit Öl gleiten, als es auf dem Ofen zu qualmen anfing. Mrs Butt blieb, wo sie war, putzte weiter Gemüse und bereitete die Lammhoden vor. Als der Geruch von Gewürzen vom Topfboden aufstieg und die Dunga erfüllte, steckte der Bedienstete seinen Kopf durch den Vorhang und schwenkte einen verbeulten Aluminiumkessel in Abans Richtung. Sie nahm ihn entgegen und schöpfte ein paar Pakoras aus dem Topf, die sie rasch in seine Hand fallen ließ, bevor sie sich selbst die Finger daran verbrannte. Er pustete und warf sie von einer Hand in die andere. Aban dankte ihm nicht für den Chai, und er verlor keine Silbe über die Pakoras. Es war ein reiner Austausch.

Als Nächstes goss Aban vier Tassen Tee ein, während Lila die restlichen Pakoras aus dem Topf fischte, indem sie sie mit ihren langen Nägeln packte und sie auf einem Teller vor sich aufhäufte. Dann saßen wir schweigend da und aßen.

Ich verließ die Dunga, sobald ich aufgegessen hatte, und dankte allen für ihre Gastfreundschaft. Aban lächelte, aber

Mrs Butts Miene war weiterhin wie versteinert, ihr Blick starr. Ich hatte sie vor den Kopf gestoßen. Als ich beim Hinausgehen an ihr vorüberkam, erhob sie sich.

»Es ist uns größtes Vergnügen«, sagte sie.

Mir war nicht klar gewesen, dass sie überhaupt Englisch sprach.

Lila folgte mir über die schmale Planke, die die Dunga mit der *Princess Grace* verband. Dann deutete sie aufs Bootsdach, kletterte hinter mir hinauf und kauerte sich an die seitliche Balustrade. Sie blickte zur Stadt hinüber.

»Pitājī kommen noch nicht. Zeit zu sprechen. Mauserā Bhāi ist eines von Kinder, die uns weggenommen worden sind. Sehr guter Junge. Mātājī, meine Mutter, weint ganze Zeit, wenn wir über diese Sache sprechen.« Mit Mauserā Bhāi meinte sie den Sohn ihrer Tante mütterlicherseits.

»Es tut mir leid. Ich habe nicht begriffen, dass Ihre Mutter Englisch spricht oder verstanden hat, was ich gesagt habe«, versuchte ich zu erklären.

»Das ist nicht so schlimme Sache. Sie wissen nicht über diese Dinge.« Ihre Miene war ernst.

»Wie lange ist das schon her, dass der Sohn Ihrer Tante entführt wurde?«

»Er war erst kleiner Junge, vielleicht fünf Jahre, am Dorfbrunnen mit meiner Tante. Er ist viel geliebter Junge, der einzige Sohn von meiner Tante. Männer kommen durch Dorf und nehmen ihn sehr schnell und werfen ihn hinten in Jeep. Dann fahren über Grenze. Inshallah, wenn er noch lebt, ist er bald nahe seinem achten Geburtstag.«

»Hat irgendjemand etwas gehört, seit er entführt wurde?«, fragte ich.

»Einige Leuten glauben, dass er in einem von Camps ist, von denen Sie gesprochen haben. Mātājī wünscht das nicht. Sie denkt, dass es vielleicht besser ist, dass er tot ist, als dass er zu kleinem Mann gemacht wird, der kommen könnte, um Menschen zu töten, die ihn lieben.« Lila zog an einer Haarsträhne, die sich aus dem Zopf gelöst hatte.

»Was denkt Ihre Tante darüber?«, fragte ich.

Lila verstand nicht.

»Was empfindet die Schwester Ihrer Mutter bei der Vorstellung, dass ihr Sohn in einem dieser Lager sein könnte?«

»Sie ist schon tot. Kleines bisschen, nachdem Azad verschwunden war, ist sie gestorben. Mātājī sagt, es ist aus Kummer.«

»Der Sohn Ihrer Tante heißt Azad?«, fragte ich. Azad bedeutet so viel wie frei, ein trauriger Name für einen vermissten achtjährigen Jungen.

»Ja.« Lila zupfte immer noch an der Haarsträhne herum und stand jetzt auf, um die Straße von der Stadt her zu beobachten, damit sie den Vater kommen sähe. Die Frauen wagten sich normalerweise nicht auf das Hausboot, besonders wenn dort Gäste wohnten.

»Glauben Sie, dass Azad noch am Leben ist?«, fragte ich.

Lila ließ die Hand, mit der sie an der Haarsträhne nestelte, sinken.

»Wir wissen es nicht, also ist es nicht möglich für uns, um ihn zu trauern. Es ist nicht möglich für meine Heirat, bevor nicht Trauerzeit vorüber ist.«

»Aber Ihr Vater hat mir erzählt, dass er mit seinem Bruder gesprochen hat, um Vorbereitungen zu treffen und einen Ehemann für Sie zu finden.« Ich hatte mich schon oft mit Mr Butt über seine Pläne hinsichtlich Lilas Verheiratung unterhalten.

»Reden, reden, immer reden, aber nichts passiert, bis wir nicht über Azad wissen«, klagte sie.

»Haben Sie irgendjemand von den Leuten kennen gelernt, mit denen Ihr Vater und Ihr Onkel gesprochen haben?«, erkundigte ich mich.

»Leute, was ist das, Leute, ich werde nur einen Ehemann haben.« Sie runzelte die Stirn.

»Wissen Sie, wer das sein könnte?«

Lila verzog das Gesicht.

»Das weiß ich nicht.«

»Was für einen Mann würden Sie denn gerne heiraten?«

Sie hörte auf herumzuzappeln und hockte sich wieder ans Geländer. Ihre Worte waren jetzt kaum mehr als ein Flüstern.

»Das ist nicht gut für mich zu sagen.« Sie unterbrach sich und sah wieder zur Straße hin, die von der Stadt zum See führte. Sie war leer. »Mit Mann für mich, der bester Mann wäre, muss ich nicht leben an See, nicht immer kochen in Dunkelheit, haben mehr Diener und Ayahs, die Arbeit machen.« Lila wünschte sich ein Leben an Land mit süßem Nichtstun.

»Kennen Sie irgendjemand, der Ihnen so ein Leben bieten könnte?«, fragte ich.

Ihre Miene hellte sich auf.

»Mein Vater hat Freund, guten Freund. Er hat einen Bruder, der Geschäfte macht in Amerika. Er ist reicher Mann.«

»Haben Sie ihn schon einmal gesehen?«

»Ja.«

»Wie ist er?«

Sie stand wieder auf und hob ihre Hand ein knappes Stück über ihren Kopf. »So groß. Und so.« Sie breitete ihre Arme weit aus, um anzuzeigen, wie dick und fett er war, und lachte.

»Wie alt ist er, Lila?«

»Einige Jahre kleiner als Pitājī.«

Mein Vermieter war Anfang fünfzig. Lila hoffte darauf, einen kleinen, dicken Mann mittleren Alters zu heiraten, weil sein Bruder Geschäftsbeziehungen zu Amerika unterhielt. Sie wollte einfach nicht mehr länger auf der Dunga Gemüse putzen müssen. Der Preis dafür erschien allerdings ziemlich hoch.

»Glauben Sie, dass Sie mit diesem Mann glücklich wären?«, fragte ich.

Sie sah mich an, dann blickte sie auf das Wasser unter uns hinab.

»Heirat ist nicht, um glücklich zu machen.«

Wir standen schweigend da und beobachteten, wie Gruppen von Männern am Ufer entlang zur Hazratbal-Moschee liefen, zum Abendgebet.

»Warum geht Ihr Vater nicht in die Moschee?«, fragte ich.

»Ich kann über diese Sache nicht sprechen.« Ihre Stimmung war umgeschlagen.

»Warum möchte er nicht, dass Sie auf die Hausboote kommen, wenn dort Gäste sind?«

Lila sah mich nicht an, als sie antwortete, und griff wieder nach ihrer Haarsträhne.

»Er sagt, wir werden westliche Ideen übernehmen und unsere Achtung für Islam vergessen.« Sie hielt einen Moment inne, die Hand vor sich in der Luft, als wolle sie weitere Fragen von sich fortschieben. »Pitājī glaubt alle Dinge von Islam. Wenn er nicht in Moschee geht, heißt das nicht, dass er kein guter Muslim ist. Er ist Mann, der ganze Zeit betet. Er sagt zu unserer Mutter, zu mir und Aban, dass wir, wenn wir auf westliche Ideen hören, schlechte Mütter für unsere Kinder und schlechte Frauen für unsere Männer sein werden.« Sie faltete die Hände im Nacken. Es war eine herausfordernde Geste, aber ich konnte nicht sagen, ob sie ihrem Vater galt oder mir, der Personifikation des Westens.

»Denken Sie auch so?«, fragte ich.

Sie schwieg einen Moment und griff nach dem Ärmel meines Kleides. Es war ein einfaches Sommerkleid, das fast die Farbe von Lilas Augen hatte.

»Ich wünsche mir, solche Kleider zu tragen anstelle von denen, die ich habe.« Sie zupfte an ihrer unförmigen Tunika. »Ich finde, es ist falsch für junge Leuten, nicht schöne Kleider zu tragen.«

Sie hätte wunderhübsch ausgesehen in meinem Kleid.

»Meiste andere Dinge an Islam sind gut. Wir haben Respekt vor den Männern, und wir arbeiten in ihren Häusern.« Sie wandte sich um zur Hazratbal-Moschee. »Das ist, wie es schon immer war. Es kann nicht anders sein.« Wieder warf sie einen prüfenden Blick auf die Straße. »Es ist Zeit, dass mein Vater zurückkommt. Ich gehe jetzt.«

»Danke, Lila.«

»Sie danken mir, wenn Sie zu der Feier an meinem Geburtstag da sind am nächsten Tag, um Kapureh zu essen.« Sie lachte, als sie auf die Dunga zurücklief.

Ich reiste aus Kaschmir ab am Tag, nachdem ich die Geburtstags-Lammhoden gegessen hatte. Sie waren gar nicht so schlecht, wie ich befürchtet hatte.

Als ich jetzt im Flugzeug nach Delhi saß und an meinen Kaschmiraufenthalt sechs Jahre zuvor zurückdachte, konnte ich Lila Butts Gesicht vor mir sehen, blass, hübsch und aufgeregt bei dem Gedanken an die Zukunft. Ihr Vater war es gewesen, der mir meinen ersten Pashmina-Schal verkauft hatte, den feuerfarbenen Schal, den ich dann in Notting Hill bei strömendem Regen an eine Amerikanerin weiterverkauft hatte.

Damals war ich davon ausgegangen, dass ich bald wieder nach Kaschmir zurückkehren würde und dass mein Aufenthalt bei Mr Butt 1992 nur einer von vielen dort war. Mr Butt hatte gesagt, dass Ausländer sicher seien in Kaschmir und für Touristen kein Risiko bestünde. Aber dann wurden im Juli 1995 sechs ausländische Touristen von Terroristen gekidnappt. Einem Amerikaner gelang es zu fliehen, und er wurde von einem Militärhubschrauber aufgelesen. Zwei weitere der Geiseln wurden bei einer Schießerei mit den Sicherheitskräften verletzt. Einige Tage später fand die kaschmirische Polizei den enthaupteten Körper einer anderen Geisel, eines jungen norwegischen Schauspielers. Die Kidnapper und ihre verbliebenen Gefangenen verschwanden in die Berge, und der Terrorismus in Kaschmir füllte von Stund an die Schlagzeilen.

Als ich in jenem Jahr versuchte, wieder dorthin zu fliegen, fand ich keine Versicherung, die mir Deckungsschutz zusagte. Das Tal war auf der »schwarzen Liste« des Außenministeriums.

Drei Jahre später, Weihnachten 1998, herrschte immer noch kein Friede in Kaschmir.

Die Schlacht am Tiger Hill

Der Taxifahrer, der mich vom Indira-Gandhi-Flughafen nach Delhi hineinbrachte, war weniger redselig als Omar, der Sohn von Mr Khan. In Indien haben Taxifahrer, die ihr Geld im Voraus erhalten, meist nicht mehr viel zu sagen, wenn man erst einmal das verspätete Einsetzen des Monsuns, die Zahl der Söhne, mit denen sie gesegnet sind, und die beklagenswert hohe Summe Geld abgehandelt hat, die sie locker machen mussten, um die Mitgift ihrer Töchter zu sichern.

Über Delhi hing eine schmutzige Dunstglocke aus Abgasen und Rauch, und die Straßen waren menschenleer – von dem einsamen betrunkenen Fahrer einmal abgesehen, der bei Anbruch der Morgendämmerung in Schlangenlinien Richtung Heimat fuhr, wobei er sich weder über seinen kriminellen Zustand im Klaren war, noch den Mittelstreifen oder die umherlaufenden Kühe wahrnahm, und sich in der Gewissheit wiegte, dass tausend Rupien, die er dem Verkehrspolizisten zusteckte, ihn aus jeder Klemme befreien würden. Ein elektrisch betriebener Weihnachtsmann neben einem Fünfsternehotel zwinkerte durch den Nebel herüber, auf dem einen Auge, wo seine Glühbirnen ausgefallen waren, war er blind.

In seinem vertrauten Umfeld war Manzoor wieder vollkommen souverän und breitete sich gemütlich in seinem Laden aus, während sein Team von Ladenjungen im Dauerlauf Ware holte und wieder fortbrachte. Er schickte Yaseen los, damit er irgendwelche Muster suchte, die frisch aus Kaschmir eingetroffen waren. Einen jüngeren Mann scheuchte er nach oben zum Teeholen, und seinen kleinsten Bruder, Saboor, rief er herbei, damit er ans Telefon ginge. Manzoors Sohn Ahsan, der mit ihm in London gewesen war, hielt sich noch immer an seiner Seite. Wenn er sich unbeobachtet glaubte, saß er da und versuchte, die ein oder andere Maniertheit seines Vaters nachzuahmen.

Er war gerade intensiv damit beschäftigt, dienstbeflissen zu winken, als sich unsere Blicke trafen. Er zog den Kopf ein, und sein Lächeln verschwand. Manzoor zauste dem Jungen das Haar.

»Kommen Sie, setzen Sie, wir trinken Tee, es gibt viel zu besprechen. Ich habe solche guten Neuigkeiten für Sie.«

Yaseen kam aus dem Lager zurück. Ein Ausdruck sanfter Liebenswürdigkeit lag auf seinem Gesicht. Manzoor riss ihm die Bündel aus der Hand.

»Schauen Sie, meine Liebe, wir haben neue Überraschungen für Sie. Es ist eine so kluge Sache, dass es sogar mich, Manzoor Wangnoo, erstaunt.« Er nahm einen Schal aus einer der Tüten.

Er sah nicht weiter bemerkenswert aus, ein graubrauner Schal aus Pashmina und Seide, dessen Farbe an das Fell eines Esels erinnerte und der vom Material her genau wie die meisten anderen Schals war, die ich bei Manzoor eingekauft hatte. Ich nahm ihn und schlang ihn mir um. Er fühlte sich auch nicht auffällig anders an, vielleicht nicht ganz so federleicht und zart wie die Schals, die ich gewöhnt war.

»Tut mir leid, aber ich verstehe nicht, warum dieser Schal hier so etwas Besonderes sein soll. Er ist nicht einmal so weich wie das übliche Pashmina-Seiden-Gemisch«, sagte ich.

»Ach, aber so fühlen Sie doch einmal ganz genau«, drängte Manzoor mich.

Das tat ich, aber er fühlte sich immer noch gewöhnlich

an. Ich reichte ihn Manzoor zurück. Er nahm ihn und schwenkte ihn vor unseren Augen herum, mit dem vollendeten Schwung eines Straßenkünstlers und Zauberers, der vor der Jama Masjid, der großen Moschee in Delhi, nach dem Freitagabendgebet Illusionen verkauft.

»Ist das nicht unglaublich? Das ist nicht einfach nur Pashmina mit Seide«, verkündete er triumphierend.

»Was ist es dann?«, fragte ich.

»Es ist mehr gemischt, kleines bisschen Pashmina, kleines bisschen Seide, aber das meiste Angora.« Er grinste.

»Dann ist es also eine andere Art Pashmina-Gemisch?«

»Natürlich, aber wir haben Angora darin, also ist es viel weniger teuer.« Er hörte nicht auf zu grinsen.

»Habe ich nach billigeren Schals verlangt?«

»Die ganze Zeit fragen Sie mich nach billigeren Schals.«

»Ja, nach günstigeren Pashmina-Seiden-Schals. Das ist es, was die Leute wollen, nicht in erster Linie etwas, was billiger ist.«

Manzoor nahm eine höchst feierliche Pose ein. Ich ertappte seinen Sohn dabei, wie er dasselbe tat, die Hände vor der Brust wie zum Gebet erhoben, ernst, zerknirscht und unschuldig. Der Junge war überzeugender als der Vater.

Ich wartete.

»Haben wir Ihnen nicht beste Qualität von Pashmina mit Seide verkauft?«, fragte Manzoor mit einem theatralischen Achselzucken.

»Ja, sie ist normalerweise hervorragend, aber in jüngster Zeit hatten wir einige Probleme. Wir haben ja in London schon darüber gesprochen, und der Schal, den Sie mir dort gezeigt haben, war wieder von ausgezeichneter Qualität. Gibt es da vielleicht etwas, was ich nicht mitbekommen habe? Ist irgendetwas schief gegangen mit dem Riesenschwung Ware, die ich gerade erst bezahlt habe?«

»Nein, nein, meine Liebe, es ist alles in bester Ordnung.« Er rieb sich mit dem Zeigefinger über den Nasenrücken.

»Wo liegt dann das Problem?«, bohrte ich weiter.

»Wir sind schwer geprellt worden.« Manzoor stützte den Kopf in die Hände. »Während ich fort war, während meine guten Brüder sich um Geschäft gekümmert haben, haben sie von einem Mann gekauft, der uns schwört, dass er nur allerhöchste Qualität von Pashmina an Wangnoo-Brüder liefert. Haben Sie nicht bemerkt, wie viel Mühe ich gebe, um Schals auszusuchen? Immerzu sind die Leuten zu mir gekommen und haben gebettelt, dass ich von ihren Angeboten kaufe. Und ich weise diese Leuten ab wegen ihrer miserablen Qualität. Und was ist? Ich fahre weg, und meinen Brüdern werden sehr ernste Versprechungen gemacht, die nicht wahr sind.« Er verstummte und seufzte.

»Und?« Ich gab mir Mühe, teilnahmsvoll zu wirken.

Manzoor hob die Hände zum Himmel.

»Wir sind betrogen worden. Die Schals, über die Sie sich beschweren, die Schals, für die wir große Versprechungen erhalten haben, sie sind gar nicht aus Kaschmir gekommen. Dieser böse Mann hat meinen Brüdern Pashmina mit Seide aus Nepal verkauft, nicht so eine gute Qualität, und hat mich selbe Preise zahlen lassen wie für Pashmina-Seiden-Schals aus Kaschmir.« Er sank zurück, sein Seemannsgarn war versponnen.

»War das alles?«, fragte ich. Es war nicht so schlimm, wie ich befürchtet hatte.

»Es ist übelster Betrug«, ergänzte Manzoor seine Erzählung.

»Ich denke nicht, dass das so schlimm ist, solange Sie sicher sein können, dass alle künftigen Lieferungen von derselben Qualität sind wie das, was Sie mir in London gezeigt haben. Was bereits verkauft oder versandt und damit weg ist, können wir getrost vergessen.« Ich lächelte Manzoor an.

»Meine liebe gnädigste Frau, wir sind sehr glücklich, mit Ihnen Geschäfte zu machen. Inshallah, diese Sache wird nie wieder vorkommen.« Er verneigte sich tief, und sein Sohn tat es ihm gleich.

Ich musste lachen, und Manzoor wurde zunehmend redseliger.

»Als Zeichen unserer Achtung vor Ihnen verlangen wir von diesem bösen Mann, dass er uns jetzt allerbesten Preis macht. Wir bestehen darauf, dass er Ihnen allerbeste Qualität von Pashmina mit Seide gibt für denselben Preis, den Sie immer gezahlt haben.« Er wartete ab, ob ich sein Angebot zu würdigen wüsste.

Ich war nicht gerade überwältigt, und das stand mir offenbar deutlich ins Gesicht geschrieben.

»Und darüber hinaus, als Zeichen von höchster Wertschätzung, welche meine Familie für Sie empfindet, laden wir Sie ein, nach Srinagar zu kommen und dort auf einem unserer Hausboote zu wohnen, völlig umsonst, mit Empfehlungen und guten Wünschen von meinem Vater, von mir und allen Mitgliedern meiner Familie.«

Das war eine äußerst gute Nachricht. Ich hatte von Mr Butt, seit er mir kurz nach meinem letzten Besuch 1992 geschrieben und mich ersucht hatte, ein paar Unterhemden aus der Herrenabteilung bei Selfridges zu besorgen, nichts mehr gehört. In einem Tal, das von terroristischen Umtrieben erschüttert wurde, brauchte ich, mitten im tiefsten Winter, ein sicheres Quartier.

Aber selbst, als ich Manzoors Einladung annahm, fragte ich mich, ob das eigentlich so klug von mir war. Seit ich 1992 das erste Mal den Fuß auf das Deck der *Princess Grace* gesetzt hatte, gehörte ich zu Mr Butt, und nur zu ihm allein.

Andere Hausbootbesitzer waren fortgescheucht worden. Er hatte auch genau kontrolliert, was ich einkaufte und bei wem. Falls ich bei Manzoor logierte, würde das bedeuten, dass ich praktisch keine Chance hatte, bei anderen Lieferanten einzukaufen. Ich könnte nur abwarten, wie sich die Dinge entwickelten. In der Zwischenzeit brauchte ich die Gewissheit, dass die Quelle für den Nachschub an Schals nicht versiegen würde.

»Woher beziehen Sie denn augenblicklich die Schals? Woher nehmen Sie Ihre Zuversicht, dass wir nicht wieder übers Ohr gehauen werden?«, erkundigte ich mich.

Manzoor legte seine Finger steil aneinander und fixierte mich über die Spitzen hinweg.

»Von der Ziege.«

»Ich weiß, dass die Wolle von Ziegen stammt, aber dann, wo kommen sie her?«

Manzoor starrte mich über seine Fingerspitzen hinweg an und holte tief Luft.

»Wir kaufen Vlies, es kommt direkt von Ziegen, und jetzt werden wir die Wolle selbst verweben. Ist das nicht hundertprozentige Garantie? Wie können Sie an meinem Wort zweifeln?«

»Das klingt sehr spannend. Nächstens werden Sie Ziegen züchten, eine Direktverbindung von Kaschmir nach Knightsbridge, ohne Zwischenhändler. Ob es sich wohl einrichten lässt, dass ich einige Ihrer Ziegen zu Gesicht bekomme, wenn ich bei Ihnen bin?«, fragte ich.

Ich hatte schon früher Ziegenherden in den Hochlagen des Himalaya gesehen. Es waren versprengte Tiere gewesen, die in den Hochtälern grasten, während ich über Eisfelder stapfte, erschöpft, ernüchtert und benommen von der Höhe. Die Ziegen hatten die Nähe von Menschen verheißen, die Aussicht auf Lagerfeuer und etwas zu essen, nachdem ich röchelnd, mit nach Sauerstoff dürstenden Lungen durch die dünne Luft gestolpert war, über stille Pfade, verfolgt von dem dumpfen Echo abgehender Lawinen. Ich liebte Ziegen. Nun hatte ich die Chance, sie aus noch größerer Nähe zu erleben. Ich konnte mir endlose Tage ausmalen, die ich in der Gesellschaft der Ziegenhirten in den Bergen verbrachte, Zwiegespräche mit Ziegen inmitten von wildem Thymian und würzigen kleinen Erdbeeren.

»Meine Liebe, wir werden niemals Ziegen züchten. Es wird nicht möglich sein, dass Sie Ziegen zu sehen bekommen.« Manzoor wirkte gekränkt.

»Tut mir leid, ich meinte natürlich nicht, dass Sie Ziegenhirten werden sollen. Darf ich das vielleicht näher erklären?«

Er nickte.

»Wissen Sie, in England möchten die Leute derzeit, dass alles möglichst natürlich aussieht. Wir sind alle ganz versessen darauf, dass sämtliche Erzeugnisse biologisch-dynamisch sind.«

»Biologisch-dynamisch, was ist das?«, unterbrach Manzoor mich.

»Biologisch-dynamisch bedeutet, dass die Produkte so unmittelbar wie möglich aus der Natur stammen und keine chemischen Düngemittel oder Zusatzstoffe verwendet werden. Wir lieben alles, was weitgehend in seinem natürlichen Zustand belassen zu sein scheint. Den Leuten gefällt es, wenn die Sachen in Körbchen liegen oder in mit Raffiabast verschnürtes Packpapier eingeschlagen sind, statt in Plastiktüten zu stecken.« Ich zögerte. Ich versuchte gerade, etwas zu erklären, was für indische Begriffe ein Gräuel war.

Manzoor sah zunehmend verwirrt aus.

»Unsere Ziegen haben nichts von diesen Zusatzstoffen oder Düngemitteln.«

»Ich weiß, aber den Leuten wird die Vorstellung gefallen, dass ihre Schals direkt von den Ziegen kommen.«

»Ist nicht möglich. Es gibt keine Ziegen in Kaschmir.« Manzoor stützte den Kopf in die Hand.

»Keine Ziegen in Kaschmir? Was wollen Sie damit sagen? Ich habe Tausende davon gesehen in den Bergen, in den Dörfern, überall.«

»Das sind keine Ziegen für Pashmina.« Manzoor schloss die Augen.

»Es gibt also keine Ziegen, die Pashmina-Wolle liefern, in Kaschmir?«

»Nicht eine einzige«, erklärte er bestimmt.

»Wo sind sie denn dann?«, wollte ich wissen.

»In Ladakh.«

Natürlich. Dort hatte ich sie ja auch gesehen – in »Kleintibet«, in abgelegenen Tälern, hoch oben zwischen den Gipfeln, wo entlang der von den Pässen herabstürzenden Bäche das Gras in einem satten Smaragdgrün gedeiht.

»Warum wird dann Pashmina in Kaschmir gewoben, wenn das Pashm ausschließlich aus Ladakh stammt?«, fragte ich.

»Wir haben natürlich beste Weber«, entgegnete Manzoor.

»Und wer kauft das Pashm von den Hirten in Ladakh?«, bohrte ich weiter.

»Wir haben Leuten, die dort kaufen im Auftrag der Wang-noos.«

»Und wie schaffen sie es, zu den Hirten zu gelangen?« Die Herden waren weit entfernt von Leh, der Hauptstadt von Ladakh, vielleicht einen Tag mit dem Jeep oder drei bis vier Tage zu Fuß.

»Meine Leuten überwachen Kauf von Wolle. Sie haben Kontaktpersonen, die zu den Hirten gehen.« Er strich ein paar Falten seines Feron glatt.

»Und wie bringen Sie das Pashm momentan von Leh nach Srinagar?«

Sämtliches Frachtgut von Leh nach Srinagar musste über Kargil gehen, und die Nachrichten aus Kargil waren gemischt. Vor einem Monat, in London, hatte ich gelesen, dass angeblich pakistanische Rebellen die Berge oberhalb von Kargil besetzt hätten. Jetzt, in Delhi, war die Rede davon, dass die indische Armee in erhöhte Gefechtsbereitschaft versetzt sei. In Srinagar war wiederholt Ausgangssperre verhängt worden, und die Straßensperren auf der Strecke von Leh wurden immer zahlreicher. Obwohl keiner darüber sprach, kam es häufig vor, dass die Verkehrspolizei und manchmal sogar die Armee Frachtgut beschlagnahmte und es einbehielt, angeblich zu Prüfungszwecken. Für gewöhnlich war eine saftige Gebühr zu entrichten, um die Ware wieder auszulösen.

Manzoor schloss erneut die Augen. »Es gibt kein Problem, da können Sie sicher seien.«

Manzoors Zuversicht hatte etwas Kaltes. Was versetzte ihn in die Lage, zu einer Zeit, da alle anderen mit Schwierigkeiten zu kämpfen hatten, derart reibungslos Pashmina-Wolle von einem Ort zum anderen zu transportieren? Zum ersten Mal fragte ich mich, ob er vielleicht Beziehungen zu militanten Gruppierungen hatte.

Der Raum kam mir mit einem Mal eng und bedrückend vor. Wir sprachen kein Wort, als der Tee eingeschenkt wurde. Mein Freund in Delhi hatte Recht. Kaschmir war gefährlich.

Ich musste das Schweigen brechen.

»Wann kehren Sie nach Srinagar zurück?« Meine Stimme klang belegt.

Manzoor blieb einen Moment lang stumm, die Augen nach wie vor geschlossen. Dann hob er langsam die Lider.

»Diese Sache weiß ich nicht genau. Es liegt gerade sehr

viel Schnee.« Sein Tonfall verriet ebenfalls eine gewisse An-
gespanntheit. »Werden Sie immer noch zu uns zu Besuch
kommen?«

»Ich hoffe es.«

Ich war zermürbt. In seiner Stimme schwang nichts mehr
von der Warmherzigkeit der ursprünglich einmal ausge-
sprochenen Einladung mit. Waren meine Gedanken so deutlich zu lesen gewesen? Ich gab mir einen Ruck und schenkte
ihm ein strahlendes, breites Lächeln.

»Ich freue mich schon riesig darauf, Sie und Ihre Familie
zu besuchen.«

Manzoors Miene erhellte sich, und er taute sichtlich wieder auf. Ja, er wirkte aufrichtig erfreut.

»Das sind sehr gute Nachrichten. Das macht mich sehr
glücklich. Sie werden all Ihren Freunden erzählen, wie perfekt es ist, und dann werden sie alle kommen, um auf den
Hausbooten meiner Familie zu wohnen.«

»Vielleicht ist es möglich, dass ich einige Weber kennen
lerne, wenn ich dort bin?«, fragte ich.

»Natürlich, das wäre mir ein großes Vergnügen. Ich
werde Ihnen so viele unglaubliche Dinge zeigen. Das heißt,
wenn Schnee uns diese Bewegungsfreiheit erlaubt.«

Er strich seinem Sohn über den Kopf.

»Sie werden so viel Frieden haben, wenn Sie in mein Tal
kommen. Sie werden wahrhaftig erstaunt sein.« Manzoors
Worte waren mit Bedacht vorgetragen und wohl überlegt.

Für mich war schwer zu ermessen, ob ich seine Bemer-
kungen zu den Wolltransporten aus Leh überinterpretiert
hatte. Obwohl Verbindungen zu Terroristenkreisen nicht zu
dem passte, was ich über ihn und seine Familie wusste – ich
musste nach Kaschmir zurück, um mir vor Ort noch einmal
einen eigenen Eindruck zu verschaffen.

Vor dem Büro der Fluggesellschaft lag ein schlafender Mann auf dem Bürgersteig. Eine kleine Wolke aus warmem Atem hing über seinem Kopf und umfing seine Träume inmitten des vom Himalaya herabwehenden winterlichen Fallwindes, der über Delhi hereinzog. Er war der Türsteher und sollte eigentlich nicht schlafen. In seinem Schoß lag ein Häufchen nummerierter Plastikchips, die er an alle Hereinkommenden ausgeben sollte. Er war für die Einhaltung der Reihenfolge zuständig. Aber er verteilte keine Chips, sondern schlief. Es war Mittagspause.

Es war eigentlich zu kalt, um lange auf der Straße zu stehen. Doch der Türsteher schaffte es, ein Nickerchen zu halten. Ich stieg über ihn hinüber und ging in die Agentur hinein, um meinen Flug nach Kaschmir zu buchen.

Ich stand vor einem jungen Mann im Blazer, der keine Notiz von mir nahm. Er hing am Telefon und war eifrig in ein Gespräch mit seiner »Süßen« vertieft. Ich beobachtete, wie der Bildschirmschoner auf seinem Computer verschwand und wieder auftauchte, das Mieder eines Bollywood-Stars, das genau auf seiner Augenhöhe verschwamm und wieder klare Konturen annahm. Der junge Mann drehte sich mit seinem Stuhl von mir fort. Sein Verhalten bis dahin war bereits grenzwertig gewesen, aber jetzt war es schlicht ungehobelt. Ich drückte die Return-Taste auf seinem Computer. Das Mieder verschwand, und eine Buchungsmaske erschien. Er drehte sich zu mir zurück, und in seiner Miene war aufrichtige Empörung zu lesen. Ich zog die Brauen hoch und sah ihn herausfordernd an. Er erzählte seiner »Süßen«, dass er jetzt zu tun habe, und legte den Hörer betont langsam auf die Gabel.

»Vielen Dank«, sagte ich.

»Keine Ursache«, erwiderte er.

»Ich würde gerne einen Hin- und Rückflug nach Srinagar

buchen, Abflug am Samstag und Rückkehr zwei Wochen darauf.«

Der junge Mann sah mich an.

»Vegetarisch oder nicht vegetarisch?«, fragte er.

»Vegetarisch bitte.«

Er tippte die Angaben in seinen Computer ein.

»Das ist nicht möglich«, verkündete er.

»Also gut, dann nicht vegetarisch.«

»Nein, Madam, Sie haben mich missverstanden.«

»Und, was meinten Sie dann?«

»Sie können zu diesem Termin nicht nach Srinagar fliegen.«

»Warum?«

»Es gibt Probleme.«

»Sieht ganz so aus.«

Wir starrten einander hasserfüllt an.

»Was für Probleme denn?«, wollte ich wissen.

»Ich bin nicht befugt, darüber zu sprechen.«

»Und wer ist befugt?«

»Sie werden sich an den Geschäftsführer wenden müssen.« Er musterte eingehend die Knöpfe an seinem Blazer.

»Könnte ich Ihren Geschäftsführer bitte einmal sprechen?«

»Das geht nicht.«

»Ihr Vorgesetzter ist wohl gerade beim Mittagessen?«, mutmaßte ich.

»Das ist exakt der Fall«, bestätigte er.

»Und wann wird er voraussichtlich zurück sein vom Mittagessen?«

»Das hängt davon ab, wie lange er braucht.«

»Natürlich. Haben Sie etwas dagegen, wenn ich auf ihn warte?«, fragte ich.

»Das können Sie gerne tun«, entgegnete er schroff.

Ich ließ mich häuslich nieder, um zu warten, wobei ich

mein Lager auf einem Sofa neben der Tür aufschlug, um die Ankunft des Geschäftsführers nicht zu verpassen, wenn er nach seinem in Muße genossenen Mittagessen wieder hereinspazieren würde. Gerade, als ich es mir so richtig gemütlich gemacht hatte, kam er zurück und überraschte sowohl den jungen Mann wie auch mich.

»Ich hatte gehofft, einen Flug nach Srinagar zu bekommen. Ihr Kollege sagt mir, dass das nicht möglich sei.«

»Das ist richtig«, bestätigte der Geschäftsführer lächelnd.

»Nun, das ist mir klar, aber ich hatte gehofft, Sie könnten mir eine Erklärung dafür liefern.«

»Madam, in Kaschmir gibt es augenblicklich Probleme, und es ist nicht möglich, nach Srinagar zu fliegen.«

»Aber ich habe vor einigen Tagen angerufen, um mich nach den Flugpreisen zu erkundigen, und da schien es noch keine Probleme zu geben.«

»Es geht nicht«, wiederholte er.

»Ich versichere Ihnen, dass es nach Aussage der charmanten Dame, mit der ich gesprochen habe, möglich war.«

»Das mag durchaus so gewesen sein, aber jetzt sieht die Situation anders aus.« Er wandte sich zum Gehen.

»Und können Sie mir nichts Näheres sagen, was über die Tatsache, dass ich kein Ticket nach Srinagar buchen kann, hinausgeht«, drängte ich.

»Madam, es ist Weihnachtszeit«, bemerkte er.

»Ich weiß, aber die Maschinen fliegen doch noch, selbst an Weihnachten.«

Der Filialleiter vollführte eine vage Geste, die sowohl als Zustimmung wie auch als Abschied zu deuten war, und marschierte dann aus dem Zimmer.

Beim Hinausgehen stolperte ich über den schlummernden Türsteher. Er hustete, wachte auf und packte das Ende meines Schals.

»Madam, Madam, brauchen Karte.« Er schwenkte auffordernd einen seiner nummerierten Plastikchips vor meiner Nase herum, aber er kam zu spät.

Manzoors Reaktion war noch undurchsichtiger, als ich ihm von meinem fehlgeschlagenen Versuch, ein Ticket zu erstehen, erzählte.

»Es liegt so viel von Schnee«, murmelte er über seine Teetasse gebeugt.

»Aber es schneit doch sicher jedes Jahr so viel?«

»Dies ist schlimmster Winter, den wir hatten seit 50 Jahren.«

»Aber das erzählen Sie doch jedes Jahr. Jeder Winter ist der härteste seit 50 Jahren – bis der nächste kommt.«

Manzoor nickte.

»Sie könnten vielleicht mit Eisenbahn kommen«, schlug er vor.

»Weshalb sollten die Züge fahren, wenn der Flugverkehr eingestellt ist?«

Manzoor zuckte die Achseln. In dem Moment bemerkte ich seinen Gesichtsausdruck. Sein Blick huschte im Raum umher und kam kaum zur Ruhe. Er sah mich nicht an.

»Wann fliegen Sie nach Kaschmir zurück?«, erkundigte ich mich.

»Bald, ich weiß es nicht sicher, aber bald.«

»Und Sie glauben, dass Sie fliegen können?«

»Natürlich.« Er rief einigen der Jungen, die um uns herum Frachtkisten mit Schals packten, etwas zu.

»Und Sie meinen, das einzige Problem ist der Schnee? Sie glauben nicht, dass da noch etwas anderes dahinter steckt?«

»Nur der Schnee, das sage ich Ihnen doch.« Manzoor sah über meine Schulter hinweg ins Leere.

Aber es war nicht allein der Schnee. Ein Brigadegeneral, ein Sikh, auf dessen Turban die Regimentsstreifen so akkurat und gestochen scharf zu sehen waren wie das Gelock seines Bartes, gab eine Presseerklärung ab. Der Brigadegeneral war der Ansicht, dass die Rebellen in einem Lager direkt an der Waffenstillstandslinie eine Spezialausbildung erhielten. Er deutete ebenfalls an, dass es in der Region weitere Truppenmassierungen von »Feindesseite« gebe, und erklärte, dass er täglich einen Bericht an das militärische Hauptquartier liefere. Es war herauszuhören, dass der Brigadegeneral für sein Empfinden nicht die nötige Unterstützung bekam und dass man in der Zentrale der Bedrohung an der Schneegrenze gleichgültig gegenüberstand. Im Gegenzug deutete das Hauptquartier in einer weiteren Presseerklärung an, dass der Brigadegeneral sich über Gebühr ereifere.

Ich besuchte Manzoor noch einmal. Es war Samstagnachmittag, und die Fünfsternetouristen waren unterwegs, um Pashmina-Schals und seidene Teppiche zu erstehen. Manzoor und sein zweitältester Bruder Rafiq saßen feierlich da, einander zum Verwechseln ähnlich. Vor ihnen standen eine Thermoskanne mit Tee, Tassen und Untertassen, Toast und geschnittener Schmelzkäse. Drei Gehilfen rannten eifrig die Treppe auf und ab, zogen Schals aus Kattunbündeln und verstauten sie wieder darin, rollten Teppiche auseinander und wieder zusammen, während die Brüder genüsslich Käsetoasts kauten und die Show dirigierten. Jeder der Kunden bekam einen Decknamen: Der Amerikaner mit dem dicken Hinterteil war die grüne Stickerei, die Japanerin mit den Segelfliegerohren der Kerzenhalter aus Papiermaché und die junge Französin, die freizügig Bauch zeigte, das Pashmina-

Seiden-Gemisch. Es war kein günstiger Moment, um sich hinzusetzen und über eine mögliche Invasion in Kaschmir zu reden.

Ich zog mich in den Raum im Obergeschoss zurück, mit einer Plastiktüte voll Etiketten, die an die Schals für die Boutiquen in Notting Hill genäht werden mussten. Manzoor schickte einen der Jungen, damit er mir half. Wir saßen schweigend über einem Berg Pashmina-Schals und stichelten Schildchen fest, während Manzoor und Rafiq unten ihren Kunden wortreich und in schillernden Farben die Vorzüge von Pashmina anpriesen. Im Hintergrund hörte man das Klappern und Rattern der Rechenmaschine, während Käufe getätigt wurden und der Gewinn in die Höhe kletterte.

Nachdem er drei Schildchen angenäht hatte, erhob sich mein Helfer, rollte einen kleinen grünen Läufer aus und begann neben mir zu beten, wobei er sich in einem Eckchen zwischen Kattunbündeln auf die Erde warf, so dass seine Stirn den Boden berührte. Als er fertig war, kam der nächste Junge, um seinen Platz einzunehmen. Und so beteten sie einer nach dem anderen, und jeder hockte sich neben mich, um mir beim Annähen zu helfen, während er darauf wartete, dass er an der Reihe wäre, sich nach Mekka zu wenden.

Manzoors Kopf tauchte am oberen Ende der Treppe auf, als gerade der letzte Junge sein Gebet beendete, und ich sagte:

»Ich würde gerne mit Ihnen reden, wenn Sie einen Moment Zeit haben.«

»Was ist los? Ein Problem?«

»Nein, oder doch, es gibt ein Problem, glaube ich«, gab ich zur Antwort.

»Kommen Sie, wir werden uns unterhalten.« Er scheuchte die Jungen fort und ließ sich zwischen den Schals nieder.

Yaseen, umgeben von Schals, in dem Zimmer
im oberen Stockwerk

»Wo ist Problem?«

»Wann fliegen Sie nach Srinagar zurück?«

Wieder dieselbe Frage.

»Bald«, erwiderte er.

»Und Sie meinen, dass es momentan ungefährlich ist?«

»Ich habe Ihnen schon gesagt, es liegt viel Schnee, und der Nagin-See ist ein bisschen zugefroren. Meine Kinder erzählen mir heute am Telefon, dass sie auf Stücken von gefrorenem See laufen. Und alle Tage fällt Schnee, so schön. Sie müssen kommen und das anschauen.«

»Ich bin nicht sicher, ob es mir möglich ist, zu kommen.«

Manzoor zuckte die Achseln.

»Wie Sie wollen.« Er schwieg einen Moment. »Vielleicht ist es besser, wenn Sie im Frühling kommen. Das ist schönste Zeit von allen.« Er legte seine Hände zusammen, als wolle er beten. »Ja, im Frühjahr ist mein Tal am schönsten, Sie werden es nicht glauben, Sie müssen um diese Zeit kommen.«

Damit war die Unterhaltung beendet. Während die Offiziere an der Waffenstillstandslinie und ihre Kollegen im Hauptquartier einander mit Vorwürfen bombardierten, feierte der Rest der Welt Weihnachten, und die militanten muslimischen Separatisten begannen sich an den Hochgebirgspässen zu sammeln.

Direkt nach Neujahr kehrte ich nach London zurück, schwer beladen mit Pashmina-Schals, die an einem angeblich gefrorenen See gefärbt worden waren, wo es, wie man mir erzählte, so viel schneite wie schon seit 50 Jahren nicht mehr.

Um die Zeit der Schneeschmelze plante ich wieder nach Indien zu fliegen und mich zu Beginn der neuen Färbesaison auf den Weg zum Nagin-See hinauf zu machen. Ich wollte in die Dörfer hinaus und einige der Weber aufsuchen, um sie zu fragen, ob sie Pashmina-Schals besticken würden. Doch es sollte nicht dazu kommen.

Als im Mai 1999 Rebellen in den Bergen oberhalb von Kargil einfielen, brach der Konflikt zwischen Indien und Pakistan offen aus. Wieder einmal war Kaschmir weltweit auf den Titelseiten der Zeitungen.

Ich telefonierte jede Woche mit meinem Freund in Delhi, um zu erfahren, wie der Krieg aus indischer Perspektive verlief. Anfangs kam eine Menge militantes Gerede. Chauvinistische Parolen prasselten durch die Überseeleitung auf mich nieder, und die Phrase »Mera Bharat Mahan« – »Mein großartiges Indien« – kehrte immer wieder. Doch nachdem einige Wochen verstrichen waren und die Maschinen der Indian Airlines aus Srinagar nur noch Säcke mit Toten aus Kargil abtransportierten, schwand der Hurrapatriotismus dahin.

»Wie viele Menschen werden noch sterben müssen, bevor wir alle begreifen, dass es keine Lösung gibt und dass das eine Blase an unserer Fußsohle ist, mit der wir weiterhin laufen müssen?«, fragte mein Freund.

Auf der anderen Seite der Waffenstillstandslinie schrieb ein Freund aus Lahore und berichtete, dass die Straßenhändler sich mit Spielzeugmodellen von Mirages der pakistanischen Luftwaffe und indischen MiGs eine goldene Nase verdienten. Die Kinder zahlten Spitzenpreise dafür, und ihr Lieblingsspiel waren gestellte Luftkämpfe, bei denen ausnahmslos die indischen MiGs abstürzten. Die Spielzeughersteller in Lahore freuten sich über das Andauern des Konflikts.

Im Mai, als der Kargil-Krieg begann, prophezeiten die Experten, dass er in wenigen Wochen vorüber sein würde. Mitte Juni waren sie zu dem Schluss gekommen, dass er sich unter Umständen bis Ende Juli hinziehen könnte. Anfang Juli waren sie dann schon gar nicht mehr so scharf darauf, überhaupt eine Meinung abzugeben, und beschränkten sich auf die Mutmaßung, dass er unter Umständen länger dauern würde, als sie ursprünglich geglaubt hatten.

Mein Freund in Delhi war der Ansicht, dass er eventuell erst im September enden werde.

»Aber ich hatte vor, im Juli wiederzukommen und nach Kaschmir hochzufliegen«, jammerte ich.

»Pack deine kugelsichere Pashmina-Weste ein«, erwiderte er.

Ich rief Gautam an, um zu hören, was er dazu meinte. Er

hatte kein Interesse an Kargil. Er war 1947 geboren, in dem Jahr, als Indien seine Unabhängigkeit erlangt hatte, das Land geteilt wurde und der erste indisch-pakistanische Krieg um Kaschmir tobte. Er war mit der Situation in Kaschmir groß geworden. Und er führte seinen ganz eigenen täglichen Krieg. Er hatte versucht, auf einem Stück Land, das er für den Biobauernhof von DRAG erworben hatte, einen Brunnen zu bohren. Dabei stießen sie immer wieder auf felsigen Grund, und die Kosten stiegen und stiegen.

»Wir versuchen auch, mit den Arbeiten für das Gemeindezentrum in einem der Elendsviertel zu beginnen, aber uns fehlt das Geld.«

Goat brachte Geld ein, aber der Bedarf riss nie ab.

»So viele Leute haben der DRAG dieses Jahr Versprechungen gemacht, und es war alles nur Schall und Rauch«, fuhr Gautam fort.

Ich konnte die Erschöpfung in seiner Stimme hören.

»Ich versuche, wieder nach Kaschmir zu fahren, um noch weitere Schals zu bekommen. Ich schaffe Geld für Sie heran.«

»Gut.« Doch es klang nicht sehr begeistert.

Anfang Juli stürmte die indische Armee den Tiger Hill, ein eisiges Ödland oberhalb von Kargil, das in der Gewalt der pakistanischen Armee und militanter Separatisten war. Mitte Juli war der Krieg offiziell vorüber. Dann wurden Geschichten darüber laut, was sich wirklich abgespielt hätte und wer die Schuld trüge:

Angeblich hatten die Rebellen im Mai 1999 die Berge oberhalb von Kargil eingenommen.

Nein, die pakistanische Armee hätte bereits im September 1998 die ersten Bunker gebaut.

Die Rebellen hätten sich zu Kampfeinheiten zusammengeschlossen, die nach und nach von Afghanistan her eingedrungen seien.

Ach was, es sei alles Teil des pakistanischen Schlachtplans, ein gut vorbereiteter militärischer Feldzug, um Indien Kaschmir zu entreißen. Die Armee hatte den mildesten Winter seit Menschengedenken genutzt, um Betonfundamente für Hochgebirgsbunker in dem von Indien besetzten Teil Kaschmirs zu errichten.

Das von Manzoor gezeichnete Bild eines schneebedeckten Tals in den Klauen des strengsten Winters seit 50 Jahren schmolz dahin. Er hatte wohl seine Gründe – militante Weber, militante Färber, oder vielleicht widerstrebte es ihm auch, einfach nur zuzugeben, dass sein Tal, einmal mehr, zum Kriegsgebiet geworden war.

Nachdem wieder Friede herrschte, begann ich Pläne für die nächste Indienreise zu schmieden. Als mein Abflugtermin näher rückte, kam Robin täglich mit neuen Angaben über seinen Warenbedarf, und mein Auftragsbuch begann sich zu füllen.

»Ich möchte einen roten, von derselben Farbe wie jenes Kleid, das die Freundin von – wie war sein Name gleich noch – auf der Filmpremiere damals trug, du weißt schon, in sämtlichen Zeitungen war zu sehen, wie ihre Titten sich darunter abzeichneten.«

»Ich habe ein Säckchen voll Aquamarinen, die ich vor zehn Jahren auf meiner Hochzeitsreise in Bangkok erstanden habe. Ich würde für mein Leben gern etwas daraus machen. Könnte ich sie Ihnen schicken, damit Sie sie auf einen Schal sticken lassen?«

»Mama hätte gern einen in der Farbe von Mimosen. Sie

hat Unmengen davon in ihrem Garten in der Provence. Ich schicke Ihnen ein Foto, dann können Sie ihn passend färben lassen.«

Und mein Lieblingssatz: »Können Sie mir einen fertigen lassen in der Farbe des Kleides, das Mrs Thatcher trug, als sie General Pinochet wegen all dem Wirbel getroffen hat.«

Mein Journal schillerte in allen Farben – in dem Ton von leicht verwaschenem Granatapfel, blassrosa Pfingstrosen, dunklem Biberpelz, Valhrona-Schokolade und in der Farbe des Himmels über dem australischen Hinterland.

Während ich Bestellungen aufnahm, flog Manzoor von Delhi zu seiner Familie nach Srinagar. Ich rief ihn in dem Haus am See an. Völlig außer sich vor Aufregung kam er an den Apparat.

»Hallo, meine Liebe. Ich habe neue Rekord.«

»Hallo, Manzoor. Was meinen Sie damit?«

»Saboor, Bruder Nummer vier, hat Rekord am Telefon. Ashraf, Bruder Nummer drei, hat Rekord in der Luft. Rafiq, zweitälteste Bruder, hat Rekord für Straßenrand, aber jetzt breche ich ihn.«

Ich hatte keine Ahnung, wovon er sprach.

»Dame hat Teppiche bei Ashraf im Flugzeug gekauft und ihm einfach Geld in die Hand gedrückt. Jetzt ist mein Rekord Straßenrand in Delhi gewesen, auf Straße vor Fünfsternehotel. Arabische Dame kommt zu mir und gibt mir einfach 5000 Dollar in die Hand für Schals, ohne dass sie ein einziges Stück zu sehen bekommen hat. Dame sieht mich ein paar Pashmina-Schals tragen, und sie fragt mich, was ich tue. Ich erzähle ihr von den Schals und dass ich Pashmina von so hoher Qualität für sehr guten Preis verkaufe. Also bekomme ich Geld von ihr in die Hand für Bestellung, und sie sagt, dass sie Rest von Geld zahlt, wenn ich ihr die Schals schicke. Ich sage zu ihr, dass ich alle meine Nummern und Adressen von allen meinen Läden aufschreiben werde, und ich erzähle ihr von Hillary Clinton. Aber sie sagt, sie braucht das alles nicht und sie vertraut mir. Jetzt schickt sie mir Ticket nach Djidda, dem Hafen von Mekka, und ich fliege dorthin und bleibe dort und lerne alle von Königshaus kennen, so dass sie meine Kunden sein können.« Ich hörte ihn förmlich lächeln.

Der Grund meines eigenen Anrufs schien im Vergleich dazu nichtig.

»Ich habe endlich wieder Hoffnung, nach Kaschmir zu kommen.«

»Das sind wundervolle Neuigkeiten. Wann werden Sie kommen? Es ist so schön jetzt, Sonne scheint und milde Luft, nicht wie in Delhi. Meine Kinder, meine Familie, wir alle warten, dass Sie kommen.« Seine Stimme war voller Wärme.

»Ich werde kommen, sobald ich wieder in Delhi bin und einen Flug nach Srinagar buchen kann.«

»Oh, Sie sind in London«, sagte er lachend. »Ich denke, dass Sie in Delhi sind. Flug wird kein Problem sein. Sagen Sie mir einfach Datum, wann Sie nach Kaschmir kommen wollen.«

»Nun, ich dachte, ich komme vielleicht Ende September.«

»Sehr gute Neuigkeiten. Es gibt etwas, was ich Sie bitte, mir mitzubringen«, sagte er.

»Natürlich.«

»Pringle-Socken, einfach in Schwarz, und ein Ohrteil für Handy.«

Manzoor hatte in London meine Freisprechanlage gesehen und beschlossen, dass er, als moderner Mann, eine haben müsste.

Er machte eine kurze Pause, bevor er mit seiner Einkaufsliste fortfuhr.

»Eine Sache noch, meine Liebe. Saboor hat kleine Geschwulst am Finger, und er fragt, ob Sie etwas dafür mitbringen können.«

»Ist es eine Warze?«

Im Hintergrund waren Rufe zu hören, und dann kam Saboor ans Telefon. Er beschrieb mir die Geschwulst in allen Einzelheiten.

»Das klingt nach Warze«, sagte ich.

Saboor rief Manzoor zu, dass er eine Warze habe.

»Ich werde etwas mitbringen dagegen«, sagte ich.

»Wunderbar, und wir werden Sie in Kaschmir sehen.« Saboor reichte den Hörer wieder an Manzoor zurück.

»Ich glaube, es wird viel besser sein, wenn Sie vor Ende September nach Kaschmir kommen«, meinte Manzoor.

»Warum denn das?«

»Weil Ende September die Lotusblumen alle verblüht sein werden. Und bitte denken Sie an die Pringle-Socken, das Ohrteil und das Warzenmittel für Saboor.«

SCHLANGEN IM GARTEN

Der kaschmirische Hahnenkamm und der Rotklee ließen die Köpfe hängen in der Septembernachmittagshitze. Saboor hielt mir den kleinen Strauß hin, der in Zeitungspapier eingewickelt und mit einem Faden zusammengebunden war. Meine Maschine war mit einer Stunde Verspätung in Srinagar gelandet, und die Blumen waren verwelkt, aber er überreichte sie mir mit einer schwungvollen Bewegung, als ein Soldat seinen Gewehrlauf zwischen uns stieß. Der jüngste der vier Wangnoo-Brüder lächelte unverdrossen und verneigte sich leicht vor dem Soldaten. Das Gewehr wurde fortgenommen, und es fiel kein Wort mehr darüber, als der Chauffeur meine Tasche nahm und wir über das Rollfeld liefen.

»Wie viele Jahre ist es jetzt her, dass Sie in Kaschmir waren?«, fragte Saboor, als wir im Auto saßen und den Flughafen hinter uns ließen.

»Gut sieben Jahre.«

»Oh, das ist zu lang, um von hier fort zu sein. Sie müssen es so viel vermisst haben. Wenn ich für Winter nach Delhi gehe, bin ich so traurig, weil ich weiß, dass ich so lange vom Nagin-See weg sein werde. In Delhi ist so viel Stress, so viel Lärm, und hier ist so viel Friede.« Er blickte mich lächelnd an, als zwei Armeelastwagen unseren Jeep auf den Seitenstreifen abdrängten. Auf der Ladefläche hinten standen in strammer Haltung Soldaten mit schwarzen Bandannas um den Kopf, die Finger auf dem Abzug ihrer Gewehre. Sie stießen laute Pfiffe aus und brüllten auf die Leute am Straßenrand sowie die Fahrer von Zivilfahrzeugen herunter. Saboor sagte keinen Ton.

Wir fuhren eine Weile schweigend dahin, dann wandte er sich zu mir.

»Schauen Sie, unsere morgenländischen Platanen, sie sind so schön. Hatten Sie die vergessen?«

Ich hatte sie nicht vergessen. Immer noch wuchsen diese Schatten spendenden Platanen an der Straße nach Srinagar, aber sie war jetzt außerdem von Militärbunkern gesäumt, an deren Außenwänden Sandsäcke lehnten und über deren Dächer Tarnnetze geworfen waren. Zwischen den Maschen ragten spitz Gewehrläufe heraus, die direkt auf die vorbeifahrenden Autos gerichtet waren.

Wir überquerten eine neue Brücke.

»Das ist gut, Saboor, dass Brücken gebaut werden«, bemerkte ich.

Er zuckte die Achseln.

»Militante Separatisten haben die alte in die Luft gejagt. Armee hat kleine gebaut, aber nur sie hat sie benutzt.« Er zeigte auf eine schmalere Brücke neben der neuen. »Daher mussten wir neue bauen. Viele Brücken sind in die Luft gejagt worden.« Er kurbelte das Fenster herunter und lehnte sich hinaus. »Sehen Sie, jetzt ist köstlichste Zeit für Äpfel und Birnen. Wir halten an, und ich kaufe welche für Sie, um Sie wieder in Kaschmir willkommen zu heißen.«

Wir hielten an, und Saboor erstand große rote Kaschmiräpfel und kleine süße grüne Birnen. Er sah zu, wie ich sie auf dem Weg zur Stadt verspeiste.

»Ich esse jetzt nicht mehr viele Äpfel. Sie machen mir Probleme mit Winden. Am liebsten mag ich Bananen, aber wir bauen keine Bananen an in Kaschmir – keine Bananen, keine Mangos, keine Orangen, aber alle anderen Früchte.«

Ich erinnerte mich, dass auch Mr Butt ganz versessen auf Bananen gewesen war. Ich fragte Saboor, ob er irgendetwas von der Familie Butt wüsste.

»Natürlich, wir wissen alle Neuigkeiten über die Hausboote auf dem Nagin-See.«

»Wie geht es ihnen?«

»Das weiß ich nicht.« Er zuckte die Achseln.

Wir hielten an ein paar Stufen zwischen den Weiden, wo eine Shikara wartete, die uns auf den Nagin-See hinausbringen würde. ›Dream Girl Supa Delux – Voll gefederte Sitze‹, wie das Schild verkündete, verhieß ausgedehnte, genüssliche Nachmittage zwischen Lotusgärten und prächtigen Brücken.

Als das *Dream Girl* an jenem Herbsttag im goldenen Nachmittagslicht über den See glitt, huschten die schimmernden Reflexe des Wassers über die herabhängende Dekoration oberhalb meines Kopfes. Ein Himalaya-Falke ließ sich vom Aufwind tragen und beobachtete einen silbrigen Schwarm Fische unter der Oberfläche.

Meine letzte Shikara-Tour war die Rückfahrt von Mr Butts *Princess Grace* gewesen. Mit der Zeit hatte ich die sonderbaren sanitären Anlagen meiner schwimmenden Unterkunft lieb gewonnen, ihre Moskitofenster mit Löchern, die so groß waren wie Kinderfinger, ihren strengen nächtlichen Geruch nach dem Petroleum, das der Diener des Hausbootes im Dunkeln in die Lampen spritzte, wenn der Strom ausfiel; ihr Ächzen, wenn sich die Planken bei jeder Kräuselung des Sees gegeneinander verschoben. Ich war nicht auf den Luxus der *HB Wuzmal* der Gurkha-Hausboot-Gruppe, Eigentümer: Gebrüder Wangnoo, vorbereitet.

Wuzmal bedeutet »hübsch« in Kaschmiri, und die Hübsche war erst ein Jahr alt. Ich war ihr erster europäischer Gast, ihr erster Mieter seit dem Kargil-Krieg. Sie lag an ihrer Muring*

* Vorrichtung zum Verankern (Anm. d. Übers.)

inmitten der Gurkha-Hausboot-Gruppe, breit und ausladend, die Veranden mit geschnitzten Platanenblättern, Zinnien und Lotusblüten verziert.

»Dies ist jetzt Ihr Zuhause, Sie sind wie Schwester für uns«, erklärte Saboor, als der lange, feine Bug des *Dream Girls* sich an der untersten Stufe der *Wuzmal* rieb.

Bruder Nummer drei, Ashraf, saß zwischen den Kissen an Deck, die Hand am Bart, ein vertrautes Abbild der Wangnoo-Familie. Er sprang auf die Stufen des Bootes, als wir ankamen, und streckte mir die Hand entgegen.

»Nun sind Sie wieder zu Hause«, lächelte er. »Sie haben so lange gebraucht.«

Im Gänsemarsch besichtigten wir sämtliche Boote, angeführt von Saboor, der auf die gestalterischen Details jedes einzelnen Bootes hinwies; dahinter trottete Ashraf, der mich in jedem Schlafzimmer zum Stehenbleiben nötigte, damit ich die Feinheit der Crewel-Stickerei auf einem Bettüberwurf bewundern konnte oder die Pracht der farblich aufeinander abgestimmten bonbonrosa Badewanne, des Waschbeckens und der Toilette im angrenzenden Badezimmer. Wir kamen zurück auf die *Wuzmal* und beendeten unseren Rundgang in einem Schlafzimmer am Ende des Bootes.

»Ich denke, das könnte Ihr Zimmer sein«, schlug Saboor vor. »Es ist besonders hübsches Zimmer, und so viel Friede hier hinten, weg von all dem schrecklichen, schrecklichen Betrieb auf dem See.«

Ich lächelte. Das Eintauchen von den Ruderblättern der Shikaris zwischen den Seerosenpolstern, der Gebetsruf des Muezzins vom Minarett der Hazratbal-Moschee, die dicht über die Wasseroberfläche gleitenden Füße der fliegenden Enten, die vor dem Ufer zur Landung ansetzten, das dumpfe Klatschen der Teppichklopfer, wenn die Bediensteten auf

»Das ist Moqbool. Er wird alles für Sie sein.«

den Hausbooten ihrer täglichen Arbeit nachgingen – das waren Geräusche, die aus den Tiefen meiner Erinnerung an vergangene Tage auf dem See aufstiegen.

Ein weiteres Gesicht tauchte aus dem strahlenden Nachmittagslicht auf, als Saboor und Ashraf ihre Führung über das Fünf-Boote-Imperium beendet hatten.

»Das ist Moqbool. Er wird sich um alles kümmern, was Sie brauchen, solange Sie bei uns sind. Er wird alles für Sie sein«, sagte Saboor.

Moqbool stand auf einer Verbindungsplanke zwischen zwei Hausbooten. Als er vorgestellt wurde, grinste er breit, und eine Zahnlücke wurde sichtbar; sein grauer Bart, der von einem eleganten weißen Streifen durchzogen war, wies fast denselben Farbton auf wie seine helle persische Lammfellmütze. Unter seinem langen blauen Überhemd mit den Messingknöpfen, der Dienstkleidung der Gurkha-Hausboote, guckten bloße Füße mit einer dicken Hornhaut hervor. Er war groß und feingliedrig, ein klassischer Kaschmiri. Er verbeugte sich tief, ohne dabei das Gleichgewicht auf dem Holz zu verlieren; dabei waren die Zehen über das schmale Brett gespreizt, als habe er Schwimmhäute dazwischen.

Als er ging, wandte sich Saboor zu mir.

»Ruhen Sie sich ein wenig aus, und kommen Sie dann zum Haus, um mit meiner Familie Tee zu trinken. Sie wollen Sie kennen lernen. Vier Uhr wird eine gute Zeit sein.«

Als Saboor mich abholen kam, war ich tief zwischen die Kissen und Teppiche auf dem Deck gesunken. Er führte mich über eine Wiese. Das einzige Geräusch war der Aufprall von Leder auf Weidenholz: Verschiedene Teams aus

Jungen und jungen Männern spielten Kricket, wobei sich ihre Spiele alle überkreuzten. Saboor marschierte mitten durch die Spielenden, die Hände hinter dem Rücken verschränkt, und als ein Schlagmann den Ball abschmetterte, zischte er direkt über seinen Kopf.

»Boundary!«, rief Saboor, ohne seinen Schritt zu verlangsamen. Der Ball war bis zur Spielfeldgrenze geflogen.

Ein schlaksiger junger Mann, der gerade in den Stimmbruch kam, widersprach ihm und wollte den Schlag nicht gelten lassen.

Saboor blieb stehen und drehte sich zu ihm um, so dass sie einander gegenüberstanden. Eine kleine Kuh mit verführerischen Wimpern trottete zwischen den beiden Männern umher.

»Boundary«, gab der junge Mann aus Respekt vor Saboors Alter nach und zuckte die Achseln.

Das Spiel ging wieder weiter. Saboor, die Kuh und ich sahen zu, wie der Werfer seinen Feron raffte, um mit dem Ball in der Hand loszulaufen.

Die Pforte zu dem Haus am See hatte einen Griff in Form einer Dahlie. Saboor öffnete sie und bat mich mit einer einladenden Handbewegung herein in ein Meer aus Rosen, Zinnien, Klee und Kosmeen, die unter grün-goldenen Weiden durcheinander wucherten.

»Jetzt sehen Sie, warum es für uns so hart ist, nach Delhi zu kommen. Schauen Sie sich mein Zuhause an. Können Sie verstehen, warum all wir Brüder hierher zurückrasen bei erste beste Gelegenheit?« Er schwieg einen Moment lang und ließ seinen Blick über den Garten schweifen. Hinter den Zinnien und Rosen waren drei Stockwerke mit weiß gerahmten Fenstern unter einem steilen, doppelten Dach übereinander geschichtet, dessen Neigung den Bergen ringsum nachempfunden war.

Saboor rief etwas in Kaschmiri, klopfte zweimal an die Tür und wartete einen Moment, bevor er sie öffnete und mich sanft hindurchschob.

»Willkommen in meinem Zuhause. Schauen Sie, hier sitzen wir mit Leute. Kommen Sie, nehmen Sie Platz.« Er zeigte auf eines der Sitzkissen an der Wand. Abgesehen von einem Seidenteppich und den rotseidenen Sitzkissen an den Wänden war der Raum leer. Als ich in die Hocke ging, um mich hinzusetzen, schlüpfte ein kleines Mädchen mit Mandelaugen hinter ihrem Vater ins Zimmer.

»Das ist Suriya, meine Tochter.« Er schob das Mädchen in meine Richtung und wies sie an, mir guten Tag zu sagen.

Sie zog den Kopf ein und wisperte »Guten Tag«, wobei sie sich nur mühsam das Lachen verkneifen konnte.

»Sie ist schön«, sagte ich.

»Inshallah, alle unsere Kinder sind schön.«

Ein dämmriger Korridor mündete in eine Küche. Ein Gesicht lugte um die Türecke, ein lächelnder Mond mit glänzenden Wangen, das Haar straff zurückgebunden unter einem geblümten Kopftuch.

»Meine Frau, Zubeda«, stellte Saboor vor.

Sie nahm meine Hand, schüttelte sie mit beiden Händen und sah mir direkt in die Augen. Um ihre Augenwinkel spielten kleine Fältchen beim Lächeln.

Saboor winkte zu einer Gestalt am anderen Ende der Küche hinüber. »Das ist Naseema, Frau von Ashraf.«

Sie rührte sich nicht vom Fleck, nickte jedoch stumm.

»Sie spricht nicht sehr viele Englisch«, sagte Zubeda voller Überzeugung.

»Sie spricht gar kein Englisch«, verbesserte Saboor. Und dann wies er auf den vorderen Teil der Küche, der nur durch eine niedrige weiße Mauer vom Rest des Raumes getrennt war. »Wir werden hier Tee trinken, wie wir es nur mit Familie auch machen.«

Ich wollte gerade in die Küche hinein, doch wieder fasste mich Saboor am Ellbogen.

»Zuerst zeige ich Ihnen Winter-Wohnzimmer, schöner Raum, er wird Ihnen gefallen.«

Das Winterzimmer war genau wie das Sommerzimmer, nur kleiner.

»Aber Sache, die magisch ist. Wir haben Steine unter dem Boden hier, und bei kaltem Wetter machen wir kleine, kleine Feuer darunter, so werden die Steine warm, und Zimmer ist schön warm. Setzen Sie sich, wir werden hier Tee trinken.«

Ich durfte es mir gemütlich machen, Zubeda brachte Tee herein, stellte ihn ab und verschwand wieder in die Küche. Wir würden doch nicht im Familienkreis Tee trinken.

Saboor nahm auf der gegenüberliegenden Seite des Zimmers Platz und spielte mit den verschiedenen Kindern, die auftauchten und wieder verschwanden, einige davon waren seine, einige gehörten seinem Bruder; doch das spielte keine Rolle, sie lebten alle unter einem Dach und wurden daher auch gleich behandelt. Dann kam die Zeit fürs Gebet.

»Sie werden bei den Frauen sitzen und sich mit Ihnen unterhalten, bis wir zurück sind. Es wird nicht lange dauern.« Er rief etwas in die Küche hinaus, und Zubedas Kopf tauchte im Türrahmen auf.

Ihr Englisch war langsam, aber gut, und wenn sie nicht sicher war, behalfen wir uns mit einem Mischmasch aus Hindi und Kaschmiri.

Sie war 30, obwohl ihre vollen, glänzenden Wangen und ihre seidige Haut ihr ein jüngeres Aussehen verliehen. Seit beinahe neun Jahren war sie nun mit Saboor verheiratet, und sie hatten zwei Kinder. Zubeda hatte zwei komplizierte Schwangerschaften hinter sich, und beide Babys waren per

Die Weide und das Giebeldach des Hauses am See

Kaiserschnitt zur Welt gekommen. Saboor wünschte sich noch ein Kind, aber Zubeda war wenig begeistert.

»So viele Schmerzen, so so viele Schmerzen.« Sie hielt sich ihren üppigen Bauch und wippte auf den Fersen.

»Kannten Sie Saboor, bevor Sie geheiratet haben?«, fragte ich sie.

»Das erste Mal am Tag der Hochzeit.«

»Da hatten Sie doch sicher große Angst. Was wäre gewesen, wenn Ihnen sein Äußeres nicht gefallen hätte?«

»Er hat mir sehr gut gefallen.«

»Und waren Sie glücklich?«

»Sehr, bis auf eine Sache – in erster Woche fuhr mein Mann zum Arbeiten mit seinen Brüdern, und ich saß hier den ganzen Tag wie Statue.« Sie breitete die Arme aus, schürzte die Lippen, kniff die Augen zusammen und stand dann stocksteif und reglos da, bis sie sich schließlich nicht mehr halten konnte und schallend anfing zu lachen.

Ich ließ nicht locker: »Was wäre gewesen, wenn Sie Ihren Ehemann nicht gemocht hätten?«

Zubeda schloss die Augen.

»Ich wurde von meinen Eltern verlobt, als ich fünfzehn Jahre alt war.« Sie hielt inne.

»Und was geschah?«

»Ich habe meinen Eltern gesagt, dass ich das nicht machen werde. Ich war zu viel jung und wusste nicht genug von irgendetwas.«

»Und was fanden Ihre Eltern?«

»So viel Krach und Wirbel. Dann, nach einiger Zeit, sehen sie ein, dass es nicht so schlecht ist. Dann, als ich heirate mit meinem Mann, sind sie sehr glücklich.«

So breit und schwerfällig sie auch war, es gab doch etwas an Zubeda, was mich an Lila Butt erinnerte, eine Unbeirrbarkeit, die einigen muslimischen Eltern in Kaschmir vielleicht ein ziemlicher Dorn im Auge ist. Ehe ich weiterfragen konnte, kam Saboor vom Gebet zurück, zu beiden Seiten einen Jungen.

»Jetzt lernen Omar und Aquib kennen, Söhne von Rafiq und Ashraf.« Er schob die beiden Jungen zu mir hin.

Sie nickten, griffen sich ein paar Kekse von dem Teller vor mir auf dem Tisch und rannten in den Garten hinaus.

Wir setzten uns, um noch etwas Tee zu trinken.

»Hat Ihnen Manzoor erzählt, wie er neuen Rekord für Familie aufgestellt hat?«, wollte Saboor wissen.

»Ja, das hat er, den neuen Wangnoo-Straßenrand-Rekord«, erwiderte ich begeistert.

»Inshallah, wir haben mehr als Glück mit unserem Geschäft. Zu Zeiten unseres Vaters und seines Vaters und weiter zurück über fünf Generationen haben wir Hausboote vermietet. Ich werde Ihnen Briefe zeigen, die wir vor langer Zeit, um 1800, von Leute erhalten haben. Ich muss Ihnen diese Sachen zeigen.«

»Aber jetzt sind Sie doch nicht mehr auf das Hausbootgeschäft angewiesen?«, fragte ich.

Moqbool hatte lange nachdenken müssen, als ich ihn fragte, wann er das letzte Mal einen europäischen Gast betreut hatte. Er hatte zu einer Antwort angesetzt, dann aber innegehalten, den Kopf geschüttelt und gesagt, dass er sich nicht erinnern könnte.

»Das ist es, warum ich Ihnen sage, dass wir so viel Glück haben. Wir haben nicht so viele europäischen Gästen gehabt seit 1989. Aber wir haben überall Läden, in Srinagar und allen Tophotels in Delhi. Jetzt, wo Manzoor reist und so viel gute Arbeit macht, haben wir Geschäftsbeziehungen mit Amerika, Frankreich, Italien und England. Inshallah, Gott war großartig und gut zu uns.« Saboor schwieg einen Moment. »Aber Sie werden sehen, dass diese zehn Jahre sehr schlecht gewesen sind für mein Volk. Sie werden sehen, wie viel es gelitten hat. Kaschmiris sind nicht glücklich.« Er sah über den Garten hinweg zu den Bergen hinüber und sprach nicht mehr weiter.

Ich lief durch die Blumen zurück zu meinem schwimmenden Haus. Moqbool war nicht auf dem Boot. Ich setzte mich nach draußen zwischen die holzgeschnitzten Platanenblätter und sah zu, wie die Abendsonne die Berge in ein blasses Lavendel tauchte und den Wolken über den Pappeln einen rosa Schimmer verlieh. Die Hausboote am anderen Ende des Sees glühten bernsteinfarben. Ein Eisvogel flog zwischen den geschnitzten Säulen der Veranda hindurch und landete auf einem ausgeblichenen Zweig, nur ein oder zwei Meter von meinem Platz entfernt. Seine Flügel schimmerten glänzend und fügten sich zu einem Stillleben mit dem reglosen See, der ein makelloses Bild der violetten Berge zurückwarf.

Jenseits des lautlos daliegenden, von Pappeln umstandenen Sees war plötzlich das Krachen von Schüssen zu hören.

»Zwei Dinge gibt es in Kaschmir, die Ihnen mit der Zeit sehr vertraut sein werden«, sagte der Offizier, der den Auftrag erhalten hatte, mich als Journalistin über die Lage zu informieren. Er war Mitglied der Border Security Force, der paramilitärischen Grenzschutzeinheit, die in Srinagar stationiert war. Wir saßen unter einer Platane in einem Garten am Dal-See, der sieben Jahre zuvor von der BSF beschlagnahmt worden war.

»Das Erste sind Schießereien. Das Zweite, was Sie feststellen werden, ist, dass die Kaschmiris keinerlei Sympathie mehr für die indische Armee aufbringen. Wir sind schon zu lange hier, und ich fürchte, der Sittenkodex ist auf beiden Seiten ein wenig lax geworden.« Der Offizier war ein typischer Vertreter der indischen Armee, ganz alte Schule, er drückte sich sehr gewählt aus, war groß, schlank und elegant in seiner Uniform, die Spitzen seiner braunen Schuhe waren spiegelblank poliert. Er setzte alles daran, mich davon abzubringen, auf irgendwelche Dörfer hinauszufahren.

»Ich sehe keine ernsthafte Gefahr, denn ich weiß ja, dass Ihre Leute überall in der Region verstreut sind. Und ich werde doch wohl kaum vor der Nase der BSF weggeschnappt werden.«

»Fordern Sie das Schicksal nicht heraus, Miss Hardy«, sagte er, während er seinem indischen Diener ein Zeichen machte, dass er noch eine Kanne Tee bringen sollte.

Ich hatte bereits drei Tassen getrunken. »Verzeihung, aber dürfte ich wohl einmal Ihre Toilette benutzen?«, fragte ich.

Der Offizier und der Diener sahen einander für einen Augenblick verwirrt an. Dann wurde ein jüngerer Offizier zu meiner Unterstützung gerufen. Er führte mich zum Hauptgebäude. Zehn Jahre Militärbesatzung hatten ihre Spuren hinterlassen. Seine Fenster waren zerbrochen, die Balkone geborsten. Mein Begleiter blieb stehen, besann sich dann eines Besseren und lotste mich in eine andere Richtung, zu einer Wand mit einer Plane davor; dabei eilte er selbst voraus, um die Soldaten, die sie bereits benutzten, zu verscheuchen. Sie machten sich aus dem Staub, noch während sie ihre Reißverschlüsse wieder zuzogen. Der junge Offizier winkte mich in ein beißend riechendes offenes Pissoir und blieb dann eine Spur zu nahe stehen, während ich hinter die Zeltwand verschwand.

»Sind Sie immer noch entschlossen, mich von einem Besuch der Dörfer draußen abzubringen?«, fragte ich dann seinen Vorgesetzten, als ich zu der Platane zurückkam.

»Miss Hardy, meiner Erfahrung nach gibt es kaum einen Mann, der eine englische Frau, die sich einmal etwas in den Kopf gesetzt hat, dazu bewegen könnte, ihre Entscheidung rückgängig zu machen. Fahren Sie meinetwegen, wenn Sie das gerne möchten, aber bitte kehren Sie um, wenn einer meiner Offiziere Sie darum ersucht.« Er hielt inne. »Eins dürfen Sie nie vergessen.«

»Und das wäre?«

»Dies ist kein Krieg zwischen zwei deutlich erkennbaren Fronten. Wir sind kaum zu übersehen, aber Sie schon. Und noch etwas, Miss Hardy, wir sind nicht immer in der Lage, eine Toilette zur Verfügung zu stellen auf den Dörfern.« Er schmunzelte.

Das BSF-Quartier befand sich direkt neben dem Shalimar Bagh, einem der drei Mogulengärten an den Seen, die vom Kaiser Jahangir, seinem Sohn Shah Jahan und Jahangirs Premierminister angelegt worden waren. Es waren kleine Paradiese aus Wasserfällen, Blumen und Obstbäumen, und sie ordneten den Bau von Vergnügungspavillons an, um der Schönheit ihrer Frauen zu huldigen, mit Alleen aus Fontänen, die bis zu den Seen hinabführten, in denen die Berge sich spiegelten.

Inzwischen haben die Gärten nichts mehr von den mogulischen Refugien und ihrer kühl glänzenden Lethargie. Sie gehören dem Volk in Kaschmir und unterstehen der städtischen Aufsichtsbehörde, die sich um nichts kümmert.

Shalimar Bagh wurde von Jahangir für Nur Mahal geschaffen, »das Licht des Palastes«, seine legendär schöne Frau. Ich wollte noch einmal dorthin, um zu sehen, ob meine Fantasie über die Plastiktüten in den verstopften Wasserstraßen hinausreichen und das wieder heraufbeschwören würde, was einst dort gewesen war. Es war nicht leicht.

Das Schild der Shikara

Nach zehn Jahren gewalttätiger Auseinandersetzungen war die Kasse der Stadtverwaltung geplündert. Es lagen noch mehr Plastiktüten herum, und es wuchsen noch weniger Blumen und Gras.

Der Hauptpavillon, der 1992 gerade restauriert wurde, war immer noch von rostigem Wellblech umgeben. Einzig die prächtigen Platanen warfen nach wie vor ihre gesprenkelten Schatten.

Ich setzte mich unter eine von ihnen und wurde auf der Stelle durch ein junges Paar abgelenkt, das das tat, was junge Paare in den indischen Gärten so zu tun pflegen. Der Anblick war mir vertraut. Was meine Aufmerksamkeit erregte, war nicht das Pärchen, sondern jene, die es beobachteten. Eine Gruppe Soldaten saß in voller Kampfmontur und bis an die Zähne bewaffnet unter der Platane neben mir. Und von ihrem Sitzplatz aus kommentierten sie das täppische Werben des jungen Paars.

Dann durchquerte ein weiterer Trupp Soldaten mit einem einheimischen Mädchen den Garten und steuerte auf die öffentlichen Toiletten zu. Es war nicht klar, wer dabei führte und wer geführt wurde.

Wenn ich nicht bei dem BSF-Offizier so viel Tee getrunken hätte, wäre ich nicht gezwungen gewesen, denselben Weg einzuschlagen. Ich hätte nicht gesehen, wie das Mädchen einen der Soldaten hinter die mit einem Vorhängeschloss verriegelte Damentoilette zog. Ich hätte auch nicht gesehen, wie sie wenige Minuten später wieder hervorkam und einen weiteren Soldaten an denselben Ort mitnahm. Und ich hätte nicht die hässlichen Dinge gehört, die die Soldaten sagten, als sie Noten zwischen eins und zehn vergaben für ihre Gelenkigkeit.

Die Widerwärtigkeit des Verhältnisses zwischen der Armee und der einheimischen Bevölkerung in Srinagar ist an allen Ecken und Enden zu spüren, hinter jedem Baum in den Mogulgärten, hinter jedem der Bunker am Straßenrand. Die Soldaten sind nur ungern dort, und die Kaschmiris wollen sie nicht dahaben.

Als ich ging, kamen die Gärtner und versuchten mir Blumen aufzuschwatzen, genau wie sie es schon immer getan hatten. An den Stufen unterhalb des Gartens rangelten die Shikaris um Kundschaft und stritten sich um die jungen Paare, die darauf hofften, ein bisschen mehr Abgeschiedenheit zu finden, als sie unter den morgenländischen Platanen in Shalimar Bagh zu haben war.

DAS WISPERN DES WEBERSCHIFFCHENS

Der Offizier am See hatte mich gewarnt, aber ich hatte nach wie vor im Sinn, mich nicht nur auf Srinagar zu beschränken. Auch wenn das Pashm für unsere Schals von Ziegen in Ladakh kam, über die berüchtigt schlechte Verbindungsstraße zwischen Srinagar und Leh, gab es auch jetzt noch Hunderte von Kaschmirziegen in Kaschmir. Ich wollte gerne in die Berge hinauf, um die Hirten aufzusuchen und zu erfahren, wie es ihnen in den letzten zehn Jahren und insbesondere seit den kriegerischen Auseinandersetzungen in der Umgebung von Kargil während des Sommers ergangen war.

Es gibt drei Sorten Berghirten in Kaschmir: Chopans, Gujars und Bakarwals. Die Chopans ziehen am wenigsten umher. Im Sommer führen sie ihre Herden zum Weiden auf die Margs oben, die Bergwiesen von Kaschmir, und im Winter kehren sie in ihre Dörfer in den Tälern zurück. Sie haben es gar nicht gern, mit den Gujars oder den Bakarwals in einen Topf geworfen zu werden. Sie sind Hirten, und die anderen betrachten sie als Zigeuner. Chopans sind an ihren Gesichtszügen und ihrer Kleidung leicht als Kaschmiris zu erkennen.

Die wahren Nomaden von Kaschmir sind die Gujars. Früher fürchteten sich die Talbewohner häufig vor diesen Zigeunerhirten, die von Zeit zu Zeit mit ihren Herden, ihren wilden Liedern und ihrer fremdartigen Sprache aus dem Hochgebirge herabstiegen. Es sind schöne Menschen. Die Männer sind groß und hager, aristokratische Gestalten. Die jungen Frauen haben Augen so groß wie die ihrer Büffelkälber, und obwohl sie ebenso stark sind wie ihre Maultiere, sind sie gleichzeitig auch zerbrechlich. Die Gujars verbringen den Winter auf den niedriger gelegenen Weiden und in trockenen Flussbetten. Sie schlagen Zeltlager auf und tragen von dort Fröhlichkeit, aber auch eine gewisse Unruhe in die umliegenden Dörfer.

Die Bakarwals sind Gujars aus Punjab. Ich konnte die beiden Gruppen nicht auseinander halten, aber Salama, mein Führer, erklärte mir den Unterschied. Er war von den Wangnoo-Brüdern zu meinem Beschützer bestimmt worden. Sie sahen es nur ungern, dass ich mich aufmachte in die Berge; aber wir schlossen einen Kompromiss, und ich willigte ein, mich unter Begleitschutz zu begeben. Salama war ebenfalls Diener auf den Hausbooten der Wangnoos, kleiner als Moqbool, aber mit derselben Haltung, demselben ergrauenden Bart. Seine bevorzugte Kopfbedeckung war ein weißes Topi, das mit feinen goldenen Reben und Weinblättern bestickt war. Er erzählte mir stolz, dass man in ganz Kaschmir kein zweites derartiges Topi finden würde: Man hatte es in Dubai für ihn besorgt. Er arbeitete bereits seit 35 Jahren für die Wangnoo-Brüder, und sein jüngerer Bruder war als Koch für alle fünf Hausboote tätig.

Als wir in die Berge hochfuhren, zeigte Salama auf einen Barkawal. »Schauen Sie, er ist wie Zigeuner, viel wilder als Kaschmiri-Gujars.«

Ich lächelte dem wilden Mann, seiner Tierherde und den lachenden Frauen zu. Er erwiderte mein Lächeln und zeigte blitzend weiße Zähne; seine walnussbraunen Augen funkelten lebhaft.

Salama zuckte mit den Nasenflügeln.

»Das sind reiche Leute. Viel reicher als Kaschmiri-Gujars. Schauen Sie, wie viele Schafe und Ziegen sie haben, verkaufen Schafe, verkaufen Ziegen und Wolle und auch Milch. Sie haben viele Geld. Kaschmiri-Gujars sind arme Leute. Sie haben nicht viele Geld. Nur haben einige Büffel und verdienen wenige Geld mit Milch und manchmal bisschen, bisschen Käse.«

Ich hatte den Käse der Gujars Jahre zuvor auf meinem Weg nach Amarnath gekostet, als ich beim Überqueren einer Wiese einer kleinen Gruppe von ihnen begegnet war und sie mir etwas von ihrem milden Weichkäse auf einem Feigenblatt angeboten hatten. Er hatte sehr dekorativ ausgesehen, aber fade geschmeckt.

Salama und ich fuhren über die Straße nach Kargil, wo sechs Monate zuvor der Krieg ausgebrochen war. Wo ehedem friedliche Stille über den Seen gelegen hatte, erfüllte jetzt das Getöse und Motorengeheul der Schwertransporter die Luft, die unterwegs waren, bis Ladakh von den ersten Schneefällen des Winters wieder von der Welt abgeschnitten sein würde. Rechts und links der Straße erstreckten sich die Felder des Tals, hier und da von Pappeln und Platanen bestanden. Am Vortag hatte es geregnet; es war der erste wirkliche Regen seit sechs Monaten, seit der Monsun ausgeblieben war. Auf den kleinen Parzellen wimmelte es von gebückten Männern, die sich tief über hölzerne Pflüge beugten hinter Büffelgespannen, die aus der Spur drängten; Frauen mit gerafften Röcken rodeten Kartoffeln und zogen Karotten aus der aufgeweichten Erde; von den Kindern halfen einige, aber die meisten hielten die Arbeiten eher auf.

Jedes Feld wurde bewacht von Soldaten, die schwarze Bandannas vor das Gesicht gebunden hatten und Gewehre über der Brust trugen. Sie hielten uns an, wann immer sie Gelegenheit dazu hatten, ihr Blick über den bedrohlich wirkenden schwarzen Tüchern war angespannt und herausfordernd. Sie schlugen mit dem Gewehr gegen die Tür, sagten kein Wort, verlangten aber, mitgenommen zu werden. Jedes Mal sprang Salama aus dem Jeep und hinderte sie daran, zu mir vorne einzusteigen, mit zusammengebissenen Zähnen um Beherrschung bemüht. Unser Fahrer sagte kein Wort, und die Unterhaltung im hinteren Teil des Wagens zwischen Salama und unseren zeitweiligen Passagieren wurde in Hindi geführt, sie war nichts sagend und sachlich. Die wenigsten Soldaten sprachen Kaschmiri. Sie gehörten nahezu alle Regimentern an, die für den Krieg ins Tal abkommandiert worden waren – Sikhs aus Regimentern im Punjab, Gurkhas mit ihren Kukris an der Hüfte, kurzen Schwertern mit breiter Klinge, die sie im Nahkampf statt Bajonetten benutzten, traurige, mandeläugige Schützen aus Assam – Gesichter aus ganz Indien, die es im Namen der nationalen Sicherheit in das Tal verschlagen hatte.

Als wir uns die Berge hinaufschraubten, setzten wir unsere letzten Mitfahrer ab. Sie grunzten, als sie ausstiegen, und hatten kein Wort des Dankes, lediglich unartikulierte Laute waren zu hören.

»Das ist nur in diesen wenigen Jahren so gekommen.« Salama stieß einen tiefen Seufzer aus.

»Ich dachte, die Armee konnte schon immer private Fahrzeuge beschlagnahmen.«

»Mag sein, aber in den ersten Jahren war viel, viel mehr Respekt. Ich sage Ihnen das aus meinem Herzen. In frühen Jahren, als Armee in Kaschmir war, frage ich manchmal Soldaten, bei Dingen zu helfen, und sie sind einverstanden, und all wir Kaschmiris lächeln. Hier ist die Armee, um uns zu beschützen. Jetzt ist alles anders. Früher hatten sie Angst, dass Mitglieder militanter Gruppierungen in Autos saßen oder auf Bussen. Aber jetzt kümmern sie sich nicht darum, sie knallen einfach – boing, boing – ihre Waffen auf jeden Wagen oder Bus, und er muss anhalten und sie mitnehmen. Sie wissen, dass das Kaschmiris traurig macht. Das ist ihnen egal.«

Ein kleines Stück weiter hielt uns erneut ein Soldat an.

»Schauen Sie, sie denken, das ist Spiel, Sie anzuhalten, weil Sie eine ausländische Dame sind, ohne Ehemann, der beschützen kann«, bemerkte Salama.

Doch anstatt mit seinem Gewehr gegen die Tür zu klopfen, pochte der Soldat ans Fenster. Dann, noch bevor irgendjemand etwas sagen konnte, winkte er und deutete auf einen Jungen, der hinter ihm stand, einen Einheimischen. Er erklärte in stümperhaftem Hindi, dass der Junge auf eine Mitfahrgelegenheit zu einem Dorf weiter oben im Tal hoffte. Genau dort wollten wir hin. Der Bursche schwang sich mit einer Ungezwungenheit auf den Sitz, die deutlich zeigte, dass er es durchaus gewohnt war, von der Autorität des militärischen Verkehrsstopps zu profitieren, um eine Mitfahrgelegenheit zu ergattern.

Die folgenden zwanzig Minuten entspann sich ein lebhafter Dialog zwischen dem Jungen und Salama. Der Junge sprach davon, dass er seine Mausī, seine Tante, besuchen fahre, doch seine Unschuld wirkte aufgesetzt, sein Lächeln falsch. Er war ein Kind des Krieges, das die Spannungen mit der Muttermilch eingesogen hatte und mit täglichen Beweisen für die Unbeständigkeit des Lebens groß geworden war.

Eine Gruppe Einheimischer löste sich aus dem Schatten der Weiden, die den Straßenrand säumten. Einer von ihnen, dessen Hände über dem Kopf gefesselt waren, noch im Schlafanzug, das zusammengerollte Bettzeug über der Schulter, den vertrauten Ausdruck von Furcht im Gesicht, wurde von etwa zwanzig Soldaten der BSF eskortiert. Der Junge lieferte uns einen fortlaufenden Kommentar dazu. Der Mann hätte Angehörigen militanter Gruppierungen Unterschlupf in seinem Kornspeicher gewährt. Und, was noch schlimmer wäre, so führte unser Informant aus, er hätte Waffen nach Jammu geschafft, versteckt in Kisten unter rotbackigen Kaschmiräpfeln aus seinem Obstgarten.

Wir setzten unseren jungen Veteranen in Sonarmarg ab, einst ein beliebter Ort für Flitterwochen und Drehort zahlloser Bollywood-Filme. Jetzt war das Tal ein ausgedehnter Militärparkplatz. Die Chalets, wo sich die Bollywood-Stars danach verzehrt hatten, sich zu küssen, waren mit Stacheldraht umzäunt, und wie riesige Brandblasen verunzierten Wracks ausgeschlachteter Militärfahrzeuge den kurz abgegrasten Rasen.

Unser Mitfahrer schien es nicht sehr eilig zu haben, zu seiner Mausī zu kommen. Er heftete sich uns an die Fersen, als wir am Ende des Tals den Aufstieg zum Gletscher begannen.

»Pony für nette Dame?«, versuchte er es.

Salama brummelte ihm etwas zu, aber er ließ sich nicht so leicht abwimmeln.

»Bin Führer für Sie.«

»Ich habe einen Führer hier bei mir, vielen Dank.« Ich streckte meine Hand nach Salama aus.

Der Junge ließ nicht locker. Salama warf ihm einen bösen Blick zu. Die Luft wurde allmählich dünner, und ich war zu sehr damit beschäftigt, Atem zu holen, als dass ich hätte reden können. Ich sah den Jungen an und lächelte hilflos, meine Antworten bestanden in einem Achselzucken. Als wir anhielten, um eine Verschnaufpause einzulegen, blickte er zurück ins Tal hinunter. Ein weiterer Jeep parkte neben unserem. Der Junge blinzelte in die Sonne und versuchte abzuschätzen, was das Fahrzeug ihm einbringen mochte; dann wandte er sich von uns ab, um sich auf die Suche nach einer anderen Einnahmequelle zu machen. Er hatte mir erzählt, er sei zehn Jahre alt.

Eine Weile setzten wir unseren Anstieg schweigend fort. Salama wirkte sorgenvoll.

»Er wird kein gutes Leben haben. Er gehört zu der Sorte, die über die Grenze gehen werden«, bemerkte er traurig.

»Was meinen Sie damit, ›über die Grenze‹?«

Salama schwieg wieder. Der Ausdruck war mir geläufig. Lila hatte ihn sieben Jahre zuvor auf dem Dach der *Princess Grace* gebraucht, als sie über das Verschwinden ihres Cousins gesprochen hatte.

»Haben Sie Geschichten über die Kinder gehört, die jedes Jahr aus den Dörfern in den Bergen verschwinden?«, fragte ich.

Salama blieb stehen, den Blick starr auf den Gletscher gerichtet.

»Wir haben diese Geschichten in früheren Jahren gelesen.«

»Aber haben Sie in jüngerer Zeit etwas gehört?« Ich hatte meinen toten Punkt überwunden.

»Mag sein, dass es vor einigen Jahren vorgekommen ist, aber jetzt geschieht das nicht mehr. Vielleicht wurden einige aus den Dörfern verschleppt, und einige sind auf eigene Faust gegangen. Aber dies passiert nicht in Srinagar, niemals aus Srinagar.« Er schüttelte seinen Kopf zu den Gipfeln gewandt.

»Ich bin nicht sicher, ob ich verstanden habe, was Sie damit meinen, dass sie auf eigene Faust gegangen sind.«

Lila hatte deutlich vermittelt, dass ihr Cousin ganz und gar nicht freiwillig gegangen war.

»Ich werde Ihnen etwas sagen, aber Sie müssen sicher sein, dass Sie verstehen, was ich sage. Ein Junge, der selbe Schule wie Älterer meiner Söhne besuchen, redete mit meinem Sohn und erzählte ihm Dinge darüber, dass sie über die Grenze gehen, um sich den militanten Kämpfern anzuschließen. Mein Sohn kommt zu mir und erzählt mir diese Dinge. Ich lege die Hand auf mein Herz und sage ihm, dass dieser Junge aus einer schlechten Familie kommt. Ich sage zu meinem Sohn, schau, was er mit uns hat, mit seiner Familie. Wenn er sich militanter Gruppierung anschließen will, dann kann ich nichts tun, um ihn davon zurückzuhalten. Bitte hören Sie das in richtiger Weise, aber ich habe Tränen in den Augen, als ich das meinem Sohn sage.« Salama lief jetzt vor mir, und ich konnte sein Gesicht nicht sehen, während er sprach.

»Mein Sohn erzählt mir, dass er das nie tun würde. Er sagt zu mir im Namen von Allah, dass er niemals die Familie verlassen würde für diese Sache. Das ist das Versprechen, das ich ihm abgenommen habe, und ich glaube es, inshallah.« Die Stimme versagte ihm.

»Meinen Sie damit, dass viele dieser Kinder aus eigenem Antrieb gehen, weil das bedeutet, dass sie von ihren Familien fortkommen können?«

Salama wandte sich zu mir um und hob die Brauen.

»Sie brauchen keine Grund. Sie gehen einfach, wenn sie es beschlossen haben.«

»Natürlich.«

Die Unterhaltung erstarb in der dünnen Luft.

Ein Soldat trat zwischen den Bäumen heraus und folgte uns eine Weile lang unauffällig. Als der Pfad steiler wurde, fiel er allmählich zurück, und ein anderer tauchte auf. Ihm schloss sich ein Dritter an, der sich als aufdringlicher erwies. Wo gingen wir hin? Was taten wir hier? Wo war ich geboren? Wo war mein Ehemann? Wie lautete der Name meines Vaters? Als er mit Informationen versorgt war, schien er zufrieden und drehte ab. Oben auf dem Gletscher waren wir alleine. Weiter oben, in dem schmaler werdenden Einschnitt, der zu einem Pass hinaufführte, war eine kleine Gruppe primitiver Zelte zu sehen.

»Noch mehr Armee?«, fragte ich Salama, als wir näher kamen.

»Nein, das ist nicht Armee. Das ist Chopans.«

Als wir auf einem Baumstamm einen Fluss überquerten, Salama weit ausschreitend, während ich unsicher hinterherwankte, kam ein einzelner Mann zum Eingang des Zeltlagers. Salama fragte, ob wir reden könnten. Der Chopan zuckte lächelnd die Achseln. Sein Bergbewohnergesicht schien so holzgeschnitzt und kantig wie die Gipfel ringsum. Er trug einen grauen Feron aus dickem, festem Wollstoff, und seine kräftigen, muskulösen Hände waren durch Armschlitze geschoben.

Die Zelte standen auf niedrigen Fundamenten aus Lehm, über denen grobe Leinwand aufgespannt war. Das Herz des Lagers bildete ein glatt gestrichener Lehmboden mit einem Feuerplatz in der Mitte. Eine Frau hängte Ketten aus roten Chilischoten zum Trocknen auf, die im Ton zu den Rosen auf ihrem Kopftuch passten, Farbtupfer in der grauen Gletscherlandschaft. Ein kleines Mädchen spitzte vorsichtig um ein weiteres Zelt herum, fasziniert vom Anblick fremder Menschen, den Körper jedoch in Habachtstellung. Salama und der Chopan unterhielten sich, und ihre Sätze wurden immer wieder unterbrochen durch nachdenkliches Schweigen. Ich kauerte mich neben das kleine Mädchen und hielt ihr meine geöffneten Handflächen hin: Sie hob den Kopf und nickte ruckartig, wie ein Tier, das die Witterung aufnimmt. Dann legte sie einen Finger in meine Hand und fuhr die Linien in meiner Handfläche nach, wobei sie über die blauen Adern an meinem Handgelenk lachte. Eine Frau tauchte hinter ihr auf, deren Gesicht ein zarteres Abbild von dem des Chopans war und ein älteres von dem des Kindes. Sie waren eine Familie – Tochter, Mutter und Bruder.

Wir saßen draußen vor dem Zelt, und Salama übersetzte geduldig meine Fragen.

Sie waren von den Weiden im Hochgebirge heruntergekommen und auf dem Rückweg in ihr Dorf im Tal, wo sie

Der Chopan mit seiner Wasserpfeife und seine Nichte

den Winter verbringen wollten. Es war ein schlechter Sommer gewesen.

»Warum?«, wollte ich wissen.

»Die Armee hat uns unsere Sommerweiden nicht benutzen lassen. Ständig wir mussten weiterziehen. Die Tiere haben jetzt nicht genug Fett angesetzt für den Winter. Wir werden Futter für sie schneiden müssen, durch die Schneedecke hindurch.«

Ein winziges bibberndes Lamm näherte sich uns auf wackligen Beinen und blökte. Der Chopan hob es hoch und schob es unter seinen warmen Feron. Das Blöken verstummte.

Salama erklärte, dass man die meisten Sommerweiden oben um Kargil herum fände, etwa hundert Meilen entfernt.

Die Schwester des Chopans brachte flache Schalen mit Bergtee, zweimal aufgekochte Ziegenmilch, die mit Teestängeln aromatisiert war. Salama zog an einer Huka, die der Chopan an ihn weitergereicht hatte, und das kleine Mädchen fing an, mit meinem Rucksack zu spielen. Mein Pass fiel aus einer der Taschen. Der Chopan rettete ihn aus dem Schmutz und drehte ihn in den Händen.

»Er fragt, ob Sie damit überall auf der Welt hinreisen können«, dolmetschte Salama.

»Fast überall. Es heißt, dass wir sie für die Reise zum Mond ebenfalls werden benutzen können.«

Darüber musste der Chopan lachen. Dann schlug er den Pass auf und blätterte ihn rasch durch, bis er zu dem Foto ganz hinten kam. Er starrte es lange an, bevor er einen Lederbeutel unter seinem Feron herauszog. Er nahm seinen Ausweis heraus. Darin befand sich ein Foto, zusammen mit seinem Namen, dem seines Dorfes, seinem Geburtsdatum und seiner Meldenummer im Bundesstaat Jammu und

Salama mit der Huka des Chopans

Kaschmir. Außerdem war darin sein Beruf vermerkt. Die Hirten im Kaschmirtal sind mittlerweile zu »staatlichen Fleischlieferanten« aufgestiegen.

»Er sagt, dass er damit nur nach Srinagar und nach Jammu reisen kann«, erklärte Salama.

Der Chopan hielt einen Moment inne.

»Er sagt, dass er nicht glaubt, dass es auf dem Mond besonders viel Weideland gibt«, fuhr Salama lachend fort.

Wir liefen durch die Herde der Chopans, zwischen staksigen Schafen und langhaarigen Kaschmirziegen hindurch zum Hauptweg zurück. Ich blieb stehen, um über das Fell von einer der Ziegen zu streichen. Ich wollte wissen, wie es sich anfühlte, aber sie entwand sich meiner Berührung, und kurz darauf lag ich der Länge nach im Dreck, zu Boden geworfen von einem Ziegenbock, der seinen Harem verteidigte. Atemlos lag ich da, das Gelächter des Chopans klang mir in den Ohren, und in der Hand hielt ich ein Büschel Ziegenhaar, weicher als der Flaum eines Babys.

Bei meiner Rückkehr nach Srinagar fand ich eine Notiz von Manzoor auf dem Esszimmertisch des Hausbootes vor.

»Grüße und guten Morgen. Ich bin aus Delhi zurück. Ich habe viele Dinge zu zeigen. Sie werden Ihnen sehr gefallen. Kommen Sie in Büro am Nachmittag. Wir werden Tee trinken. Es gibt viel zu bereden.«

Als ich kam, schien Manzoor an drei Telefonen gleichzeitig zu sprechen. Der Wangnoo-Bruder Nummer eins, Hüter des Imperiums, hatte alle Hände voll zu tun. Zwei Weber standen an seinem Schreibtisch und warteten darauf, Bestellungen aufzunehmen, aber auch darauf, bezahlt zu werden. Im Sommerzimmer draußen vor dem Büro saßen vier

Sticker über ihre Probestücke gebeugt und warteten darauf, dass ein Urteil zu ihrer Arbeit abgegeben würde. Ich saß vor Manzoors Schreibtisch und freute mich, dass ich bald an der Reihe wäre. Ein junger Mann kam durch den Garten herauf, mit zwei großen, zusammengerollten Teppichen, die rechts und links auf seinen Schultern wippten. Manzoor sprang auf, um sie zu begutachten. Seidenteppiche im Wert von Tausenden von Pfund wurden im Gras ausgelegt, begutachtet, begangen, gerieben und beschnuppert – und schließlich akzeptiert. Die Teppiche verschwanden, und nun kamen die Sticker an die Reihe. Manzoor hatte die Fremdenverkehrszentrale von Jammu und Kaschmir am anderen Ende der Leitung und traf Vereinbarungen für eine Karte, die für die Strecke vom Flughafen zu den Hausbooten angefertigt werden sollte, während er für den einen Weber einen Scheck ausstellte und für den nächsten eine Bestellung niederschrieb. Er trug alles in ein Buch ein, eines von der Sorte, die in Indien im Gebrauch ist, seit die Briten das erste Mal eine fortschrittliche Bürokratie und die doppelte Buchführung ins Land gebracht hatten. Er beschrieb das grobe Papier mit einem Mont-Blanc-Füller, der perfekt auf seine klassischen Pringle-Socken abgestimmt war, die unter dem naturbelassenen Baumwollstoff seines Feron hervorblitzten.

Er sah von seinem Buch auf.

»Nur zwei Minuten, meine Liebe, dann habe ich fertig.«

Die Sticker gaben ihre Musterstücke ab und gingen nach Hause, die Weber nahmen ihre Schecks und die Bestellung entgegen. Schließlich blieben Manzoor, Ashraf und ich alleine im Büro zurück. Doch da war noch eine weitere Gestalt, die ruhig in der Ecke saß, den Kopf über ihre Schreibarbeiten gebeugt. Es war Yaseen, der geduldig wartete. Als alle Handwerker fort waren, trat er nach vorne und schüttelte mir die Hand, seine Miene war wohltuend gelassen inmitten der fieberhaften Aktivität.

»Ich bin verwirrt, Manzoor. Ich dachte, Sie würden das Pashm selbst in Ladakh einkaufen?«

»Wer sagt denn das?«, fragte er.

»Sie selbst haben das erzählt, aber ich habe gerade gesehen, dass all das Pashmina-Gewebe direkt von den Webern kommt.«

»Das ist auch so. Es kommt direkt von den Webern. Direkt aus Ladakh, ich erzähle Ihnen keine Lügen.« Er sprang auf und lief zu einem eingerahmten Schriftstück an der Wand über meinem Kopf. »Sehen Sie, schauen Sie sich das an, das wird Ihnen gefallen.«

Unter dem arabischen Text stand eine englische Übersetzung. »Ein redlicher Händler wird immer auf dem Pfad des Propheten wandeln . . .«

Manzoor hob theatralisch die Hände.

»Das glaube ich, so führe ich unser Geschäft als ältester Bruder. Glauben Sie mir, haben Sie nicht gerade viele Leute gesehen, die in dieses Büro kommen und gehen und kommen? Und Sie waren nur ein paar Minuten hier. Stellen Sie sich vor, wie viele Leute hier in einer Woche kommen, in einem Monat. Ich, meine Familie, unser Geschäft, wir helfen vielen, vielen Hundert Leuten überall, Schalwebern, Teppichwebern, Papiermachéherstellern, Walnussholzschnitzern, viele, viele Leuten und viele Familien. Ich bezahle Schule bei mehr als zweihundert Kinder. Das ist mein aufrichtiger Wunsch. Mohammed sagt uns fünf Dinge – Glauben, Gebet, Fasten, den Armen etwas geben und den Hadsch, die Pilgerfahrt nach Mekka, machen. Das ist mein Glaube, das ist Glaube von meiner ganzen Familie.« Manzoor stand mit erhobenen Händen vor der Handschrift, während er seine Predigt hielt.

Auf dem Tisch vor mir, unter einem kaschmirischen Samowar, lag eine Ausgabe eines Nachrichtenmagazins, das Manzoor offensichtlich aus Delhi mitgebracht hatte. Die Titelgeschichte war reißerisch aufgemacht und enthielt alarmierende Details über die militanten Separatisten, die unauffällig nach Kaschmir eingedrungen waren mit, wie man mutmaßte, Rückendeckung von Pakistan. Ich griff nach dem Magazin.

Manzoor fuchtelte mit der Hand und deutete auf das Cover.

»Das ist das, was mich so traurig macht. Das sind nicht wir, das ist nicht unser Glaube, das ist nicht das, was wir wollen. Warum tun sie das? Warum setzen sie diese Geschichte so hinein? Sie sind Journalistin, Sie sehen, was meine Leuten passiert deswegen. Glauben Sie, das ist das, was wir wollen?« Aus seiner Stimme war alle Fröhlichkeit gewichen.

Zwei Telefone klingelten. Manzoor nahm beide Hörer ab und hielt sich einen an jedes Ohr.

Ich blickte zu Ashraf, der seinen älteren Bruder mit leicht amüsiertem Gesichtsausdruck beobachtet hatte.

»Würden Sie sich Azadi für Kaschmir wünschen?«, fragte ich.

»Azadi, was bedeutet das für mich? Es bedeutet gar nichts, wenn mir gesagt werden, dass ich mit meine Familie zu Hause sitzen soll und alle Türen schließen, das Licht ausschalten und das Leben aussperren. Azadi ist nicht Freiheit, wenn es bedeutet, dass mein Volk hat Hunger und leidet. Wie viel Zeit haben wir auf der Erde? Vielleicht 50, 60, vielleicht 80 Jahre, inshallah. Das ist nicht so viele Zeit. Warum sie mit Hunger und Schmerzen verbringen? Azadi für uns ist, dass wir uns sicher fühlen, uns frei fühlen, hingehen können, wo wir wollen, frei sind, unsere Töchter auf der Straße gehen zu lassen, frei, unser Geschäft zu betreiben und zu tun, was immer wir als unsere Aufgabe haben, und genügend viel zu verdienen, um weiterzuleben wie in der Zeit, bevor das alles anfing.« Er ballte die Faust in seinem Schoß.

Manzoor legte beide Hörer auf die Gabel und unterbrach ihn.

»Wie können wir Azadi haben? Wie sollten wir uns selbst schützen? Was haben wir in unserem schönen Tal? Ahmed, Bruder meines Großvaters, mochte sehr gerne Sprichwort: ›Es gibt drei Dinge, die das Herz von Sorgen befreien – Wasser, grünes Gras und schöne Frauen.‹ Mein guter Onkel sagte, wir haben all das in Kaschmir, und doch sind wir immer noch arm. Alles, was wir brauchen, kommt aus Indien. Wir brauchen Indien.« Er unterbrach sich einen Moment, um Yaseen und Ashraf Anweisungen zu erteilen sowie Saboor im Zimmer nebenan und einem anderen Jungen im Raum dahinter etwas zuzurufen. »Kommen Sie, wir besuchen Weber.«

Als wir durch die Seitengassen von Srinagar fuhren, zählte ich die Frauen auf der Straße. Von den 40, an denen wir vorüberkamen, waren 32 vollständig mit der Burqa verschleiert; Haut, Haare, Augenfarbe, Figur, Alter und Mienenspiel waren hinter üppigen schwarzen Stofffalten verborgen. Ich konnte mich nicht entsinnen, dass bei meinem letzten Besuch so viele Frauen in Kaschmir verschleiert gewesen waren.

Manzoor bemerkte, wie ich ein Grüppchen Jungen in Jeans beobachtete, die vorübergehenden Mädchen nachsahen, von denen einige verschleiert waren, einige ihr Gesicht offen zeigten. Sie zogen reichlich lüsterne Blicke auf sich. In einer extrem engen Gasse nahm Manzoor beide Hände vom Steuer.

»Sehen Sie das an. Ich mache mir solche Sorgen um meine Kinder. Die Atmosphäre hier hat sich so verändert in diesen letzten zehn Jahren. Das ist nicht guter Ort für meine Kinder, um groß werden. Das ist Grund, warum ich so viel Geld ausgebe, um sie alle auf das College in Manchester zu schicken, inshallah. Sie sehen, dass es so viel Schmutzigkeit gibt auf Straße, sogar für Frauen und Mädchen, die den Schleier tragen.« Er riss das Steuer herum, um einer Tonga auszuweichen, einem der zweirädrigen Pferdegespanne, und bog in einen noch schmaleren Seitenweg ein, wo er geduldig wartete, während ein alter Mann vor uns sich auf der Straße hinhockte und in eine offene Abwasserrinne pinkelte. Sobald er fertig war, verscheuchte Manzoor den Mann mit einem stürmischen Hupen von der Straße. Dann parkte er so, dass ich in dieselbe offene Rinne treten musste, um aus dem Auto auszusteigen.

Er führte mich durch ein Tor über einen Innenhof, einen dunklen Gang entlang und schließlich durch eine niedrige Türöffnung. Alte, mit Läden versehene Fenster gingen hinaus auf einen zweiten Innenhof, mit dunklen Holzhäusern im Hintergrund. Filigrane holzgeschnitzte Galerien hingen vor den oberen Stockwerken, und durch sie hindurch konnte man den Haramukh sehen, den höchsten Gipfel im Kaschmirtal.

Vor einem Fenster zum Hof saß eine Gestalt hinter einem Pashmina-Webstuhl, deren Silhouette sich hinter dem feinen Geflecht aus Kett- und Schussfäden des Werkstücks abzeichnete. Während sich der Mann mit Manzoor unterhielt, blieb sein Kopf über den Webstuhl gebeugt, seine Hände waren weiter mit ihrer Arbeit beschäftigt.

»Er sagt, dass es durch Regen letzte Nacht aufgeklart hat und dass er den großen Gipfel das erste Mal seit vielen Monaten sehen kann. Er versteht dies als Botschaft, dass es an der Zeit ist, sich gemeinsam mit seiner guten Frau auf den Weg zu machen und die Umrah anzutreten«, erklärte Manzoor.

»Umrah?«, fragte ich.

»Ist Pilgerfahrt nach Mekka außerhalb der Zeit, in der der Hadsch möglich ist. Dieser Mann unternimmt jedes Jahr, zusammen mit seiner Frau, die Umrah, die kleine Pilgerfahrt. Webt und webt, und wenn er genug Geld hat, wartet er auf Zeichen, dass er zu Umrah aufbricht. Jetzt, wo er Zeichen erhalten hat, wird er Pläne für Abreise machen.«

Die Frau des Webers saß in der Ecke, Spindeln mit feinem Garn zu ihren Füßen. Ihre Hände flogen zwischen zwei Spindeln hin und her, die das Pashm aufspulten. Von ihren Fingern lösten sich schwebend feine Fasern und segelten in einem steten Luftzug durch den Raum. Unter den Händen ihres Mannes entstand ein Geräusch, das vom Fenster her wie ein fortlaufendes Wispern zu uns herüberdrang. Es war das Sausen des Schiffchens, das er pfeilschnell von einer Hand in die andere durch den Kettfaden stieß. Ich hockte mich neben ihn. Mit dem Licht im Rücken konnte ich die Details seines Werkstücks erkennen, und ich fing das Strahlen seiner verhalten lächelnden Frau auf, als sie sah, dass ich auf die Füße ihres Mannes auf den Holzpedalen des Webstuhls blickte und beobachtete, wie er seine Zehen krümmte und der Form der Pedale anpasste. Sie bewegten sich im selben fließenden Rhythmus wie die Finger seiner Frau zwischen den Spindeln. Ich streckte die Hand aus, um das fertige Stück zu berühren, das der alte Mann von seinem Webstuhl abrollte, reines Kaschmir-Pashmina, federleicht und fest zugleich. Obwohl um ihn herum alles in Bewegung war, huschten die Augen des alten Mannes nur mit seinem Schiffchen hin und her. Ich dankte ihm, dass wir ihn hatten stören dürfen. Er nickte ohne aufzusehen, den Blick auf das

Eingeschlossen von dem feinen Geflecht aus Kett- und
Schussfäden des Webstücks

Schiffchen geheftet, die Gedanken bei seiner Umrah und die klare Sicht auf den Gipfel des Haramukh. Wir überließen ihn seiner Arbeit.

Manzoor verrenkte sich in dem Bemühen, die Beifahrertür zu öffnen, ohne in die offene Abwasserrinne treten zu müssen.

»Wer parkt Auto so?«, fragte er und sah mich überrascht an.

Ich zuckte die Achseln.

Er sprach kein Wort auf der Rückfahrt zu dem Haus am See. Erst als wir dort ankamen, brach er das Schweigen.

»Es gibt so viel Kunsthandwerk in Kaschmir, und es ist alles weggesperrt worden in diesen letzten zehn Jahren. Langsam, ganz langsam werden wir Wege finden, es wieder zu befreien, inshallah.« Er parkte jetzt umsichtig, so dass ich reichlich Platz hatte, die Pfütze, die er als Parkplatz benutzt hatte, zu umgehen.

Am Abend servierte mir Moqbool an meinem einsamen Platz in der Mitte des langen, mit Schnitzereien verzierten Esszimmertisches Lotuswurzeln – die ersten in jenem Herbst, frisch aus dem See, in einer großen Schale mit Messingdeckel. Während ich aß, erzählte er. Die *Wuzmal* war erst das Jahr davor fertig geworden, und die Wangnoos waren gezwungen gewesen, das Dreifache des eigentlichen Preises für das Zedernholz zu bezahlen, aus dem der Tisch hergestellt war, da die militanten Vereinigungen den Holzhandel fest im Griff hatten.

Ich hatte die frustrierten Gruppen junger Leute gesehen, die tagaus, tagein an irgendwelchen Straßenecken in der Stadt herumhingen. Zehn Jahre zuvor waren 80 Prozent der Menschen in Srinagar unmittelbar in der Touristenbranche beschäftigt gewesen. Jetzt gab es keine Jobs mehr. Die jungen Schul- und Studienabgänger waren voller Groll.

»Sie sind Vater, Moqbool, wie halten Sie Ihre Kinder davon ab, sich den Separatisten anzuschließen, die unter den jungen Leuten in der Stadt neue Mitglieder anwerben?«

»Mein Sohn ist erst zehn.«

Er schenkte mir Wasser nach und rückte die Schüsseln um meinen Teller neu zurecht, um dann wieder seinen Platz vor der Vitrine mit dem Porzellan einzunehmen.

»Meine Brüder, beide mehr jung als ich, arbeiteten in Restaurant in Altstadt. Ein Bruder kommt zu Haus und sagt, er geht auf und davon nach Pakistan, um eine Ausbildung bei den Separatisten zu machen. Sie kamen zu ihm und anderem Bruder in Restaurant und erzählten viele Geschichten über gutes Leben in Pakistan. Wir sagen, nein, das darfst du nicht tun. Setz dich ins Haus, nicht gehe zur Arbeit und warte, bis eine Zeit vergangen ist. Ich erinnere sie an Mausī, die nach Peshawar auf anderer Seite von Grenze gegangen ist mit Ehemann in Zeiten vor Teilung Indiens. Sohn Nummer eins von Mausī kam zurück nach Srinagar vielleicht vor elf Jahre. Er sah sich hier um und sagte: ›Ihr habt den Himmel.‹ Ich frage ihn, was er meint. Er sagte mir, dass in Peshawar immerzu gekämpft wird, nicht genug zu essen, nicht genug von irgendetwas. Er trug Waffe bei sich die ganze Zeit, und alle Jungen tragen Waffen. Dann geht er zurück nach Pakistan, und wir hören nichts mehr von ihm und seiner Familie. Dann hören wir Geschichten, dass alle ermordet worden sind.«

»Warum wurden sie ermordet?«

»Weil Mausī und Mann aus Kaschmir waren. Das sage ich meinen Brüdern. Langsam, langsam bleiben sie in Haus und entscheiden, nicht mit den Separatisten mitzugehen.« Moqbool starrte zum Fenster hinaus.

Ich beschloss meine Mahlzeit, während er schweigend dasaß und seinen Gedanken nachhing. Dann trug er die

Schüsseln ab und wandte sich in der Tür noch einmal zu mir um.

»Alle Geschichten über Kaschmir sind schlechte Geschichten. Wie viel werden wir noch ertragen müssen? Sie müssen diese Dinge schreiben. «

»Ich werde es versuchen.«

»Sie werden es versuchen, inshallah.« Er verschwand den Gang hinunter, sein schleppender Schritt verriet, dass er nicht sicher war, ob ich ihn verstanden hatte. Das Boot knarrte, wie um zu antworten.

Tee ohne Mr Butt

Es hatte die ganze Nacht über heftig geregnet, die Berge waren klar zu sehen und der Dunstschleier weggewaschen. Auf den Lotusblättern hingen Wassertropfen, vollkommen und metallisch schimmernd wie Quecksilber. Der Regen hatte zugleich auch den Herbst eingeläutet. Die Blätter hatten in der Nacht begonnen sich zu verfärben, das erste Aufflammen von Kupferrot, derselbe funkelnde Glanz wie in den Samowarläden der Altstadt.

Zwischen abgestorbenen Stängeln trieben die Lotuspflücker mit ihren kleinen flachen Booten umher und zogen mit langen Haken die Wurzeln aus dem Grund heraus, damit die Bevölkerung in Srinagar den Winter über etwas zu essen hatte. Ein Mädchen mit einem lavendelfarbenen Kopftuch kauerte vorne in ihrem Boot und hielt zwischen den Stängeln hindurch Ausschau. Sie war schön, mit hellem Teint, hohen Wangenknochen, hellbraunen Augen und dunkelbraunem, lockigem Haar, das unter den Rändern ihres Kopftuchs hervorkam. Doch dann lächelte sie und zeigte ein zerklüftetes Gebiss und reichlich Zahnfleisch, und ihre Schönheit war mit einem Schlag zerstört.

Ich war auf der Suche nach den Butts. Sudij, der Bootsfahrer, hielt auf meinen Ruf hin an. Dort, am Rand der Lotusblumen, neben einem von Unkraut überwucherten schwimmenden Garten, der sachte krängte, lag ein Hausboot. Es war blassgrün überstrichen, und die meisten seiner Fenster waren zerbrochen, aber ich erkannte die *Princess Grace*. Sudij schob uns durch das Unkraut an sie heran. Die Türen standen offen. Im Innern waren alle Möbel verschwunden, und die mit Schnitzereien verzierten

Wohnzimmerwände waren rauchgeschwärzt. Ich rief laut hallo.

Eine Frau tauchte aus dem hinteren Teil des Bootes auf. Sie kam mir nicht bekannt vor. Sudij dolmetschte für mich. Der Ehemann der Frau hatte die *Princess Grace* vor fünf Jahren erworben. Sie wusste nichts über die Familie Butt und wandte sich ab, um die nasse Wäsche aufzuhängen, die sie über dem Arm trug. Ich besann mich auf die wenigen Brocken Kaschmiri, die ich beherrschte, und rief ihr etwas zu, dabei lächelte ich sie flehend an. Sie sagte erneut etwas zu Sudij und meinte, dass eine der Töchter möglicherweise einen Kupferhändler geheiratet hätte, der irgendwo in der Nähe der Shah-Hamadan-Moschee in der Altstadt lebte. Als wir wieder ablegten, konnte ich durch ein Fenster in das Zimmer hineinsehen, in dem ich sieben Jahre zuvor geschlafen hatte. Es war beinahe völlig kahl, bis auf etwas Sackleinen auf dem Fußboden und einige Schlafmatten am Rand unter den zersprungenen Buntglasfenstern und der holzgeschnitzten Decke, wo ich von Mogulengärten geträumt hatte.

Die Shah-Hamadan-Masjid ist die älteste Moschee in Srinagar und besitzt keine Minarette oder Kuppeln. Sie ist einfach nur ein schlichtes Gebäude aus Holz, ihre Balken sind schwalbenschwanzfömig überblattet – nach allen Regeln der Schreinerkunst, ohne Leim oder Nägel. »Kein Zutritt für Nichtmuslims und Frauen« stand auf dem Schild über dem Soldaten am Eingang zu lesen. Ein Mann neben der Spendenbüchse beäugte meine pralle Handtasche und gestattete mir, bis zu einem kleinen Fenster neben der Tür zu gehen, von wo aus ich einen Blick ins Innere werfen konnte.

Die Nachfolger Shah Hamadans brachten den Islam im 14. Jahrhundert nach Kaschmir, und die Moschee war ihm zum Gedenken erbaut worden. Durch mein Guckloch sah ich überall auf dem Boden verteilt Teppiche und darüber einen Baldachin aus Messingkronleuchtern. Ein Vater und seine beiden Söhne, die im Gleichtakt niederknieten und sich verneigten, waren die einzigen Betenden. Der Soldat klopfte mir auf die Schulter – die Ungläubige hatte genug gesehen. Ich fütterte die Spendenbüchse und fragte den Mann daneben, wo ich die Straße mit den meisten Kupferhändlern fände. Er vollführte eine vage Handbewegung in Richtung Zaina Kadal, eine der sieben Brücken über den Jhelum im alten Teil Srinagars.

Sämtliche Tiere in der Altstadt schienen im Sterben begriffen. Hunde mit aufgedunsenen Brustkörben lagen zusammengerollt in irgendwelchen Winkeln. Uralte Tonga-Ponys mit trüben Augen standen auf dem Mittelstreifen der Hauptstraße und ließen die Köpfe hängen. Hühner mit kahlen Hälsen scharrten schwerfällig und müde im Staub. Die Straßen waren ruhig, aber es war keine friedliche Stille, sondern eher ein drückendes Schweigen. Ich befand mich im Hindu-Viertel, die leeren Gassen waren von schönen Geschäftshäusern aus dem 18. Jahrhundert gesäumt, deren Balkone und geschnitzte Fensterläden sich Schicht auf Schicht himmelwärts türmten. Doch es gab keine Dächer. Ausnahmslos alle Häuser waren innen von den Extremisten ausgebrannt worden. Die Hindus waren schon lange fort, von ihren einstmals blühenden Geschäften hatten sie lediglich die verkohlten Gerippe zurückgelassen. Die Fassaden der Läden waren mit Brettern vernagelt und mittlerweile mit Graffiti übersät, hässlichen Drohungen, die verschiedene militante Gruppierungen dort hingekritzelt hatten, welche alle die Abscheu gegen die Hindus einte. Letztere hatten einst die erfolgreichsten Geschäfte besessen und den Großteil der regionalen Regierungsposten bekleidet.

In der Shah Hamadan Street stand ich mitten auf der

Der Eingang der Shah-Hamadan-Moschee

Straße und starrte durch verkohlte Fenster ohne Scheiben hindurch. Ein einsamer Radfahrer, beladen mit grünem Wintergemüse, klingelte mich zur Seite. Es klang laut in der Stille. In der Neustadt auf der anderen Seite von Srinagar hätte ich es überhaupt nicht gehört.

Bei dem ersten Kupferladen in der Straße, die von der Zaina Kadal abzweigte, blieb ich stehen und fragte einen dünnen runzligen Mann, der zwischen seinen Samowars kauerte, ob er von irgendeinem Händler wüsste, der Lila Butt geheiratet hätte, die Tochter des Hausbootbesitzers vom Nagin-See. Er sah mich mit demselben wässrigen Blick an wie die Tonga-Ponys und zog blubbernd an seiner Wasserpfeife. Als ich seine funkelnde Ware bewunderte, rief er einer Person im Ladenraum etwas zu. Ich hörte ihn Lilas Namen nennen. Eine Frau erschien in der Tür, mit einem runden Gesicht und molligen Hüften unter einem grauen wollenen Überkleid. Sie trat vor das Geschäft und strich mir mit der Hand übers Gesicht. Dann stieg sie, nicht ohne Mühe, die Eingangsstufe herab und führte mich die Straße hinunter zu einem anderen Laden, der nur halb so groß war wie der ihres Mannes, aber ihm sonst fast bis aufs Haar glich. Ich stand am Fuß des schmalen Holzhauses mit Fensterläden aus geschnitztem Gitterwerk. Die Scheiben waren teilweise zerbrochen, und das Fundament war an einer Ecke abgesackt. Ein kleines Mädchen schaute aus einem der Fenster im oberen Stockwerk. Ihr Haar war hellbraun, und sie hatte rauchblaue Augen.

Ich dankte der Frau, die mir den Weg gezeigt hatte, doch sie machte keinerlei Anstalten zu gehen. Sie wollte wissen, warum ich die Frau eines Kupferhändlers besuchen wollte, und rief dem Mädchen am Fenster etwas zu. Ein weiteres Gesicht tauchte auf, ein größerer, dunkeläugiger Junge. Er war nicht so schüchtern wie seine kleine Schwester und winkte und schrie mir etwas zu. Das Gesicht einer Frau kam hinter ihm aus dem Dunkel drinnen zum Vorschein, doch ich erkannte sie nicht, bis sie meinen Namen rief. Es war Lila.

Sie registrierte durchaus, dass ich einen Augenblick brauchte, bevor ich lächelte und ihr Rufen erwiderte. Ihr war klar, dass ich sie nicht erkannt hatte, und sie zog sich vom Fenster zurück in das Halbdunkel des Raumes. Wir wussten es beide. In sieben Jahren hatte Lila sich verändert, fast bis zur Unkenntlichkeit. Damals war sie 17 gewesen. Sie war also jetzt 24. Ich hörte ihre schweren Schritte auf der Treppe im Innern des Hauses. Eine Weile verstrich, bevor sie die Tür öffnete. Ich konnte förmlich spüren, wie sie sich mit der Hand ans Haar fasste, ein schmerzlicher Moment, da sie wusste, wie sehr sie sich verändert hatte, und auch wusste, dass sich dies in meiner Miene widerspiegeln würde.

Sie nahm meine Hand in ihre beiden. Ihre Haut war rau und ihre Nägel kurz, rissig und schmutzig. Gesicht und Körper waren aufgedunsen. Ich legte meine Hand auf ihren Bauch und lächelte die werdende Mutter an.

»Ein Baby, wann ist es so weit?«, fragte ich.

Lila schob meine Hand fort.

»Kein Baby, nur dick und fett jetzt.« Sie sah die Frau des älteren Kupferhändlers hinter mir stehen und machte ein böses Gesicht.

»Sie hat mir geholfen, Sie zu finden«, erklärte ich.

Lila und die Frau lieferten sich einen kurzen und lautstarken Wortwechsel. Die Frau nickte schließlich und sah mich an, die Augenbrauen fragend in die Höhe gezogen.

»Was haben Sie zu ihr gesagt?«, fragte ich.

Lila lachte und war wieder 17.

»Sie hat gefragt, was die Farangi, die Ausländerin, bei mir will. Also habe ich ihr gesagt, dass Sie zu mir als Freundin kommen, damit ich helfe, netten Kaschmiri als Ehemann zu finden.« Sie strahlte übers ganze Gesicht und lachte, bis sie sich schließlich am Türpfosten festhalten musste, um nicht das Gleichgewicht zu verlieren.

»Kommen Sie«, bot sie an, als sie einen Moment Luft holte.

Lila trat zur Seite, um mich einzulassen. Ihre beiden Kinder standen schüchtern in ihrem Schatten hinter der Tür. Das kleine Mädchen ergriff die Flucht, doch der Junge blieb standhaft: Er streckte die Hand aus und begrüßte mich mit feierlicher Miene. Er konnte nicht älter als fünf sein.

»Guten Tag, wie geht's?«, sagte er ernst und mit dünnem Stimmchen.

»Danke, sehr gut. Lila, Sie bringen ihnen ja schon Englisch bei.«

Sie zuckte die Achseln und küsste ihren Sohn aufs Haar.

»Nicht so viel, ich spreche nicht so viel jetzt.«

Ihr Lachen verflog so schnell, wie es gekommen war. Mit einer einladenden Handbewegung wies sie nach oben, und als wir dann die Treppe hinaufstiegen, konnte ich ihr schweres Schnaufen hinter mir hören. Sie war eine junge Frau, aber es war, als wäre die Lila, die ich auf dem Nagin-See kennen gelernt hatte, jetzt unter sieben Jahren Unglücklichsein begraben, in eine dicke Schicht körperlicher und geistiger Trägheit verpackt.

In dem halb dunklen Raum über dem Kupferladen ihres Mannes erzählte mir Lila von den vergangenen sieben Jahren. Ich konnte sie nicht richtig sehen in der schwachen Beleuchtung, aber das Dämmerlicht bot ihr offenbar den Freiraum zu sprechen, obwohl ihre Kinder auf ihr herumturnten und mich skeptisch beäugten, ihr Fragen stellten, etwas zu essen und Wasser wollten und ungeachtet des Eindringlings ihre Aufmerksamkeit beanspruchten. Lila knuddelte sie abwechselnd, scheuchte sie wieder fort oder schrie sie an, je nachdem, wie weit sie gerade mit ihrer Geschichte war.

Sie hatte kurz nach ihrem 18. Geburtstag geheiratet. Über ihre Hochzeit ließ sie sich nicht näher aus. Als ich sie nach ihrem Mann fragte, zuckte sie die Achseln. Es war nicht Mr Butts Freund, dessen Bruder geschäftlich mit Amerika zu tun hatte. Mir brannten eigentlich noch weitere Fragen auf der Seele, aber ich spürte, wie Lila mich ansah und ihre Augen mich anflehten, sie nicht weiter zu fragen. Sie erkundigte sich, ob ich Tee wolle, und ging aus dem Zimmer. Außer Lila war niemand da, der Tee hätte bereiten können.

Ich war mit ihrem Sohn Imran alleine. Das kleine Mädchen war Lila gefolgt, eng an den Shalwar Kameez ihrer Mutter geklammert. Imran kam näher. Er war ganz seine Mutter, so wie sie bei unserer ersten Begegnung gewesen war, eine ausgeprägte Persönlichkeit, eigensinnig und dünn wie der Stängel einer Lotusblume. Er stellte mir Fragen auf Kaschmiri und schien frustriert, dass ich ihn nur anlächeln oder ihm unzulängliche, spärliche Antworten geben konnte, die wenig aussagten. Mir gingen einfache Fragen durch den Kopf, die ich ihm liebend gerne gestellt hätte, wenn ich dazu in der Lage gewesen wäre, Fragen, mit denen ich Lila wohl nicht behelligen konnte: Wo steckte sein Vater? Warum war das Geschäft geschlossen?

Ich fragte ihn gerade, wie alt er sei, als Lila wieder ins Zimmer kam, das Mädchen, Suriya, immer noch am Rockzipfel. Lila wartete Imrans Antwort ab. Als er in seinem ruhigen, ernsten Ton antwortete, lächelte sie. Dann tat er einen Schritt auf mich zu und griff nach der Uhr an meinem Handgelenk. Lila schrie ihn an, aber er ließ sich nicht beirren, die Hand auf meiner Uhr, ganz der Sohn seiner Mutter. Sie kniff ihn liebevoll ins Ohr, stolz und verlegen zugleich. Dann schenkte sie Tee ein, süßen Dudh Chai, den gleichen, den wir sieben Jahre zuvor auf der Dunga der Familie Butt getrunken hatten, als Lila kurz davor stand, einen reichen Mann zu heiraten, der sie vom See wegholen und ihr Diener und die Gelegenheit zum Müßiggang bieten würde. Sie lebte nicht mehr auf dem See, und sie trank immer noch Dudh Chai. Der Rest war nicht nach Plan verlaufen.

Lila reichte mir eine Tasse. Es war eine aus dem Service, aus dem ich schon auf der *Princess Grace* Tee getrunken hatte, eine feine, geblümte Tasse mit einem Henkel, der zu klein war, als dass man ihn anders als zwischen zwei Fingern hätte halten können.

»Ich habe die *Princess Grace* in der Nähe des Lotusgartens gesehen. Hat Ihr Vater sie an den Besitzer des schwimmenden Gartens verkauft?« Ich erinnerte mich, wie Mr Butt mit übereinander geschlagenen Beinen neben mir auf einem mächtigen Walnussholzstuhl gesessen und davon gesprochen hatte, ein neues Boot bauen zu lassen, während er sich als Erster bedient und die saftigsten Lammfleischstücke aus einer vollen Schüssel auf dem Esstisch genommen hatte.

»Chāchājī, mein Onkel, hat es an den Gärtner verkauft.« Lila starrte in ihre Tasse.

Das kleine Mädchen fing an zu weinen. Lila schloss sie in die Arme und drückte sie an ihr Herz.

Ich wollte gerade fragen, warum, doch Lila kam mir zuvor.

»Sehr schlimme Dinge sind meiner Familie widerfahren. Polizei kam, um Pītajī abzuholen 1992. Die Leute haben schlechte Geschichten über ihn erzählt. Geschichten, Geschichten, solche Geschichten darüber, wie er militante Extremisten unterstützt hat, weil er immer noch so viel Geschäft gemacht hat, selbst in schlechten Zeiten, mit Leuten wie Ihnen, die kamen. Sie kannten Pītajī, Sie wissen, wie sehr er alle militanten Leute und so weiter hasst.«

Ich entsann mich, wie Mr Butt mit der Faust auf den Tisch zwischen den Reis und das gebratene Okra-Gemüse gehauen hatte und über die militanten Gruppierungen und das Unheil, das sie über das Tal gebracht hatten, in Rage geraten war. Ich entsann mich, wie Mr Butt Allah gedankt hatte, dass er keinen Sohn hatte, den er an die Rebellen verlieren konnte. Das, so seine Worte, hätte ihm das Herz gebrochen.

Aber es waren nicht die Rebellen, die Mr Butts Herz brachen. Er erlitt einen Herzinfarkt, während er in polizeilichem Gewahrsam war. Lila sagte, das sei deswegen passiert, weil sie ihm gedroht hätten. Seine Familie würde leiden, wenn er ihnen keine Informationen liefern würde, und seine Hausboote würden auf die »schwarze Liste« gesetzt.

»Was sollte er dazu sagen? Er wusste überhaupt nichts.« Lila schrie jetzt beinahe und zog ihre Tochter so fest an sich, dass sie erneut zu weinen anfing.

Mr Butt war nicht auf dem Polizeirevier gestorben. Er hatte noch sechs weitere Monate gelebt, bis kurz nach Lilas Hochzeit. Vor der Verhaftung ihres Vaters war Lila mit dem Freund ihres Vater verlobt worden, demjenigen, dessen Bruder Geschäftsbeziehungen mit Amerika unterhielt. Als ihr Vater von der Polizei abgeholt worden war, löste ihr pummeliger, nicht mehr ganz junger Verlobter die Verbindung.

»Er war kein wirklicher Freund. Er muss doch gewusst haben, dass Ihr Vater in nichts verwickelt war, was mit den Separatisten in Zusammenhang stand.«

»1991 und 1992 hatte keiner in Srinagar irgendwelche Freunde. Sie haben gesehen, wie viel Probleme es gab. Pītajī machte Geschäft, und andere Leute hatten kein Geschäft. Jeder, Freund oder nicht Freund, redete und erzählte Geschichten über Leute, die Geschäft machten. Freunde? Freunde gab es nicht.« Sie scheuchte Imran fort, der versuchte, sich neben Suriya hinzukuscheln. Lila war wütend.

Nachdem ihre Verlobung gelöst worden war, fand ihr Onkel rasch einen neuen Verlobten für sie. Diesmal zierte man sich nicht lange. Er war ein Kupferhändler aus der Altstadt, der von den anderen Familien gemieden wurde, da sein Laden in einer der Straßen lag, in denen die Extremisten so viele der alten Hindu-Häuser ausgebrannt hatten. Damals war die Altstadt von Srinagar der gefährlichste Ort in Kaschmir. Lila hatte den Kupferhändler nach einer kurzen Verlobungszeit geheiratet. Die erste Woche ihrer Ehe hatte sie zu Hause bei ihrem neuen Ehemann verbracht, wie es eben so Sitte war. Dann war sie für eine Woche zu ihrer Familie zurückgekehrt, bevor sie den Rest ihres Ehelebens angetreten hatte. Mr Butt war am Tag nach Lilas Eintreffen im Elternhaus gestorben, an ihrem 18. Geburtstag im April 1993. Lilas Rückkehr in das Haus ihres frisch gebackenen Ehemanns war um einen Monat verschoben worden, solange, bis sie ihren Vater begraben und betrauert hatte.

»Pītajī hat mir am Tag meiner Hochzeit gesagt, dass er mir nicht das geben konnte, was er mir geben wollte. Ich weine und sage ihm, dass er mir alle Dingen gegeben hat. Schmuck für meine Hochzeit und Essen und ein Zuhause, solange ich groß geworden bin. Er sagt, dass es genau das ist, was ihm das Herz gebrochen hat.« Lila rieb sich die Augen wie ein kleines Mädchen, das sich bemüht, nicht mehr zu weinen. »Verstehen Sie das? Er starb wegen Dingen, die er mehr als alles hasste. Er hasste die muslimischen Separatisten, und die Leuten erzählten, dass er die ganze Zeit bei ihnen war, als er starb.« Jetzt weinte sie, und die

Tränen tropften auf das kleine Mädchen auf ihrem Schoß hinunter.

Wir saßen in dem kleinen Zimmer und hörten einfach nur zu, wie Lila weinte, bis sie sich wieder beruhigt hatte.

»Wie geht es Ihrer Mutter und Aban?«, fragte ich in das lastende Schweigen hinein.

Lila wirkte für einen Moment verwirrt. Dann fing sie sich wieder.

»Wohnen bei Chāchājī, meinem Onkel.«

Ich brauchte nicht zu fragen, ob Aban verheiratet war. Lila, der Star der Familie, war mit einem armen Kupferhändler verheiratet. Aban musste einundzwanzig sein und war wahrscheinlich unverheiratet. »Ledig« ist nicht das Wort, das man benutzt, um eine muslimische Frau in Kaschmir zu beschreiben. Sie sind entweder Mädchen und unverheiratet oder verheiratete Frauen.

»Wo lebt Ihr Onkel?«

»In Srinagar, ganz in der Nähe der Universität von Kaschmir und der Hazratbal-Moschee.« Ganz in der Nähe des Nagin-Sees, wo sie auf den Hausbooten der Butts ein glückliches Leben geführt hatten.

»Hat Ihr Onkel die *Princess Diana* und die *Queen Noor* ebenfalls verkauft?«, erkundigte ich mich nach den anderen beiden Booten des früheren Imperiums von Mr Butt.

»Die *Queen Noor* ist auf dem Dal-See, vielleicht für Aban oder mich, wenn bessere Zeiten kommen. *Princess Diana* hat Chāchājī verkauft, weil Schnitzereien an anderen Booten kaputt waren. *Princess Grace* wurde für das Krankenhaus verkauft, für Ärzte für Pītajī und für meine ...« Lila trank ihren Tee, ohne den Satz zu beenden. Sie brauchte mir nicht zu erklären, dass ein Teil des Geldes sicher dafür gebraucht worden war, den Schmuck und das Gold für ihre Mitgift zu erstehen.

Einfallende Lichtstrahlen im hölzernen Innenraum der
Jama Masjid, der Freitagsmoschee

Ich erinnerte mich, wie Mr Butt stolz am Esstisch gestanden hatte, ein Stück scharf gewürzter Lotuswurzel zwischen Daumen und Zeigefinger.

»Für Hochzeit von Lila werden alle meine Boote ganzen Nagin-See erleuchten. Alle werden zu ihrer Hochzeit kommen.« Er hatte gestrahlt bei der Vorstellung und dabei seine Lotuswurzel verspeist. »So gut für Sie, Lotuswurzeln. Sie müssen mehr davon essen. Sehr gut für Herz und Lungenprobleme«, hatte er erklärt.

Seither hatte ich keine Gelegenheit mehr gehabt, Lotuswurzeln zu essen, und Mr Butt hatten sie nicht zu retten vermocht.

»Und Aban geht es gut?«, fragte ich Lila.

Sie gab keine Antwort. Ich dachte, sie hätte mich nicht gehört, daher wiederholte ich meine Frage. Sie brüllte die Kinder an, sie sollten in die Küche gehen und Kulcha holen, die trockenen kaschmirischen Kekse.

»Aban hat viele schlimme Dinge getan seit Tod von Pîtajî. Bitte nicht darüber sprechen.«

Ich drang nicht weiter in sie, konnte aber nicht umhin, an das einheimische Mädchen in Shalimar Bagh mit den Soldaten zu denken und an die süße Aban mit ihren vom Licht gesprenkelten Augen.

Lila hatte kein Wort über ihren Mann verloren. Ich fragte, wo er steckte.

»Auf dem Markt bei der Jama Masjid, er verkauft alle Arten von Kupfergegenständen an Damen.«

Der Markt draußen vor der Jama Masjid füllt sich an den Freitagnachmittagen nach dem Gebet, wenn die Frauen von Srinagar im Schatten ihrer ältesten Moschee in Sicherheit einkaufen gehen.

»Ist er ein guter Ehemann?«, fragte ich lächelnd, so obenhin, wie man eben unter Frauen plaudert.

Lila erwiderte nichts, sondern zog ihre beiden Kinder erneut an sich. Imran entwischte ihr, denn er war mehr daran interessiert, Kulcha zu essen als mit seiner Mutter zu kuscheln.

Ein dunkler Schatten tauchte im Eingang auf, eine Frau in voller Burqa, alters- und gesichtslos. Lila stellte uns einander vor. Die Frau war ihre Schwiegermutter. Sie lüftete ihren Schleier, und die Gesichtszüge hinter dem anonymen Schwarz wirkten zugleich verkniffen und aufgedunsen. Sie schenkte mir ein großmütiges Lächeln und schien zufrieden, dazusitzen und Lila und mich zu beobachten, während wir uns unterhielten. Doch auch wenn sie sich mir gegenüber warmherzig zeigte, wirkte ihr Verhältnis zu Lila nicht sehr entspannt. Lila war die stärkere Persönlichkeit in dem kleinen Haus, und der Missmut ihrer Schwiegermutter angesichts dieses Ungleichgewichts war deutlich zu spüren. Sie herzte ihre Enkelkinder, wandte aber den Körper von Lila ab oder hörte nicht zu, wenn sie sprach – ihr Verhalten war nicht direkt ungehobelt, aber kalt. Lila ihrerseits wirkte lauter, seit ihre Schwiegermutter im Raum war, und sowohl ihre Stimme als auch ihr Körper waren angespannter. Dann bat die Ältere Lila, noch Tee zu holen. Es blieb ihr nichts anderes übrig, als der Bitte Folge zu leisten.

Als sie draußen war, saßen die alte Frau und ich da und starrten einander an. Ihr Lächeln war immer noch warm, obschon sich eine Spur Verwirrung dahinter verbarg. Was hatte diese Fremde mit der Tochter ihres Sohnes zu schaffen, die da einfach unangemeldet bei ihm zu Hause auftauchte, während er nicht da war? Sie registrierte jedes Detail, meinen fehlenden Schmuck, meine Kleidung, meine bloßen Füße und besonders meine unberingte linke Hand. Es war, als speichere sie alles für später, um es wieder herauszuholen und einer genaueren Prüfung zu unterziehen, sobald ich fort war, ihr Sohn zu Hause und sich die Situation wieder zu ihren Gunsten wendete.

Lila kehrte mit einem Samowar und einer Tasse zurück, die sie vor ihre Schwiegermutter hinstellte. Vorsichtig schenkte sie den Tee ein, gab Zucker hinein und rührte bedächtig um, bevor sie sie dem weiblichen Oberhaupt der Familie reichte. Ihre Schwiegermutter nahm einen Schluck und setzte die Tasse ab, um die Hand nach ihrem Enkel auszustrecken, damit er ihr aufhalf. Sie lächelte mir noch einmal zu und ging ohne ein Wort aus dem Zimmer.

Lila schlug sich mit der Faust gegen die Stirn. Imran und Suriya balgten sich um meine Uhr. Lila schnappte sie ihnen weg und gab sie mir zurück.

»Haben Sie geheiratet?«, fragte sie, ein sprödes Lächeln in ihrem traurigen Gesicht.

»Nein, Lila, habe ich nicht, aber ich habe eine Menge anderer Dinge gemacht.«

»Sind Sie in Amerika gewesen?«

»Ja, ich bin nach Los Angeles geflogen.«

Lilas Augen weiteten sich vor Staunen.

»Stimmt die Sache, dass die Frauen hier Plastik . . .« Lila zeigte auf ihren üppigen Busen und lachte.

»Absolut, es ist der Schlüssel zum Leben in Los Angeles. Sie fanden mich ziemlich wunderlich, weil ich seit mehr als dreißig Jahren an meinen Originalen festgehalten hatte.«

Lila schüttelte sich vor Lachen, hielt dann aber abrupt inne.

»Wollen Sie sagen, sie schneiden sie ab?« Ihr Gesicht war starr vor Schreck.

»Nein, nicht direkt, nein, sie schneiden sie nicht ab, aber sie schneiden sie in der Tat auf.«

Lila verzog angewidert das Gesicht. »Bei dieser Sache

denke ich, dass ich sehr Glück habe, dass ich nicht nach Amerika gegangen bin.« Dann hörte sie auf zu lachen. »Warum kommen Sie wieder nach Kaschmir?«

»Ich bin gekommen, um Schals zu besorgen, Pashmina-Schals.«

Sie musterte mich eindringlich, denn sie verstand nicht recht. Zum ersten Mal bemerkte ich die tiefen Furchen zu beiden Seiten ihres Mundes, die selbst in ihrem vollen Gesicht so deutlich zu sehen waren.

»Ich kaufe Schals hier und verkaufe sie in England. Der Großteil des Gewinns geht an Schulen in Delhi, in den Slums. Ein Freund von mir leitet eine NGO, die versucht, die Schulbildung von Kindern und Erwachsenen in einigen der Slums zu unterstützen.

Lila blickte noch verwirrter drein.

»Sie verkaufen Schals in London? Wer kauft Schals?«, wollte sie wissen.

»Reiche Frauen, die etwas für Indien übrig haben.«

»Wenn sie sich für Indien interessieren, warum kommen sie dann nicht hierher nach Kaschmir?«

»Weil reiche Leute gerne Dinge von Menschen kaufen, die viel Zeit darauf verwandt haben, das Beste und Schönste zu finden. Je ungewöhnlicher etwas ist, desto mehr Geld sind sie bereit dafür zu zahlen.«

In Lilas Miene war Verstörung zu lesen.

»Tragen sie viel Schmuck?«, fragte sie.

Ich dachte an die schrille New Yorkerin auf ihrer Sushi- und Muffin-Party, an ihre schlampige Kleidung, die in krassem Gegensatz zu den riesigen Diamanten in ihren Ohren gestanden hatte; an Alessandra, die schöne Italienerin in ihrem Leder-Wohnzimmer am Eaton Square, an deren Hals ein Solitär hing; an die mit Cartieruhren und hochkarätigem Goldschmuck behängten Frauen, die auf zahllosen

Verkaufsaktionen und Ausstellungen eilig die Schals durch-
gesehen hatten.

»Ja, ich denke schon.«

»Und sie müssen schön sein, all diese Frauen?« Lila
blickte auf ihre kurzen Nägel.

»Einige von ihnen sind es, aber ziemlich viele kaufen es
sich.«

»Es kaufen, schön zu sein, wie kaufen sie es, schön zu
sein?«

»Sie kaufen einfach einen Pashmina-Schal von mir und
hüllen sich darin ein. Das verleiht ihnen das Gefühl, schön
zu sein.«

»Und Sie verkaufen ihnen Schals, um Geld für Kinder in
Delhi zusammenzubringen?«

»Ja.«

Lila legte den Arm um Suriya.

»Was ist mit Ihrem Mauserāi Bhāi, Ihrem Cousin Azad,
geschehen, der aus dem Dorf fortgeholt wurde?«

Lilas schloss ihre rauchblauen Augen und zog Suriya
näher zu sich.

»Das ist mehr als zehn Jahre her, er ist ganz fort jetzt.« Sie
nestelte an den Haaren ihrer Tochter herum und sah mich
nicht an.

Ich hatte etwas, was ich Lila schenken wollte. Ich zog es
aus meiner Tasche heraus und reichte es ihr. Es war einer der
feinsten Pashmina-Schals, die ich von Manzoor hatte bekommen können, 100 Prozent Pashmina aus Kaschmir, gewebt von dem alten Mann mit dem Blick auf den Hara-
mukh-Gipfel. Er war von demselben weichen Braun wie die
Eselsfüllen auf der Kricketwiese unterhalb vom Haus der
Wangnoos. Seine Kante war ringsum mit feinem Seidengarn
bestickt, in eben jenem blassen Lavendel wie der Dunst über
den Bergen an einem diesigen Tag, in dem Grün der Weiden

und dem verwaschenen Gold der Pappeln, wenn sie sich in der ersten kalten Herbstnacht verfärbten. Es war ihr Hochzeitsgeschenk, überreicht mit sechs Jahren Verspätung.

Als Lila das Päckchen geöffnet hatte, saß sie da und starrte es an. Dann nahm sie den Schal aus dem Seidenpapier und legte ihren grauen Wollschal ab. Ihre Miene war wie versteinert, und ihr Schweigen erfüllte den Raum, als sie staunend die Stickerei betrachtete, ihre blauen Augen wieder glücklich, so wie sie in meiner Erinnerung sieben Jahre zuvor gewesen waren, als sie über die großartige Ehe gesprochen hatte, die sie eingehen würde. Sie schlang den Schal eng um sich und um Suriya und sah dann zu mir auf.

»Warum geben Sie das Geld von Ihren Pashmina-Schals nicht Kindern in Kaschmir?«

Ich konnte den Kardamom und den Zimt riechen, der von dem Samowar mit dem Tee aufstieg, den Lila für ihre Schwiegermutter bereitet hatte. In dem fahlen Licht jenes Zimmers weckte sein Duft melancholische Gefühle.

Ich hatte keine Antwort für Lila.

Ich ließ die Geister von Zaina Kadal hinter mir und flog zurück ins pulsierende London, das von dem Summen von Millionen Kreditkarten erfüllt war, die durch die Lesegeräte gezogen wurden.

Feiner weißer Lichterzauber hing über kleinen Weihnachtsstannen entlang der vornehmen Einkaufsstraßen von Notting Hill, wo in Pashmina-Schals gehüllte Passantinnen auf Streifzug gingen. Die Schals waren mittlerweile ein vertrauter Anblick auf der Straße, in der ich erst zwei Jahre zuvor an einem Regentag von einer Amerikanerin in hautengem weißem Pullover aufgehalten worden war, weil mein Schal so ein Novum darstellte.

Diesmal trug ich einen Schal, den ich eine Woche zuvor bei einem unserer Sticker in den Seitengassen von Srinagar erstanden hatte. Seine Initialen waren am Rand angebracht, SoK, Star of Kashmir, also Stern von Kaschmir, wegen der außergewöhnlichen Feinheit seiner Arbeit. Der Schal hatte den Ton von Champagner, den man gegen die Sonne hält. Er war mit Seide bestickt, vier Monate Arbeit für einen einzigen Mann, der Stich so fein, dass ich nur mit Mühe den Unterschied zwischen Vorder- und Rückseite ausmachen konnte, mit winzigen Blüten und Paisley-Ornamenten, die über die ganze Länge des Schals ineinander verschlungen waren. Es handelte sich um einen Hochzeitsschal.

Eine Stimme scholl über die Straße. »Verscheuern Sie die Dinger immer noch? Wunderhübsch, was Sie da tragen.« Es war eine Frau, die in einen schlichten Pashmina-Seidenschal eingehüllt war, den sie im Jahr zuvor von mir gekauft hatte. »Ich hoffe, sie sind nicht zu teuer. Sie wissen ja, dass sie jetzt überall zum halben Preis vom letzten Jahr verkauft werden?« Sie warf ihre Luxusmähne über den lavendelfarbenen Schal zurück. »Sehen Sie doch nur, man findet sie überall, selbst nach jenem *Vogue*-Artikel, in dem Pashmina-Schals für absolut out erklärt worden sind. Haben Sie den gelesen?«

»Nein, ich war in Kaschmir.«

»Mein Gott, das ist mutig. Sind die nicht noch immer in einen Krieg verwickelt?« Sie kuschelte sich noch tiefer in ihre lavendelfarbene Hülle.

»Sie haben nie wirklich aufgehört zu kämpfen.«

Ich war nicht mutig gewesen. Ich hatte nichts ausrichten können in einer Region, die dringend mutigere Stimmen als meine brauchte. Ich bezog Schals von Webern, die in ihrem

Ziegen an den Berghängen

vom Terrorismus überschatteten Tal an ihrem Handwerk festhielten. Ich gab Geld an Slum-Projekte in Delhi, an unbekannte Gesichter, während Kinder von Leuten, die ich kannte und bei denen ich in Kaschmir gewohnt hatte, von ihren Familien fortgeholt worden und nie wieder aufgetaucht waren. Ich verkaufte Schals, die von den Nachfahren der mogulischen Kunsthandwerker hergestellt worden waren, an Frauen mit einer Schwäche für Cappuccino und einem Horror vor Zellulitis, die freigebig, aber lustlos ihr Scheckheft zückten, während ich meine Geschichte erzählte.

Und die Kinder der Weber lungern in den Straßen von Srinagar herum, sie haben keine Chance, Arbeit zu finden. Sie lauschen den Kampfparolen der Extremisten, und die Vorstellung gefällt ihnen, eine Waffe in der Hand zu halten und sich für eine Sache einzusetzen, in der sie ihren Ärger und ihre Verwirrung einfließen lassen können. Ich kaufe Schals, und Familien wie die Wangnoos verdienen das Geld, das sie in die Lage versetzt, ihre Kinder auf islamische Schulen im Ausland zu schicken, wo ihrer Einschätzung nach die Reinheit der Lehre des Koran nicht von einem gegenseitigen Vernichtungskrieg besudelt werden kann.

Solange in den Straßen von Srinagar und in den Bergen hoch über dem Tal geschossen wird, werden die Seen einfach still daliegen, ohne eine Spur von jenem Handel, der Kaschmir vor 1989 zu einer Stimme verholfen und die Lebensqualität dort verbessert hat. Und während ein weiteres Kind aus einem Elendsviertel in Delhi eine elementare Schulbildung und eine Stimme erhält, vergießen die Mütter in Kaschmir, deren Söhne sich den Separatisten angeschlossen haben, stumme Tränen.

Auf der Straße in Notting Hill lächelte die Frau mit ihrem lavendelfarbenen Pashmina-Schal aus Kaschmir ein Weihnachtseinkaufs-Lächeln, um das Gespräch zu beenden, und ging davon.

DANKSAGUNG

Ich möchte vor allem den gewöhnlichen Leuten in Kaschmir, deren Existenzgrundlage seit 1989 ununterbrochen in
Gefahr ist, für ihre Warmherzigkeit und Gastfreundschaft
danken. Mein Dank gilt auch Paddy Singh, Alka Kohli und
dem Government of India Tourist Office, die mir geholfen
haben, nach Kaschmir zu kommen, der Familie Wangnoo,
der Familie Butt und Rajiv, meinem Freund und Helden in
Delhi. Zwischen den beiden Ländern und den beiden Kul-
turen, dir, David, vielen Dank. In England möchte ich Na-
tasha Fairweather bei A. P. Watt danken sowie Gail Pirkis
bei John Murray für Rat und Tat und Jill Langford für das
Foto von Robin auf Seite 125.

Und schließlich, mein Dank an Richard für seine bestän-
dige unauffällige Unterstützung, und natürlich an all die
Frauen, die Pashmina-Schals von *Goat* gekauft haben.